기생록

프리키
미스터리 스릴러 컬렉션

기생록

아프로스
미디어

목차

화가 난 술의 신 디오니소스가 팬테우스의 모친과 이모를 잔뜩 취하게 한 뒤, 팬테우스를 만나게 한다. 술 때문에 완전히 이성을 잃은 그들은 앞에 서 있는 팬테우스의 모습을 완전히 잊어버리고 크게 고함을 지르며 그의 몸뚱이를 사방으로 갈기갈기 찢어 놓는다.

나중에 취중에서 깨어난 모친과 이모가 팬테우스를 뒤늦게 찾아보지만…….

결국 허사일 뿐이다.

~ 그리스 신화 중에서 ~

국가생명연구소

1.

김준수

"우리 연우, 오늘이 벌써 유치원 입학식 날이네? 새로 맞춘 원복 참 예쁘다. 오늘 엄마랑 유치원 잘 갔다 와."

"아빠는? 오늘 연우랑 같이 못 가?"

"음…… 아빠가 연구소 일 때문에 연우 입학식에 같이 못 가서 정말 미안해. 대신 이따가 퇴근할 때 연우 선물 멋진 걸로 사 올게. 자, 약속! 에고, 에고, 착한 우리 딸. 아빠가 연우 정말 많이 사랑하는 거 알지? 자, 뽀뽀~"

기대했던 애교 섞인 대답 대신 볼멘소리로 내게 "빠빠이!"라며 손을 흔든 연우가 아장아장 걸음으로 아내와 집을 나섰다.

아내는 연우가 다니는 유치원 교복이 동네의 다른 유치원 교복보다 훨씬 세련되고 예쁘다고 연신 호평했다. 재킷 색깔이 너무 어둡지도 않고, 디자인이 캐주얼하게 잘 빠져서 동그랗고 하얀 연우 얼굴과 제법 잘 어울린다고 말이다.

연우는 내가 근무하고 있는 정부 직속 기관인 '국가생명연구소'에서 직원들의 복지를 위해 운영하고 있는 부설 사립 유치원에 다니고 있다.

미취학 아이가 있는 연구소 직원이라면 누구나 이 유치원에 아이를 다니게 할 수 있는데, 원비는 다른 사립 유치원과 비교도 안 될 정도로 싸고 시설은 강남에 있는 여느 고급 영어 유치원 못지않을 정도로 최신 시설을 자랑하기 때문에 많은 직원들이 아주 만족해하며 아이들을 이 유치원에 보내고 있다.

내 직장인 국가생명연구소는 지금으로부터 약 15년 전, 대전의 OOO대학 연구소와 국내에서 엄청난 시설과 규모를 자랑하는 모 방위 산업체 간의 정부 합작 방식으로 탄생하였다. 국가와 시민의 안전을 위해 연구 개발하는 시설이니만큼 국가 보안 1급

통제 시설로 분류돼, 서울시 노원구 공릉동 일원에 문을 열게 되었다.

표면적으로는 생명 공학 연구 시설로 포장되어 있지만, 전쟁에 대비한 신무기 개발, 국가의 법률과 정부의 정책에 반하는 위험인물이나 반사회 단체의 합법적인 제거를 위한 인간의 정신 통제 등 여러 가지 은밀한 연구를 진행하는 곳이다.

국가생명연구소에 들어가면 연구원으로서 정해진 목표에 따라 개발할 과제도 많아서 수시로 야근도 하지만, 유치원 시설을 포함하여 직원 복지 수준이 어지간한 공기업보다 월등히 높기 때문에 취업을 준비하는 학생들 사이에서 선망의 직장으로 입에 오르내린다는 얘기를 대학원생이자 취업 준비생인 사촌 동생으로부터 들었다.

하나뿐인 딸인 연우는 우리 부부가 정식으로 2세 계획을 세운 뒤로 정확히 5년 만에 태어났다. 연구소에서 행정 직원으로 일했던 아내와 사내 커플로 결혼한 신혼 초기까지만 해도, 아이가 없이도 얼마든지 행복하게 살 수 있다고 스스로 자부해 온 나였다. 하지만 한 해, 두 해 꿈같던 신혼 생활이 지나가고 어느덧 40대를 향해 가는 나와 아내는 그래도 우리의 유전자를 물려줄 아이가 세상에 한 명 정도는 있어야 하지 않겠냐고 생각하게 되었다.

둘 다 적지 않은 나이가 되었지만 늦게나마 아이를 갖기 위해 많은 노력을 기울였고, 하늘이 우리의 정성에 보답이라도 하듯 계획을 세운 지 5년째가 되는 어느 가을날 연우가 태어났다.

아이가 태어나고 나서는 '어떻게 키워야 하나?' 하고 새록새록 잠든 연우를 보며 걱정도 했지만, 내 핏줄이 이 세상에 생겼다는 사실에 묘한 기분과 함께 자신감이 솟았다.

신무기 개발에 박차를 가하느라 연구소에서 야근과 밤샘을 하며 피곤한 날들의 연속이었지만, 퇴근하여 잠든 딸아이를 보고 있으면 쌓였던 피로가 싹 물러가면서 새로운 활력소가 마구 샘솟았다.

자신의 인생을 전부 연우에게 바치다시피 한 아내는 더했다. 원래 아이들을 좋아했던 아내는 나이가 들면서 미온적 태도를 보이던 나보다 아이를 훨씬 더 원하게 되었다. 그래서인지 갖은 노력 끝에 연우가 생기자 바로 직장을 그만두고 본격적인 육아에 매진하기 시작했다.

나중에 연우가 어엿한 숙녀로 자라 결혼도 하면 예쁜 손자도 생기겠지. 그때는 나도 연구소에서 퇴직할 시점이니까 퇴직금 받은 걸로 아내와 그동안 못 가 본 나라들을 모조리 묶어서 세계 여행도 가고, 어디 한적한 곳에서 아내가 좋아하는 카페를 같이 운영해 보는 것도 노년의 행복이 아닐까 생각했다. 그렇게 우리 가족은 영원히 행복하게 잘 지낼 수 있을 것 같았다.

하지만 한 치 앞도 알 수 없는 게 우리의 인생이던가. 지금은 함께했던 시간이 잊힐까 봐 집 안 여기저기에 걸어 놓은 사진 속에서만 연우는 환하게 웃고 있다. 두 눈에 집어넣어도 하나도 안 아플 것 같은 우리 연우는 불과 몇 달 전에 부모인 나와 아내보다 먼저 저세상으로 가 버린 것이다.

그 말도 안 되는 소식을, 유치원 원장 선생님으로부터 걸려온 전화로 들었을 때 순간 정신 줄을 완전히 놓아 버릴 뻔했다. 유치원 입학 상담차 방문했을 때 아이 신상 기록 카드를 작성하면서 연구소 소속인 나의 핸드폰 번호를 비상 연락망 칸에 적어 놓았기 때문에 내게 먼저 연락한 것이다. 갑자기 속이 텅 비어 버린 느낌이었다. 그리고 집에서 간식거리를 만들면서 연우를 기다리고 있을 아내가 떠올랐다.

정말 죄송하다며, 울먹이며 연거푸 사과하는 원장의 전화를 끊고, 어서 아내에게 전화해야 하는데……. 그 생각을 하자 온몸의 피가 거꾸로 솟으면서 머리가 바닥에 곤두박질할 만큼 어질어질해졌다.

아내에게 이 소식을 빨리 전해야 하는데…….

아내가 연우 간식을 다 만들기 전에 얼른 연락해야 하는데…….

하지만 핸드폰 키패드를 만지작거리는 내 손가락이 쉽사리 결정을 못 하고 있었다. 이 소식을 들은 아내로부터 터져 나올 히스테릭한 반응을 생각하니 겁이 났다. 나 자신이 아이 아버지라고 느껴지지 않을 만큼 한심하다는 생각에 한숨이 저절로 나왔다.

연우의 추락 사고를 담당했던 경찰관의 설명으로는, 다니던 부속 유치원 건물에서 담임 교사가 잠시 다른 아이들을 돌보고 있는 사이에 3층에서 계단을 혼자서 내려가려다 그만 발을 잘못 딛고는 1층의 딱딱한 마룻바닥까지 그대로 굴러 떨어졌다고 한다. 먼저 머리가 바닥에 크게 부딪히고, 그 충격으로 척추가 심하게 꺾이며 그 자리에서 바로 즉사했다는 것이다.

[에이, 아니야~ 여보, 지금 장난치는 거지? 아무리 그래도 장난이 너무 심한데? 말도 안 돼…….]

"……."

[……아니야! 아니야! 아니야! 여보, 아니라고! 제, 제발 아니라고 말 좀 해 줘…….]

"……."

원내에 설치된 CCTV 확인 결과, 연우가 계단에서 막 구르려던 시점에 담임 교사는 연우의 옆 반인 기린 반에서 다른 반 아이를 때린 한 남자아이를 의자에 앉혀 놓고 타이르고 있었다. 한 반에 15명 정도의 아이를 맡아야 하는 상황에서 해당 유치원의 담임 교사가 일방적으로 방치를 했다거나 아이들 관리에 소홀히 했다고 보기에는 무리가 있었다. 아내의 바람이었던 과실 치사로 인한 구속은 성립되지도 못한 채 결국 연우의 사망 사건은 유야무야 종결되고 말았다.

"왜? 대체 왜 이런 일이 우리 아이에게만 일어나야 해? 우리가 살면서 무슨 잘못을 그렇게 저질렀다고? 도대체 왜! 왜! 왜! 왜!"

아내는 그렇게 절규했다.

주변 분들의 도움으로 연우의 장례식은 무사히 치르게 되었다. 하지만 멍해 있던 시간에서 깨어나 현실로 돌아와도 나와 아내는 아무런 의욕도 없이 오로지 좌절감만 느꼈다. 명색이 부모라는 사람들이 자식 하나 제대로 건사 못 하고 자신들보다 먼저 하늘로 떠나보내다니. 이 못난 양육자들. 그렇게 자책만 했다.

그런 죄책감이 아내를 내면에서부터 옥죄게 했는지, 장례식이 끝난 다음 날부터 아내가 한번 연우의 방에 들어가면 한참 동안 밖으로 나오지 않았다. 아이가 가지고 놀았던 장난감들, 한글 쓰기를 연습하면서 사용했던 공책이랑 연필, 지우개, 집에서 입던 옷들과 유치원 원복을 뺨에 비비고 손으로 만지면서 혼자서 종잡을 수 없는 말들만 중얼중얼했다.

보기만 해도 당장이라도 연우가 우리에게 달려올 것 같은 상상을 하게 만드는 동화책들, 장난감 인형들, 앙증맞은 외출복, 공주 머리띠, 귀여운 갈색 곰돌이 양말의 변함없는 표정, 그리고 아파트 놀이터에서 뛰어 놀고 있는 연우와 비슷한 또래 아이를 행복한 눈길로 바라보는 부모들을 멍한 표정으로 보다가 소리를 지르며 바닥에 주저앉아 통곡을 하는 아내의 비참한 표정과 병적인 행동들.

어느 날은 수시로 그렇게 발작하는 아내의 행동을 보고 나 역시 답답하고 속이 먹먹했던 나머지, 참지 못하고 거실 벽에 걸려 있던 연우의 그림 액자를 바닥에 집어 던지며 폭발한 적도 있었다.

"지영아, 우리 연우는 죽었어. 이 바보야, 이제 연우는 이 세상에 없단 말이야!"

'당신, 지금 그게 무슨 바보 같은 소리야?'라는 표정으로 나를 보던 아내가 머리를 세차게 흔들었다.

"아냐! 그게 무슨 소리야? 어? 우리 연우는 지금 친구들이랑 놀이터에서 놀고 있잖아. 그렇지? 맞지? 어머, 나 어떡해. 내 정신 좀 봐! 저녁에 우리 연우가 좋아하는 소고기 카레, 당근 빼고 만들어 주기로 약속했는데, 시간이 벌써 이렇게 되었네."

아내는 수시로 헛소리를 하며 날마다 연우의 이름을 울부짖는 것이 일상이 되어 버렸다. 그렇게 아내는 점점 야위어만 가고 있었다.

"딸자식을 죽게 만든 엄마가 밥을 어떻게 먹어. 당신은 밥이 입 안으로 넘어가? 그러고도 연우 아빠야? 여보, 말 좀 해 봐요! 혹시 당신 그 여우같이 생긴 연우 유치원 담임인지 뭔지 하는 년하고 눈이라도 맞은 거야? 차라리 나하고 같이 죽자? 우리 손잡고 같이 하늘에 있는 연우 보러 가요? 응? 연우 아빠? 준수 씨, 제발 좀……."

"이제 그만 좀 해! 이러는 당신만 보고 있으면 정말 숨이 막히고 미칠 것 같단 말이야!"

삶의 의욕을 상실한 나는 아내의 정신 나간 소리에 지쳐 버렸다. 그래서 연구소의 프로젝트에 더욱 매달리게 되었는데, 그 역시 좋은 피난처가 되지는 못했다. 사실, 프로젝트를 진행하면서 끔찍한 죄를 지었고, 미쳐 버리기 일보 직전으로 영혼이 몸속에서 바람 빠진 풍선처럼 빠져나가고 있었다.

얼마 전, 신무기 실전 테스트에서 실험체의 머릿속에 장치를 이식시킨 후 자신이 속한 조직을 살리기 위해 자기 가족을 죽여야만 하는 가상의 상황을 진행했다. 그리고 그 테스트는 기대 이상의 성공으로 끝났다. 하지만 테스트가 끝난 후, 정신이 돌아와서 가족이 죽어 있는 것을 확인한 실험체의 표정을 난 지금도 잊을 수 없다. 왜 나는 계속 이런 일들을 겪어야 하는 걸까?

그런 숨 막히는 일들이 반복되기를 두 달째. 연우의 사고에 대한 충격을 견디지 못한 아내는 연우의 유치원 담임 교사의 집 주소를 알아내서 밤낮으로 찾아가 초인종을 누르며 죗값을 치르라고 괴성을 지르며 괴롭혔다. 어느 날은 칼을 몰래 숨기고 가서 오늘 마지막으로 찾아왔으니 얼굴이나 한번 뵙고 가고 싶다고 하고는, 현관문을 열고 나온 교사 앞에서 그 칼을 휘둘러 얼굴에 상처를 입히기까지 했다.

처음에는 자신의 부주의에 대한 죄책감 때문에 아내의 행동을 이해하며 참으려고 했던 그녀였지만, 지속적인 스토킹이 점점 도가 지나치게 되면서 칼까지 휘두르자 결국 경찰에 고소장을 제출했다. 사태의 심각성을 인지한 경찰은 아내를 상해 혐의로 검찰에 송치했고, 아내의 행위는 법원에서 상해죄로 인정이 되어 벌금형 처분 및 재발 방지를 위해 접근 금지 명령까지 받게 되었다.

나는 그런 아내의 정신 상태가 걱정돼서 정신과에 지속적인 상담을 받게 했다. 하지만 생각보다 호전되지 않았고, 또다시 그 교사 집에 몰래 침입하려다 신고를 받고 출동한 경찰에게 붙잡히고 말았다. 그 소식을 들은 나는 대형 정신 병원에 아내를 강제 입원시키는 힘든 결정을 내릴 수밖에 없었다.

입원 수속을 밟던 그날, 환자복을 입은 아내가 병원 침상에서 천장만 멍하니 바라보고 있던 모습이 지금도 머릿속에서 지워지지 않는다.

"여보, 연우는 우리 집 희망이자 보배였잖아. 그런데 왜 하늘은 우리의 희망을 그렇게 데려갔을까? 차라리 나를 데려가지……."

"지영아! 연우는 이제 좋은 곳에서……."

"아니지. 아니야. 내가 지금 무슨 말을……. 우리 연우는 지금 집에서 낮잠 자고 있을 텐데. 그렇지? 여보, 제발 나에게 그렇다고 말 좀 해 줄래? 응?"

아내의 그 말을 들은 순간, 내 안 한쪽에 깊숙이 남아 있었던 아내에 대한 감정이 갑자기 찬물을 뒤집어쓴 듯이 얼어붙고 말았다. 자그마치 6년 동안 애지중지 키운 딸아이를 하늘로 떠나

보낸 부모로서의 동정심마저 싹 지워진 것이다. 그동안 가족이라는 울타리 안에서 함께했던 한 아이의 아버지로서, 그리고 한 여자의 남편으로서 간신히 버티고 있던 감정이 유리처럼 와장창 깨졌다. 나는 딸아이를 잃은 아버지다. 그래서 정상적인 생활이 거의 불가능해져 버린 불쌍한 아내를 전보다 더 지극정성으로 사랑하고 보호해야 할 의무가 있음을 잘 알고 있다. 하지만 내 머릿속 사고가 그날 이후 정지되고 말았다.

"이제 그만 좀 해! 그렇게 혼자서 몸부림쳐 봤자 우리 연우가 돌아오는 것도 아니잖아. 지영아! 우리의 삶도 살아야 하잖아. 당장이라도 부서져 없어질 것 같은 네 얼굴을 보고 있으면 정말 미쳐 버릴 것 같다고. 이젠 정말 지긋지긋해. 이렇게 우리가 계속 가슴만 쥐어짜며 아무것도 안 하고 살 수는 없잖아. 이제 제발 그만, 그만 좀 하라고."

* * *

연우의 죽음 그리고 무너져 버린 아내. 지난 기억들이 아련하게 느껴지면서 서서히 잠에서 깨어났다. 어디선가 불어온 미세한 바람이 내 뺨을 스쳤고, 바닥에 마찰하면서 삑삑대는 운동화

소리가 귀를 자극했다.

치이익~

자동문이 닫히는 소리에 눈을 번쩍 떴다. 깜박 잠든 동안 어디에 있는지 인지하지 못했는데, 깨어났더니 달리는 지하철 안이었다.

왼손에 차고 있는 전자시계가 23시 30분을 가리켰다. 연구소에서 나와 지하철역까지 이동하여 열차를 탄 것은 기억한다. 퇴근할 때 막차를 타는 것은 요즘 와서 거의 매일 밤 반복되는 루틴이다.

연구소에서 가장 가까운 역에서 지하철을 타면 집 근처 역까지는 약 한 시간 정도가 소요된다. 전에는 자동차로 출퇴근했지만, 연구 때문에 운동 부족이 되어 버린 나는 역까지 걷는 운동이라도 할 생각으로 지하철을 이용하고 있다.

나는 집에서 가장 가까운 출구 쪽으로 나가기 위해 항상 이 열차의 마지막 꼬리 칸인 1호 차에 탄다. 제법 늦은 시각이라 그런지 전철 안에는 아무도 없었다. 빈자리에 앉으며 서류 가방을 옆자리에 놓고 잠시 눈을 감았다가 깜박 잠이 들었나 보다.

휙휙 지나쳐 가는 어두운 창밖 풍경을 바라보며 나는 잠시 생각에 잠겼다. 지금 거의 완성 단계에 있는 이번 프로젝트만 완벽하게 끝나면 오래간만에 휴가를 내고 아내와 어디 조용한 곳에라도 다녀와야겠다. 힘들고 피곤하지만 조금만 더 참아 보자.

잠깐 눈을 붙여서 그런지 이제 정신이 좀 맑아지는 게 느껴졌다. 뻐근해진 목을 풀 겸 차량 내부를 둘러보다가 뭔가 이상하다는 것을 깨닫게 되었다. 내가 타고 있는 열차가 신설 라인인 *호선이 맞는데, 반대 방향으로 가고 있는 것이었다.

이런, 오늘 내가 안 하던 실수를 했네. 아, 아니야. 그럴 리가 없는데.

연구소에서 일을 시작하고 첫 부서 회식 자리에서 평소 잘 먹지도 못하는 술을 잔뜩 받아 마시고는 그만 실수로 반대 방향으로 가는 지하철을 타는 바람에 결국 택시를 타고 귀가한 적이 있다. 그날 이후로 나는 지하철을 탈 때 습관적으로 방향 확인을 했다. 오늘 역시 열차에 타기 전에 방향 표시를 확인한 것을 똑똑히 기억한다. 열차에 탑승하고 나서도 재차 확인했다. 그런데, 그런데 잠깐 졸다가 깨어났더니 열차의 방향이 바뀌었다. 이게 무슨 일이지? 내가 몽유병 환자처럼 자다가 일어나서 반대편 열차로 갈아타기라도 했다는 건가?

당황하며 다음 정차 역이 어디인지 열차 안에 있는 노선도를 확인했다. 어이가 없어서 헛웃음이 저절로 나왔다. 반대 종점 역까지 몇 정거장 남지 않은 상태였기 때문이다.

휴~~ 이거 언제 집에 들어가나. 이 시간이면 집에 가는 지하철은 없을 텐데. 또 비싼 택시 요금 나가게 생겼네.

답답한 마음에 오른손으로 머리카락을 이리저리 쓸어 넘기며 무심코 오른쪽 방향으로 고개를 돌렸는데 이상한 것이 눈에 들어왔다. 같은 방향 끝에 시커먼 후드 집업의 모자를 뒤집어쓰고 시커먼 복면으로 얼굴을 가린 사람이 청량음료 광고판이 붙어 있는 벽 옆에 얼굴을 기대고 앉아 있었다. 잠든 것 같긴 했지만 죽었는지 살았는지 조금의 미동도 보이지 않았다.

혹시 유튜브 등에 영상을 올리려고 관심 끌기용 퍼포먼스라도 하는 건가? 그것이 사실이라면 아무리 자극적인 영상만을 좇는 세상이라지만 정말 한심하다는 생각이 들었다.

그런데 조금 더 자세히 보니 숨을 쉬는 기척이 잘 보이지 않았다.

저 사람, 죽은 거 아냐?

순간 소름이 돋았다. 아무도 없는 한밤중의 지하철 안에서 죽은 사람과 같이 있다고 상상을 하니 빨리 내리고 싶다는 생각밖에 안 들었다.

징~ 징~ 징~ 징~

재킷 안주머니에서 미세한 진동이 울렸다. 깜짝 놀라 주머니 속에서 핸드폰을 주섬주섬 꺼냈다. 처음 보는 번호였다. 수신 내역을 보니 이미 같은 번호가 여러 번 찍혀 있었다.

징~ 징~ 징~ 징~

대체 누구지, 하며 통화 버튼을 눌렀다.

"여, 여보세요?"

[김준수 씨? 이제야 전화를 받으시네요. 하긴 이제라도 전화를 받아서 참 다행이에요. 만약 이번에도 전화를 씹었으면 지금 제 오른손에 들려 있는 바로 당신이 직접 개발한 이 MCP 기폭장치의 빨간 버튼을 누르려 했었거든요. 그랬으면 두개골이 터지며 끔찍하게 죽었을 텐데. 정말 운이 좋았네요.]

"뭐, 뭐라고요? 이봐, 당신 누구야! 기폭 장치라니, 그게 무슨 소리야!"

[아이고, 오늘도 늦게까지 일하시느라 정신이 없으셔서 아직 분위기 파악을 못 하고 계시구나. 이봐요, 김준수 씨. 이제 종점역까지 다섯 정거장밖에 안 남았죠? 그건 당신에게 시간이 얼마 없다는 뜻이에요. 그러니 머리 터져 죽기 싫으면 제 말 잘 들으세요.]

"당신이 누군데 MCP를 알지? 그리고 내 머리가 어떻게 터진다는 거야. 당신 정체가 뭐야!"

갑작스러운 협박 전화에 내 머릿속은 혼란스러웠고, 긴장이 목을 조였다. 입 안이 바짝바짝 타들어 가기 시작했다.

[아이고 준수 씨, 아직 상황 파악이 안 되시는구나. 일단 시간이 없으니 지시 사항을 말씀드릴게요. 바로 행동에 옮기셔야 할 겁니다. 보셨겠지만 지금 같은 칸에 검은색 후드 집업의 모자를 뒤집어쓰고 앉아 있는 사람이 있죠? 그 사람을 죽이세요, 지금 당장.]

"정체를 밝히라니까 갑자기 사람을 죽이라고? 너 뭐 하는 놈이야!"

[워~ 워~ 준수 씨, 흥분하지 마시고 차분히 제 말을 들어 보세요. 옆에 있는 당신 서류 가방을 열어 보시면 손바닥만 한 접이식 나이프가 있을 겁니다. 그걸 가지고 저 사람에게 적절하게 사용하시면 됩니다. 만약 지시에 따르지 않으면 나노 패치가 당신 머리를 산산조각 낼 겁니다. 아! 참고로 그 열차 안 구석구석에 초소형 카메라를 설치해 두었습니다. 그러니 경찰에 쓸데없는 행동은 하지 않는 게 좋으실 겁니다. 종착역까지 앞으로 10분. 명심하세요. 당신의 목숨은 어떻게 행동하느냐에 따라 달려 있습니다.]

갑자기 등골이 서늘해져 목덜미 여기저기를 손가락으로 만져 보았다. 방금 통화 상대가 말한 그 나노 패치란, 겉모습은 꼭 상처에 붙이는 작은 밴드와 비슷하게 생겼지만 인간의 목덜미 쪽에 붙이면 그 패치 속에 심어진 미세한 나노 반도체들이 순식간에 뇌 속까지 파고들어 그 인간의 행동과 정신세계를 마음대로 조종할 수 있으며, 마지막에는 기폭장치로 자폭까지 할 수 있는 무시무시한 물건이다.

MCP, 즉 Mind Control Patch 개발의 시작은 내가 미국에서 박사 과정을 마치고 돌아와 국가생명연구소에서 막 일을 시작했을 때, 우연히 발견한 어떤 해외 석학의 논문을 보고 나서였다. 쥐의 톡소포자충 감염이 포식자의 위험에 대한 두려움은 줄이고, 반대로 호기심은 자극한다는 것이었다. 이 톡소포자충이 뇌를 침범하는 방식을 차용하여 인간의 뇌를 자유자재로 조종할 수 있는 방법에 대해 흥미를 가진 나는 본격적인 연구에 돌입했다.

쥐의 몇 배나 되는 크기와 무게의 뇌를 가진 인간들은 외부 자극에 따라 위험 상황에서 불안을 느껴 회피하느냐, 두려움 없이 무모한 도전을 하느냐 등으로 나뉜다. 여기에는 주로 뇌의 도파민, 세로토닌, 노르에피네프린이 관여하는 것으로 알려져 있는데, 인간은 성장하면서 많은 경험을 통해 각자의 성향이 어느 정도 정해진다. 무모한 도전을 일삼는 사람은 안정적이고 변화가 없는 환경을 견디지 못하고, 안정적인 것을 추구하는 사람은 도전을 두려워하는 성향은 쉽게 바뀌지 않는다.

나는 그런 것들을 근거로 미세 나노 반도체칩을 개발했다. 그것이 인간의 뇌 속으로 침투되면 사람의 의욕과 동기 부여에 가장 중요한 역할을 미치도록 설계한 것이다.

일반적으로 뇌혈관 장벽 때문에 외부 물질이 뇌 속으로 쉽게 침투하지 못한다. 그래서 나는 다년간의 연구를 통해 뇌혈관 장벽을 침투할 수 있는 크기와 성질의 반도체 물질을 만들어 냈다. 거기에 인공 화합물을 이용하여 인간의 행동을 조종할 수 있는 기능을 추가했다.

일단 그렇게 침투한 나노 반도체는 액체처럼 흘러 다니며 지정된 조종자의 음성 명령을 따르게 되는데, 아직은 대상이 성인일 경우 제대로 작동하지 못하는 문제가 있었다. 이 부분에 대한 추가 연구가 진행되어야 하는데, 연구소 측에서는 연구비 지원을 계속 받기 위한 조건으로 군사적 용도를 추가할 것을 제시했다.

그래서 이 나노 반도체와 함께 원격으로 터뜨릴 수 있는 미세 플라스틱 폭탄이 삽입되게 설계하였다. 일정 거리 안에서 원격 기폭 장치의 버튼을 누르면 반도체의 전극이 활성화되고 패치

안에 심어진 나노 폭탄이 구동되면서 수초 안에 두개골 속에서 강한 충격파를 내며 파동의 압력에 의해 뇌와 함께 두개골은 물론이고 얼굴뼈, 목뼈와 혈관, 근육, 피부가 공기 중으로 산산조각 나 버린다.

MCP는 일단 뇌 속에 침투하면 대상의 위치 및 인체 정보를 위성으로 수신할 수 있어 지구상 어디에 있든 모니터가 가능하다. 게다가 머릿속에 한 번 들어간 이 반도체 나노 물질은 그 어떤 신경외과 수술로도 제거할 수 없기 때문에 평생을 함께할 수 밖에 없다.

"앗!"

손가락 끝에 목 뒤에 오돌토돌한 돌기들이 느껴졌다. 실험체의 목 주변에서 만져 보았던 오돌토돌한 돌기들. 내가 직접 설계한 나노 패치의 피부 조직 침투 자국이 분명했다. MCP의 설계자인 나는 그 무서움을 세상 누구보다도 잘 안다. 말할 수 없는 두려움과 공포와 함께 본능적으로 내가 무시무시한 덫에 걸렸음을 직감했다.

한번 뇌 속으로 침투하면 제거할 수 없기 때문에 평생을 두려움에 떨며 살아야만 하는 끔찍한 악마의 무기인데 왜 이것이 내 머릿속에 있단 말인가. 도저히 있을 수 없는 이 상황에 대해 생각해 봤다. 최근 부분적으로 성공한 MCP 시제품을 개량하여 완성시키기 위해 집에 가져왔는데, 그것들은 집 안 서재를 개조한 작업실 서랍에 있어야 한다.

누군가 그 사실을 알고 몰래 집에 침입하여 시제품들을 훔친 건가. 누가 이것을 설계한 사람에게 쓸 생각을 한 걸까? 나를 시기하는 연구소 직원일까? 아니면 실험체로 선택된 사람들과 관련된 사람일까? 아니면…… 누가 이런 짓을 꾸몄을까.

갑자기 머리가 아프다. 지독한 악몽을 꾸는 기분이다. 이건 정말 날벼락이다. 번개라도 맞은 것 같다. 아무리 생각해 봐도 방법이 없다. 이 협박 전화의 지시대로 움직일 수밖에 없다. 그런 생각을 했더니 엄청난 자괴감과 비참함이 밀려왔다.

고개를 작게 흔들며 왼쪽에 놓인 서류 가방을 열어 보았다. 통화 내용대로 그 안에는 접이식 나이프 한 자루가 들어 있었다. 떨리는 손으로 나이프를 집어 들었다. 그리고 전혀 움직임이 없는 저 시커먼 후드 집업을 입은 사람을 넌지시 쳐다봤다.

크게 심호흡을 하고 반으로 접힌 나이프를 일자로 쫙 펴며 좌석에서 일어나 그 사람이 앉아 있는 곳을 향해 천천히 걸어갔다. 근처에까지 간 난 머뭇거렸다. 잠시 고민하다가 일단 칼을 든 두 손을 덜덜 떨며 높게 쳐들었다. 그 검은 사람의 다리가 움찔했다. 그러고 보니 온몸을 아주 미세하게 떨고 있는 것 같았다.

이 사람, 지금 내가 자신을 죽이려는 걸 알고 있어.

그때 열차가 정차하더니 1호차와 옆의 2호차 사이 연결 통로 도어가 갑자기 열리면서 긴장한 표정의 여성이 빠른 걸음으로 이쪽으로 왔다. 성큼성큼 다가오는 그 여성은 내가 칼을 들고 있는 것을 보고 깜짝 놀라며 눈을 크게 떴다. 그리고 그 여자와 내 눈이 마주쳤다.

그때 바지 주머니 속에 넣어 두었던 핸드폰이 또 울려 댔다.

징~~ 징~~ 징~~ 징~~

나는 일단 나이프를 왼손에 쥐고 오른손으로 핸드폰을 꺼내 통화 버튼을 눌렀다.

“여보세요?”

[하하, 막상 사람을 죽이려니까 마음이 약해지셨나?]

열차 자동문이 닫히면서 출발하기 시작했다. 천장 옆면에 붙은 지하철 노선도를 확인했다. 종점까지는 이제 세 정거장밖에 안 남았다.

[뭐, 좋습니다. 제가 좀 더 빨리 실행에 옮기실 수 있도록 도와드리죠. 방금 전 2호차에서 넘어온 여자 보이시죠? 그 여자를 지

금 들고 있는 나이프로 찌르세요. 다시 말씀드립니다. 열차가 종점 역에 도착하기 전까지 그 여자를 찌르세요. 그렇게 하지 않으면 종점에 도착하자마자 당신의 머리통은 박살 날 겁니다. 이제 시간도 얼마 안 남았네요. 빨리 결정하시는 게 좋을 겁니다.]

"뭐, 뭐? 이, 이봐! 갑자기 그게 무슨 소리야!"

저도 모르게 목소리가 커진 나는 핸드폰을 손바닥으로 막으면서 방금 1호차로 들어온 여자를 쳐다봤다.

아까는 저 후드 집업을 입은 사람을 죽이라더니 갑자기 나타난 여자를 죽이라고? 어? 그런데 이 여자, 어디서 본 거 같은데.

휴대폰에서 다시 말소리가 들렸다.

[준수 씨? 역시 사람을 갑자기 죽이라니까 망설이게 되죠? 그럼 도움이 되는 얘기를 해 드리죠. 방금 전 옆 칸에서 넘어온 그 여자는, 당신의 소중한 딸이 죽은 유치원의 담임 교사입니다.]

"뭐? 누구라고?"

나는 연구소 일 때문에 유치원 행사에 한 번도 참석하지 못했었다. 그래서 아이들 공개 수업이나 체육 행사 등 대부분의 유치원 부모 활동은 아내가 해 왔다.

그런데 왜 이렇게 낯이 익지? 아, 생각났다. 그래, 이 여자를 본 적이 있어. 입학 상담 때 연락처를 교환한 적이 있다. 연구소

부설 유치원이라 근무하고 있는 나의 연락처는 필수라고 했기 때문이다. 그리고 아내가 저지른 사건 때문에 경찰서에 갔다가 이 여자와 마주친 적도 있다. 그때 고개를 숙이며 정신이 온전치 않은 아내에 대해 선처를 빌었는데, 더는 참을 수 없다며 시선을 피해 나가 버린 것이 기억난다. 나는 여자의 얼굴을 똑바로 쳐다봤다.

2.
최혜원

오랜만에 딸아이와 함께 백화점 쇼핑을 나갔던 혜원은 친구들이랑 시내에서 좀 더 놀고 오겠다는 딸 지현과 지하철 환승 개찰구 앞에서 헤어진 후, 그곳에서 가까운 친정집에 잠시 들렀다가 지하철을 타고 집으로 가고 있었다.

이 시간쯤이면 딸아이는 당연히 집에 있을 것이라고 생각하며 혜원은 지난날들을 회상했다. 지현이가 태어났을 때는 하늘에서 성스러운 축복을 내린 것 같았다. 비록 가진 건 없었지만 태어난 아이를 위해 이 악물고 열심히 살자고 혜원은 남편과 약속했다.

그런데 맞벌이로 빠듯한 살림을 이어 나가던 어느 날, 회사에서 퇴근하던 남편이 갑자기 쓰러져서 병원에 실려 간 것이다. 혜원은 소식을 듣고 허겁지겁 남편이 있는 병원 응급실로 달려갔다. 남편은 검사 결과 대장암 말기 진단이 나왔다. 바보같이 병원비가 아깝다고 진통제로 버티고 직장인 정기 검진에서도 기본 검진만 받아 온 사실 등을 감추고 있었던 것이다.

"우리 지현이가 대학에 입학하는 모습은 꼭 봐야 할 텐데……."

이미 치료 시기가 너무 늦었다는 진단을 받고 항암 치료도 포기한 남편은 중학교 3학년이 되어 교복을 입고 온 지현과 그저 하염없이 울고만 있는 혜원 앞에서 세상을 떠났다. 그것이 벌써 2년 전의 일이다. 지금은 지현이가 고등학교 2학년이 되었다.

아빠는 없지만 여전히 밝고 명랑하게 학교생활 잘하는 것 같아서 안심하고 있었는데, 요 몇 달 새 태도가 많이 달라진 것을 느꼈다. 학교에 갔다 오면 엄마에게 말도 안 하고 자기 방으로 들어가 버리는 것을 보니 역시 사춘기가 온 듯했다. 어제도 우연히 거실 소파에 놓여 있던 딸아이의 핸드폰에 뜬 메시지를 무심코 보고 있는데 화장실에서 나온 지현이가 사생활 침해라며 화를 냈다.

오늘은 마침 혜원이 오전 근무만 하는 날이었는데, 마법에 걸렸다는 핑계로 학교에서 오전 수업만 하고 일찍 들어온 지현의 기분도 풀어 줄 겸 간만에 백화점 패밀리 레스토랑에 가서 이른 저녁 식사를 했다.

"요새 공부하느라 많이 힘들지? 슬슬 진로도 정해야 하고……."

"……."

스테이크를 끼적끼적하며 먹기만 하던 지현은 고개만 끄덕일 뿐 별말이 없었다. 그러더니 좀 있다가 친구들이랑 노래방 가기로 약속했다며 퉁명스럽게 말했다.

"약속? 지현아, 이렇게 같이 시간을 보낼 기회도 별로 없는데 오랜만에 엄마랑 외할머니 댁에 같이 가면 좋잖아."

핀잔을 듣자 얼굴이 뾰로통해진 지현은 일찍 들어오겠다는 말만 남기고 고개를 숙이며 지하철 개찰구를 빠져나갔다. 지하철 막차를 타고 집에 갈 때까지 혜원은 일부러 지현에게 연락하지 않았다. 한창 예민할 나이인 만큼 하나뿐인 딸아이를 믿기로 했다. 어제 지현이 자신의 잔소리를 듣다가 한 말도 생각났다.

"이제 나도 고등학생이 되었으니까 그냥 믿고 지켜봐 줘. 하늘에 있는 아빠도 그런 마음으로 나를 지켜보실 거야. 그러니까 엄마, 응? 제발 좀…….”

* * *

지현은 아빠가 돌아가시고 나서부터 엄마가 자신에게 지나치게 신경 쓰는 게 싫었다. 이제 내 인생 정도는 스스로 헤쳐 나갈 자신이 있는데, 엄마는 아직 걸음마도 못 뗀 아이 보듯 한다는 생각이 들었다. 지현은 일부러 같은 또래 친구들보다 학교에서 더 어른처럼 행동한다. 엄마를 걱정시킬 일은 한 번도 한 적이 없었다. 그런데 집에 들어가면 답답했다. 엄마의 관심이 부담스러웠다. 일거수일투족을 꼬치꼬치 묻는 엄마가 불편했다.

오늘도 엄마가 자꾸 권하는 바람에 마지못해 같이 외식을 했지만, 여전히 불편했다. 아빠가 돌아가신 후로 참견이 심해진 엄마만 보고 있으면 화가 났다. 지현도 세상 사람들이 아빠가 없는 애를 어떻게 보는지 잘 알고 있었다. 엄마가 그것 때문에 걱정하고 챙겨 주려는 것도 안다. 하지만 지현은 그럴수록 짜증이 났고 엄마가 미웠다. 혹시 자신에게 문제가 있는지도 모른다는 생각이 들었다. 하늘로 간 아빠만 생각하면 자꾸 엄마가 미워졌다. 아빠가 그렇게 살다가 돌아가신 게 자꾸 돈 아끼라며 채근했던 엄마 때문인 것 같았다. 결국, 엄마가 아빠를 죽였다는 생각까지

했다. 그런 바보 같은 생각을 하는 자신이 미웠다. 맨날 엄마한테 짜증만 부리는 자신이 싫었다.

지현은 친구들과 놀다가 집에 늦지 말라며 신신당부하는 엄마에게 짜증 나는 표정으로 인사도 대충 하는 둥 마는 둥 헤어졌다. 그리고 친구들과의 약속 장소로 이동하기 위해 다른 노선의 개찰구를 통과하려다 그 전에 역내 화장실에 들르기로 했다. 간단히 거울 좀 보고 틴트 정도만 얇게 바르고 나갈 생각이었다. 화장실에서 거울을 보고 있는데, 엄마와 비슷한 나이대로 보이는 어떤 여자가 들어오더니 세면대 앞에 있는 지현에게 다가왔다.

"오! 벌써 아가씨가 다 되었네? 죽은 우리 아이는 앞으로도 계속 여섯 살일 텐데."

처음에는 다른 사람한테 하는 말인 줄 알았는데, 화장실에는 자신과 그 여자밖에 없었다. 지현은 빨리 나가자는 생각에 고개를 조금 숙여 세면대의 수도를 틀었다. 수돗물이 시원한 소리를 내며 흘러나왔다. 그때 목덜미가 따끔했다. 무슨 작은 바늘에 찔린 느낌이었다.

'뭐지? 벌한테 쏘인 건가?'

지현이 오른손을 목 주변으로 가져가려는데, 이상하게 몸이 말을 듣지 않았다. 누군가가 양손을 보이지 않는 끈으로 묶어서 움직일 수 없게 한 것 같았다. 당황하며 고개를 돌렸더니 옆에 서 있는 여자의 환한 얼굴이 보였다. 한 손을 들고 있는 것으로 봐서 이 여자의 짓 같았다.

"저, 저기요? 아줌마! 대체 무슨 짓을 한……."

지현은 갑자기 말이 안 나오더니 머리가 핑 돌며 서 있기도 힘든 상태가 되었다. 미소를 짓고 있는 여자의 얼굴이 일그러져 보였다. 그 여자가 뭐라고 하면서 주머니에서 리모컨처럼 생긴 것을 꺼내 작은 버튼을 눌렀다. 갑자기 온몸에 전기가 통하는 것같이 찌릿함이 엄습했다. 여자가 계속 미소를 지으며 지현에게 말했다.

"지현아, 역 안으로 다시 가자. 아줌마하고 손잡고 같이 걷는 거야. 아주 다정한 모녀지간처럼 말이야."

'어? 어떻게 내 이름을 알지?'

지현은 갑자기 정신이 몽롱해졌다. 의식이 희미해지는 느낌이 들었다. 그런 상태에서 그 아줌마의 손을 잡고 조금 전에 올라왔던 지하철 플랫폼으로 다시 내려갔다. 몸이 자신의 의지를 전혀 받아들이지 않았다. 정체불명의 아줌마는 자신의 손을 잡고 따라오는 지현을 보며 다정한 미소를 잃지 않고 있었다.

* * *

오랜만에 나온 외출이라 백화점 1층부터 10층까지 이곳저곳을 구경하며 돌아다니다 보니 꽤 피곤했던 모양이다. 혜원은 지하철에 탄 후 앉은 자리에서 깜빡 잠이 들고 말았다.

"어머!"

놀라며 얼른 고개를 든 혜원은 다음에 정차할 역을 확인했다. 다행히도 내릴 역은 아직 지나치지 않은 상태였다.

혹시나 졸다가 침이라도 흘린 건 아닌지 확인하기 위해 가방을 열고 작은 콤팩트를 꺼내려는데, 그 안에 있는 핸드폰에 사진이 전송된 문자 메시지가 보였다. 핸드폰을 꺼내서 화면 맨 위에 표시된 시각을 확인하고 도착한 문자 메시지를 무심코 누른 순간, 혜원은 마치 찬물을 뒤집어쓴 것처럼 정신이 번쩍 들었다.

"어, 어머! 지현아!"

화면 위에 뜬 사진을 떨리는 손가락으로 당겨서 확대해 보니, 딸 지현이가 입에 누런색 박스테이프를 붙인 상태로 눈물을 흘리며 어느 지하철역 플랫폼 의자에 앉아 있었다. 딸아이의 머리 위로 정거장의 이름이 보이자 혜원은 재빨리 벽면에 있는 지하철 노선도를 확인하였다. 해당 역은 현재 노선의 맨 마지막에 표기되어 있었다. 혜원이 원래 내리려던 역은 종점에서 다섯 정거장 전이었다.

그때, 다음 역에 곧 도착한다는 안내 방송이 들렸다. 이번 역이 바로 혜원이 내리려던 곳이었다.

징~ 징~ 징~ 징~ 징~

사진 문자를 보낸 번호로 전화가 걸려 왔다. 진동음이 계속 울려 댔다. 어찌할 바를 몰라 망설이던 혜원이 마음을 진정시키며 전화기의 초록색 버튼을 눌렀다.

역에서는 타려는 승객들이 없었고, 자동문이 닫히며 서서히 출발하려는 시점이었다.

"여, 여보세요? 여보세요?"

[최혜원 씨?]

처음 듣는 남자의 목소리였다.

[최혜원 씨, 별로 시간이 없으니 긴 설명은 생략할게요. 지금 바로 옆에 있는 1호차로 움직여서 그 안에서 칼을 들고 서 있는 남자를 죽여 버리세요. 제가 보낸 사진을 봐서 알겠지만, 만약 지시를 제대로 이행하지 않으면 당신 딸의 목숨은 없습니다. 당신 핸드백 안에 작은 접이식 나이프가 있을 겁니다. 그것으로 지금 1호차에 있는 남자를 바로 찌르는 겁니다. 참고로 지금 타고 있는 열차 칸칸마다 이곳저곳에 초소형 카메라를 설치해 놓았으

니 허튼 행동은 안 하는 게 좋을 겁니다. 제한 시간은 지금부터 10분. 앞으로 종점 역에 도착하기 전까지 남은 시간입니다. 당신 딸의 목숨은 이제 당신이 앞으로 어떻게 하느냐에 달려 있습니다.]

두려움을 느낀 혜원이 흔들리는 지하철의 손잡이 봉을 잡고 일어나서 다음 칸으로 이어지는 문 위에 표시된 숫자를 확인했다. 현재 타고 있는 지하철 칸은 2호차. 따라서 다음 칸이 바로 1호차가 된다. 전화의 지시대로 하려면 저 문을 열고 1호차로 신속하게 이동해야 한다.

크게 심호흡을 한 혜원은 자신의 오른쪽으로 몸을 움직여 연결문 상부에 있는 유리창으로 1호차 내부를 살펴보았다. 웬 남자 승객이 두리번거리며 서성이는 게 보였다. 다른 승객은 보이지 않았다. 혜원은 지시대로 핸드백에서 접이식 나이프를 꺼내 확인한 후 겉옷 주머니 안에 깊숙이 집어넣었다. 그리고 1호차로 연결된 문 쪽으로 걸어갔다. 딸아이가 찍힌 사진을 한 번 더 보고는 핸드폰 역시 주머니 속에 넣었다. 힘을 주어 문의 손잡이를 잡고 연결 문을 밀어서 열었다. 문을 열고 들어가자 1호차 안에 서 있던 남자가 얼굴을 들더니 놀란 눈으로 쳐다봤다. 그 남자의 손에 나이프가 들려 있었다.

혜원 또한 주머니 안에 손을 넣어 나이프를 확인하면서 그 남자에게로 조심스레 다가갔다. 그런데 몇 걸음 걷던 혜원은 흠칫 놀라며 멈춰 섰다. 멀리서 봤을 때는 남자에 가려서 안 보였는데, 그의 건너편에 사람이 있었다. 시커먼 후드 집업의 모자를 뒤집어쓴 사람이 의자에 앉아 있었던 것이다. 혜원의 당황한 표정을 본 남자가 무슨 말을 하려는데 핸드폰의 진동음이 들렸다.

징~ 징~ 징~ 징~

혜원은 주머니 속 핸드폰을 옷 위로 만져 봤지만 울리고 있지 않았다. 남자가 들고 있던 나이프를 왼손에 쥐더니 오른손으로 핸드폰을 꺼내 통화 버튼을 눌렀다.

"여보세요?"

"……."

"뭐? 그, 그게 정말이야?"

얼굴이 벌게진 남자가 전화를 끊더니 혜원을 몇 초 동안 노려봤다. 그러고는 고개를 작게 젓더니 입을 열었다.

"혹시, OO유치원 해님 반 담임 선생님이세요?"

혜원은 남자에게 'OO유치원 해님 반'이라는 말을 듣자 온몸이 감전된 느낌과 함께 머릿속에 떠오르는 것이 있었다.

'……아! 이 남자는 유치원에서 떨어져 죽은 연우의 아빠다.'

나이프를 쥐고 있던 혜원의 손에서 힘이 빠져나갔다. 혜원은 그날만 떠올리면 죄책감과 후회로 고통스러웠다. 그날 다른 반 아이들 싸우는 걸 말리지 않고 계속 아이들에게 신경 썼다면 연우가 그렇게 끔찍하게 죽지 않았을 것이란 생각을 했다. 하필 연우가 교실에 들어온 나비를 쫓아 정신없이 교실을 이탈해서 계단을 향하는 일은 없었을 것이다.

쿵, 소리에 이어 들리는 비명에 놀라 달려간 혜원은 1층에 쓰러져 있는 연우를 보고 그 자리에서 실신해 버렸다. 그리고 지옥 같은 날들을 겪었고, 연우 엄마의 스토킹 같은 괴롭힘이 있었다. 생명의 위협을 느껴서 어쩔 수 없이 신고했고, 그 결과 연우의 엄마는 정신 병원에 입원 조치가 되었다. 그때 아내를 용서해 달라고 사정하던 그 남자를 이곳에서 다시 만나게 된 것이다. 혜원은 고개를 크게 가로저었다.

'난 못 해. 연우 아빠를 죽이라니, 내가 어떻게 그런 짓을 해.'

[다음 정차 역은 OO역, OO역입니다. 내리실 문은 오른쪽…….]

열차가 벌써 종점 바로 전 역에 도착한다는 안내 방송이 스피커를 통해 흘러나왔다. 준수는 핸드폰의 시계를 확인했다. 이제 정말 남은 시간이 별로 없다. 곧 있으면 열차가 종점 플랫폼에 들어설 것이고, 그렇게 되면 나노 폭탄이 터질 것이다. 준수가 살려면 눈앞에 있는 혜원을 죽여야 한다. 나이프를 쥐고 있는 그의 오른손에 힘이 들어갔다. 당황하고 있는 혜원을 향해 왼쪽 발을 내디뎠다. 그리고 나이프를 쥔 오른손을 앞으로 뻗으려는 순간, 혜원의 핸드폰에서 진동음이 들렸다.

징~ 징~ 징~ 징~

그 소리에 정신을 차린 준수는 동작을 멈추었다. 사람을 칼로 찌르려고 했던 자신의 모습에 당황한 표정이었다. 그 모습을 보고 있던 혜원은 잠시 망설이더니 결심을 한 듯 통화 버튼을 눌렀다.

"여, 여보세요? 여보세요?"

[최혜원 씨? 이야~ 나 정말…… 이제는 기가 차서 웃기지도 않네요. 따님의 목숨이 날아가게 생긴 판에 뭘 그렇게 망설이고 있는 거죠? 혹시 양심에 찔려서 그러신 건가요? 유치원에서 아이를 떨어져 죽게 한 양심의 가책을 느껴서 그래요? 쯧쯧쯧. 명색이 어머니인데 지금 그런 것 때문에 딸의 목숨을 포기하시겠다는 건가요? 그렇다면 제가 또 따끈따끈한 사진 하나 바로 보내드리죠.]

징~ 징~

통화가 끊어지지 않은 상태에서 핸드폰에 사진 파일이 도착했다. 혜원이 떨리는 손으로 문자 창을 터치하였다. 이윽고 사진이 커다랗게 확대되면서 핸드폰 디스플레이를 꽉 채웠다. 사진 속에선 맨 처음 보내온 것처럼 정면에 종점 역 명칭이 있는 플랫폼의 플라스틱 의자에 앉은 지현이 입에 테이프가 붙여진 채 울먹이고 있었다. 그 옆에선 검은색 야구 모자를 쓰고 큰 복면으로 얼굴을 가린 사람이 들고 있는 칼을 지현의 목에 가까이에 대고 있었다. 그것을 본 혜원은 갑자기 구역질이 나며 머리가 빙글빙글 돌았다. 어지러워서 열차 바닥으로 쓰러질 뻔한 그녀는 앞에 있는 봉 손잡이를 잡고 간신히 서 있었다.

[최혜원 씨, 이게 마지막 통화입니다. 이제 몇 분 있으면 열차가 종점 역에 도착할 텐데요. 소중한 따님의 목을 칼로 그어도 괜찮단 말씀이시죠?]

"야! 이 미친 새끼야! 너, 우리 딸 몸에 손대기만 해 봐. 내가 절대 가만두지 않을 거야! 그러니까 이제 이 미친 짓거리 좀 그만해!"

툭!

혜원이 소리를 질렀더니 전화가 바로 끊어졌다. 혜원이 당황하고 있는데 이번엔 준수의 핸드폰이 울렸다.

징~ 징~ 징~ 징~

3.

혜원이 전화를 받고 나서 무슨 메시지를 확인하더니 갑자기 휘청하며 얼굴이 창백해졌다. 그것을 본 준수는 현재 상황에 대해 대충 감이 왔다. 같은 협박범이 혜원과 준수에게 전화를 건 것이라면, 이 열차 안에서 두 사람 모두 위험에 처해진 것이다. 앞으로 시간은 얼마 안 남았지만, 두 사람이 협력하면 이 말도 안 되는 위기에서 벗어날 수 있을지도 모른다.

"저……."

준수가 자신을 쳐다보는 혜원에게 두 손바닥을 쫙 펴 보인 다음, 손에 들고 있던 나이프를 접어서 한쪽 바지 주머니 속에 집어넣었다. 그리고 자신의 검지를 일자로 펴서 입에 갖다 대며 쉿, 하는 표정을 지었다.

혜원은 잠깐 놀라는 표정을 지었지만 이내 작게 고개를 끄덕였다. 그것을 본 준수가 다시 반대쪽 주머니에서 진동하고 있는 자신의 핸드폰을 꺼내더니 스피커폰과 통화 버튼을 연달아 누른 후 귀에 댔다. 협박범이 열차 안에 카메라를 설치했다면 준수가 핸드폰을 귀에 대고 통화하는 것으로 보일 것을 계산한 것이다.

"여보세요?"

이윽고 스피커폰이 켜진 준수의 핸드폰에서 저음이 섞인 말소리가 흘러나왔다.

[김준수 씨? 준수 씨는 이제 더 살고 싶지 않나 봐요? 아직도 앞에 있는 최혜원 씨가 살아 있으니 말이죠. 혹시 두 분이서 작당해서 어떻게 하실 생각인가요? 그런데 준수 씨, 준수 씨는 따님을 그렇게 죽게 한 최혜원 씨를 믿을 수 있으시겠어요? 준수 씨의 머리를 날려 버릴 기폭 장치를 주머니 속에 숨기고 있는 여자를 과연 믿으실 수 있을까요?]

준수는 기폭 장치라는 단어를 듣자 반사적으로 눈을 커다랗게 떴다. 옆에서 그 말을 들은 혜원 또한 놀란 표정을 지었다. 준수는 고개를 젓고 있는 혜원을 보며 자신의 주머니에서 나이프를 꺼내 펴더니 앞으로 뻗으며 말했다.

"이봐요! 그, 그거 얼른 꺼내세요. 당장 주머니 속에 있는 그 리모컨 꺼내서 내게 넘기세요. 어서! 어서요!"

[다음 정차 역은 이 열차의 종착역인 OO역, OO역입니다. 내리실 문은…….]

종점에 도착한다는 안내 방송이 스피커에서 흘러나왔다. 이제 결정의 시간이 된 것이다. 다급해진 준수가 당황한 표정으로 서 있는 여자의 멱살을 잡았다.

"어서 내놔! 어서 내놓으라고! 제발, 제발 그 리모컨을 나에게 넘겨 달란 말이야!"

멱살을 잡힌 혜원의 눈에서 굵은 눈물이 흘러내렸다.

"저는 몰라요. 그런 거 없단 말이에요."

"웃기지 마! 당신도 한패지? 그거 내놔. 어서 그거 내놓으란 말이야!"

[이번 정차 역은 이 열차의 종착역인 OO역입니다. 가지고 계신 소지품들을 꼭 잘 챙겨 가시기 바랍니다. 이번에 내리실 문은…….]

열차의 안내 멘트가 끝나자마자 준수가 잡고 있던 혜원의 멱살을 내려놓더니 갑자기 그녀의 얼굴에 주먹을 날렸다. 그에게 맞고 쓰러진 혜원의 몸에 올라탄 준수가 그녀의 주머니를 뒤지기 시작했다. 거의 포기 상태로 누워 있는 혜원의 눈에 마치 화면이 느리게 흘러가는 무성 영화 장면처럼 열차의 창밖 풍경이 들어왔다. 열차는 이미 종점 역 플랫폼 안으로 들어온 상태였다. 벽에 붙어 있는 광고물들, 군데군데 놓여 있는 음료 자판기, 텅텅 비어 있는 노란색 플라스틱 의자들이 보였다.

준수는 혜원의 주머니를 뒤져 속에 있는 것들을 꺼냈다. 혜원의 핸드폰과 나이프가 전부라는 것을 확인한 준수는 힘없이 옆에 주저앉았다.

그때, 검은 후드 집업의 모자를 뒤집어쓰고 앉아 있던 사람이 벌떡 일어나더니 주머니에서 칼을 꺼내 들고 쓰러져 있는 혜원을 향해 돌진했다. 방어 본능에 의해 혜원은 그 사람을 발로 차서 옆으로 밀었고, 마침 정차를 위해 속도를 줄이던 열차가 좌우로 흔들리는 바람에 중심을 잃고 의자 쪽으로 쓰러진 그 사람이 고개를 흔들더니 한 손으로 뒤집어쓰고 있던 후드를 벗었다.

"지영아! 당신이 왜 여기 있어?"

준수가 눈이 붉게 충혈된 채 외쳤다. 하지만 지영은 아랑곳하지 않고 칼을 다시 쥐고 혜원을 향해 달려들었다. 그때 준수가 끼어들면서 칼을 들고 있는 그녀의 손목을 붙잡았다. 두 사람은 바닥에 같이 쓰러졌다. 지영의 손에 있던 칼이 바닥에 떨어졌다.

"지영아, 지금 뭐 하는 거야! 일단 진정하고 정신 좀 차려 봐. 혹시 이 협박범하고 당신이 연관 있는 거야? 이 모든 게 당신 짓이란 말이야? 그런 거야? 지영아? 말 좀 해 봐!"

아무런 말도 들리지 않는다는 듯 지영은 손으로 바닥을 짚고 일어나더니 주머니에서 긴 노끈 같은 것을 꺼내 양손에 잡고 달려들어 혜원의 목을 조르기 시작했다.

"으억!"

혜원이 고통스러워하는 것을 본 준수는 지영의 팔을 잡고 힘주어 밀쳐 냈다. 노끈이 풀린 순간 호흡이 다시 돌아오면서 혜원이 기침을 했다.

“콜록콜록! 콜록콜록!”

옆으로 쓰러졌던 지영이 준수와 기침을 하고 있는 혜원을 번갈아 보더니 괴성을 질렀다.

“여보, 제발 나 좀 막지 마! 저년이 누군지 알잖아. 우리 딸, 우리 딸 연우를 죽인 년이잖아. 저년은 제 딸이랑 신나게 쇼핑도 하고 밥도 먹고 그렇게 행복하게 살고 있는데 어떻게 그냥 보고만 있어. 남의 가정을 송두리째 망쳐 놓고선 자신은 아무렇지도 않게 인생을 즐기고 있는 저년을 내가 반드시 죽일 거야. 준수 씨! 제발, 나 좀 방해하지 마. 당신이 바람피운 건 용서해 줄 테니, 제발!”

“그게 무슨 소리야? 내가 무슨 바람을 피워?”

“난 당신과 저년의 관계를 다 알고 있어. 저년이 당신을 빼앗기 위해 우리 연우를 죽였다는 것도 말이야.”

“지영아, 그게 무슨 소리야. 말도 안 되는 소리 그만해.”

열차가 플랫폼 맨 앞 라인 정지선에 다다르며 종점 역에 막 멈추려던 때였다. 1호차 창밖으로 입에 테이프를 붙인 지현이 의자에 묶여 있는 모습이 보였다. 그 옆에는 검은색 모자와 복면을 쓴 남자가 한 손에 쥔 칼을 지현의 목에 대고 있었다. 그의 다른 손에는 작은 가방이 들려 있었다.

드디어 열차가 종점 역에 완전히 멈추었다.

치이이이익~

열차의 모든 자동문이 열리며 스피커에서 웅장한 클래식 음악이 울려 퍼졌다.

준수는 애원하는 지영을 붙잡고 있었고, 혜원은 그들을 멍하니 보고 있었다.

"최혜원 씨!"

밖에 있는 검은 복면을 쓴 남자가 큰 소리로 부르더니 손에 들고 있던 베이지색 천 가방을 열차 안으로 던졌다. 그리고 다시 말했다.

"이것이 따님을 살릴 수 있는 마지막 기회니 잘 들으세요. 방금 던져 준 가방 속에 저 남자의 머리통을 날려 버릴 수 있는 기폭 장치가 들어 있습니다. 그것을 꺼내서 빨간 버튼을 누르기만 하세요. 그러면 저는 따님을 이대로 두고 가겠습니다. 그렇게 안 하면 말한 대로 이 칼로 따님을……. 그러니 어서 기폭 장치를 누르세요, 지금 당장!"

눈물로 범벅이 된 지현의 얼굴을 바라보던 혜원은 떨리는 손으로 남자가 던져 준 가방을 열었다. 그리고 그 안에서 진회색의 리모컨 기폭 장치를 꺼냈다. 남자의 말대로 기폭 장치 위에는 동그란 빨간색 버튼이 달려 있었다.

그때 지현의 입에 붙어 있던 테이프가 반쯤 떨어지며 울먹이는 소리를 냈다.

"어, 어마…… 제바, 제바…… 사, 사려 줘."

복면 쓴 남자가 칼을 들고 있는 손에 힘을 주자 지현의 목에 빨간 줄이 생겼다.

"아아아, 안 돼! 그, 그러면 안 돼! 제발 그만해!"

더는 생각할 겨를이 없었던 혜원은 기폭 장치의 빨간 버튼 위에 자신의 엄지손가락을 올렸다. 그 모습을 본 준수가 놀란 표정으로 소리쳤다.

"아, 안 돼!"

혜원은 넋 나간 표정으로 손가락에 힘을 주어 빨간 버튼을 눌렀다. 그러자 열차 밖에서 기괴한 기계음이 들렸다.

띠띠. 띠~~~~~~~~~~~~~~

퍼억!

혜원을 애타게 쳐다보며 울먹이던 지현의 머리가 갑자기 빵빵한 풍선이 바늘에 찔린 것처럼 펑 하고 터져 버렸다. 붉은 핏물과 으깬 토마토처럼 자잘하게 부서진 파편들, 원래 두개골 형태였을 뼈의 부스러기들이 사방으로 튀었다.

'방금 내가 뭘 본 거지?'

혜원은 한동안 멍한 표정을 지은 채 상황 파악을 할 수 없었다. 그러다 자신이 버튼을 눌러서 폭파시킨 건 준수의 머리가 아니라 딸 지현의 머리였다는 사실을 깨닫게 되었다.

"안 돼……."

혜원은 속에서 뭔가 시커먼 것이 치밀어 오르는 것을 느꼈다.

밖에서 웅성웅성하는 사람들의 소리가 들리기 시작했다. 조금 전 큰 폭발 소리를 듣고 역사에 있던 사람들이 모이는 소리일 것이다. 저쪽에서 파란 유니폼을 입은 사람들이 놀란 표정으로 뛰어오는 모습이 보였다.

혜원의 목구멍에서 뜨거운 마그마 같은 울분과 비명이 쏟아져 나와 1호차 안의 차가운 공기를 갈랐다. 그녀는 구역질을 하며 미친 듯이 날뛰었다. 있는 힘을 다해 두 주먹으로 바닥을 치더니 피나는 두 손으로 자신의 머리채를 쥐어뜯었다. 그리고 짐승 같은 목소리로 절규했다.

"아악! 안 돼! 우리 딸 지현이는 안 돼! 도대체 우리가 무슨 잘못을 했다고 이러는 거야! 지현아! 지현이 돌려줘! 지현아! 지현아! 지현아!"

혜원은 실성한 사람처럼 딸의 이름만 부르다가 무릎을 꿇은 상태로 휘청하더니 바닥에 쓰러지며 정신을 잃었다.

준수는 멍한 얼굴로 그런 혜원을 보고 있었다. 누군가 다가와 괜찮냐고 묻는 목소리가 멀리서 들리는 메아리 같았다. 옆에 있던 지영과 복면을 쓴 남자의 모습은 그 어디에도 보이지 않았다.

4.
석지영

수없이 생각해 봤지만, 도저히 이해할 수 없었다. 한 아이의 엄마로서 연우 유치원 담임 교사의 납득할 수 없는 행동은 한둘이 아니었다. 연우가 유치원에서 처음 반을 나눌 때도 그랬다. 태어나서 처음 유치원에서 친구들이랑 공동생활을 시작하는 연우를 위해 조금이라도 빨리 적응할 수 있게 도와주고 싶었다. 엄마로서 당연한 행동 아닌가? 분명 같은 아파트에 사는 친한 친구들과 같은 반이 되게 해 달라고 미리 선생님을 찾아가 여러 번 부탁도 하고 부담이 안 갈 정도의 선물을 하며 연신 고개를 숙이기도 했다. 그건 자식을 가진 부모로서 지극히 당연한 행동 아닌가?

그런 정성에도 불구하고 다른 친한 친구들과는 다르게 연우만 혼자 해님 반에 배정되다니. 그런데 담임이란 여자는 반 배정은 자신의 재량이 아니라는 소리나 하고 말이야. 혹시 나에게 나쁜 감정이라도 있는 건가? 그러고 보니 수상한 점이 한둘이 아니다. 혹시 그 여우같은 여자가 우리 남편을 넘보고 있는 건 아닐까? 어쩌면 나 몰래 둘이 만나고 있었을지도 모른다.

연구소에 신입 사무직원으로 입사하고 얼마 안 되어 나는 남편과 사내 연애를 시작했고, 자연스레 결혼까지 골인했다. 첫 직장인 국가생명연구소에서 내가 했던 일은 단순직이라, 같은 직장이라고 해도 남편이 도대체 뭘 연구하는지 알 수 없었다. 남편도 기밀 사항이라며 연구에 대해서는 한 번도 언급하지 않았다.

출산을 위해 회사를 그만두고 나서 남편이 서재를 개조하여 만든 작은 연구실을 청소하다가 책상에 여기저기 흩어진 서류들을 정리하면서 알게 된 것이 있었다. MCP(Mind Control Patch의 약자)라는 명칭의 어떤 연구물이었다. 호기심이 생겨서 내용을 살펴봤더니, 남편이 밤낮으로 개발하고 있는 이것은 사람의 정신을 조종하다가 필요가 없어지면 자폭까지 시킬 수 있는 엄청난 물건이었다. 파리 한 마리 죽이지 못할 것 같던 남편이 이런 것을 연구하고 있다니, 커다란 충격과 함께 남편이 낯설게 느껴졌다. 내가 알던 그가 아니었던 것이다.

유치원 입학 절차를 알아보기 위해 남편과 함께 그 담임 교사를 만나 입학 상담을 받은 적이 있었다. 지금 생각해 보니, 그날 처음 보는 자리였는데도 인사를 하는 남편과 그 여자의 눈빛이 이상했다. 게다가 수줍은 표정의 그 여자의 양 볼이 약간 발그스레했다. 그때 내가 화장실을 잠깐 다녀왔는데, 상담실 밖 유리창을 통해서 보이는 남편과 그 여자 사이가 끈적끈적한 느낌이었다. 두 사람은 서로 핸드폰 번호를 교환하고 있었다. 부모의 연락처는 둘 다 알아 두어야 한다지만, 담임 교사의 핸드폰 번호는 엄마인 나만 알면 될 텐데 내가 자리를 비운 사이에 꼭 그래야만 했을까? 뭐가 좋다고 그렇게 희희낙락하면서 말이야.

당시엔 대수롭지 않게 여겼지만, 이제 와 생각해 보니 그건 잘생기고 매력적인 내 남편에 대한 본능적 호감이 분명했다. 연구소에서도 여직원들이 남편을 어떻게 보는지는 잘 알고 있었다. 남편은 적당한 키와 탄탄한 어깨의 듬직한 체형에 한국 사람치고는 제법 선이 굵은 이목구비로 그저 바라보기만 해도 든든함을 느끼게 해서 특히 젊은 여직원들 사이에 인기가 상당했다. 오죽하면 사귀면서도 과연 내가 넘볼 수 있는 남자일까, 라는 생각까지 들었을까. 그래서 그가 프러포즈를 했을 때는 눈물 나게 기쁘면서도 실감이 나지 않았다.

결혼을 하게 되자 나는 그런 남편을 닮은 아이를 꼭 가지고 싶었다. 하지만 연애 때는 자기 일에 최선을 다하는 사람으로만 보였던 그가 사실은 지독한 일 중독자였다는 것을 깨닫게 되었고, 아이를 낳고 싶다고 말했을 때 아직은 할 일이 많으니 좀 더 시간을 갖자는 남편의 말에 크게 실망하고 울음을 터뜨렸었다. 그러자 마음이 약해진 남편은 일단 노력을 해 보겠다고 했고, 그 결실 끝에 연우가 태어난 것이다. 사실 입사 후 연구소에서 남편을 처음 보았을 때부터 한눈에 반했던 나는 남편이 내게 호감을 보이며 사귀자고 했을 땐 너무나 기뻤다. 그 후 우린 바로 사랑에 빠졌었다.

그런데, 그런데 내 목숨보다 소중한 우리 연우를 그렇게 잃게 만든 그녀과 남편이 시시덕거리는 모습을 떠올리면 둘 다 죽여버리고 싶은 분노가 치밀어 오른다. 소중한 우리 딸아이가 그렇게 가 버린 것을 생각만 해도 눈물이 멈추지 않는데, 그래서 나는 아무것도 할 수 없는데 아버지란 사람은 아무렇지도 않게 일에만 몰두하고 있다니 정말 기가 막힐 노릇이다. 매일 밤 서재에서 혼자 일에 열중하고 있는 모습을 보면 내 속이 다 타들어 가는 것 같다.

그래, 둘은 그렇고 그런 사이일 것이다. 남편은 배신자다. 자기 딸의 담임 교사와 붙어먹다가 아이까지 죽이게 만든 역겨운 살인마다. 그렇지 않으면 같은 부모인데도 나 혼자만 이렇게 괴로워하며 무거운 돌덩이를 짊어지고 있는 것이 설명이 안 된다. 답답한 마음에 몇 번이나 남편과의 대화를 시도해 봤지만, 그의 머릿속에는 오직 그놈의 연구밖에는 없는지 내 말에 귀를 기울여 주지 않았다. 이게 다 그년 때문이다. 남편과 그 담임 교사 년이 낄낄거리는 환영이 수시로 튀어나와 나를 괴롭혔다.

나쁜 년! 남편과 연우를 나에게서 빼앗아 간 최혜원, 그 악마 같은 년!

나는 두 원수 같은 인간들을 폭풍우 치는 어느 외딴섬에 가두어 놓고 내 손으로 처단하는 상상을 했다. 매일같이 다양한 방법으로 두 사람에게 형벌을 내리는 생각을 했다. 그러던 어느 날, 얼마 전에 그 MCP인가 뭔가 하는 기기의 임상 테스트가 일부 성공했다는 것을 남편의 서재를 정리하다가 알게 되었다. 전에 매뉴얼을 확인했는데 나 같은 사람도 어렵지 않게 조작할 수 있을 것 같았다.

테스트 결과를 보니 미성년자나 무의식 상태의 성인은 문제가 없는데, 의식이 있는 성인을 조종하는 건 아직 미완성이라 사용의 제한이 있었다. 그래도 이것을 이용하여 뭔가 할 수 있을 것 같았다. 머릿속에서 빠르게 일련의 계획이 떠오르자 은근한 미소가 지어졌다. 그리고 얼마 전까지 입퇴원을 반복했던 모 정신병원의 내 주치의의 얼굴이 떠올랐다. 도움이 필요하면 언제든 전화하라던 그의 얼굴이.

그는 딸아이를 잃고 벼랑 끝에 서 있는 나를 위로하며 병상에 누워 있는 나를 옆에서 지켜 주었다. 그에게서 나는 보통 의사가 환자를 대하는 것과는 비교할 수 없을 정도의 특별함을 느꼈다. 그의 눈빛에는 나를 향해 갈망하는 무언가가 있었다. 그는 나를 도와줄 것이다. 무슨 일이든 해 줄 것이다. 막연하지만 그런 믿음이 있었다.

나는 서재에서 그 남자에게 전화를 걸었다. 그리고 좀 전에 떠오른, 나 혼자서는 도저히 할 수 없는 내 계획을 그에게 말했다. 내 이야기가 끝나자 전화기 너머에서 남자의 웃음소리가 들렸다. 그는 조금의 망설임도 없이 나를 도와주겠다고 했다. 갑자기 푹 꺼진 아랫배에 힘이 차오르는 것 같았다. 연우의 복수를 제대로 해 볼 용기가 생겼다.

평소에 남편이 열쇠를 숨겨 놓는 위치는 잘 알고 있었기 때문에 맨 아래 칸 서랍은 문제없이 열 수 있었다. 그 안에서 파랑, 노랑, 초록색 MCP 기폭 장치 시제품 세 개와 매뉴얼 책자를 천천히 꺼냈다.

5.

최혜원

오늘, 나의 외상 후 스트레스 장애 치료를 위해 신경 써 주시던 모 병원 의사 선생님을 마지막으로 뵙고 왔다. 의사 선생님이 따뜻한 목소리로 말해 주셨다. 나는 무조건 살아야 한다고. 그게 자식을 잃은 엄마로서 하늘에 올라간 딸에게 보여 줄 수 있는 최선의 선택이라며 상담과 약물 처방을 해 주셨다. 하지만 나는 이제 그만하기로 했다. 어차피 내 삶은 그때 지하철에서 끝났으니 이렇게 사는 건 무의미하다. 그렇게 생각하니 속이 후련했다. 이제 저 친절한 의사 선생님을 다시 뵐 일은 없을 것이다.

그날 살려 달라고 울부짖던 지현이의 얼굴이 한시도 눈에서 지워지지 않는다. 주변에서 죽은 지현이를 위해서라도 힘내라고 하지만, 이제 더는 견딜 수 없다.

'지현아, 금쪽같은 우리 딸. 엄마가, 이 엄마가, 이 엄마가 너무 미안해. 이런 선택을 할 수밖에 없는 엄마를 제발 용서해 주렴.'

추억의 장소를 가고 싶었는데 혼자서 애 키우며 일하느라 기억에 남는 딸아이와의 추억의 장소가 떠오르지 않았다. 그러다 지현이가 다니던 집 근처 독서실이 생각났다. 늦게 퇴근할 때 만나서 같이 집에 들어갔던 곳이다. 나는 그 독서실 건물 옥상에 올라가 내 허리 높이 정도의 회백색으로 칠해진 외벽 밑을 내려다보았다. 오늘따라 어둠 속에서 불어오는 바람이 유난히 서늘하게 느껴졌다.

나는 검은색 에나멜 플랫 슈즈를 낙엽들이 떨어져 있는 외벽 아래에 가지런히 벗어 놓았다. 그리고 눈을 감고 "지현아~" 하고 불렀다. 감은 눈 속에서 지현이가 보였다. 반듯한 자세로 이쪽을 보며 서 있다. 그런데 나를 보며 웃고 있어야 할 딸아이의 미소가 안 보인다. 그건 머리가 없기 때문이다. 더는 견딜 수 없다. 아니, 견디는 게 잘못된 것이다.

어느새 지현이가 다가와 귓가에 대고 속삭인다.

"엄마, 나는 왜 웃을 수 없어? 왜 남들처럼 얼굴이 없어?"

그 말을 들은 나는 레고 블록처럼 내 손으로 내 머리통을 뚝 떼어서 딸아이의 손에 쥐여 준다. 그건 엄마로서 해 줄 수 있는, 아니 해 줘야 하는 일이다. 저 괴물 같은 사람들로부터 우리 지현이를 지키지 못한 이 못난 엄마가 반드시 해 줘야 하는 행동이다.

"이제 시간이 다 되었어요."

밤공기가 나에게 말을 건다. 그리고 나는 고개를 끄덕인다.

"지현아, 기다리게 해서 미안해. 이제 엄마가 곧 지현이한테 갈게."

주변이 온통 시커먼 우주 공간처럼 고요해졌다.

옥상 아래 회색빛 콘크리트 블록 위에서 퍼즐 조각처럼 일그러진 딸아이의 웃는 모습이 다가가는 나를 반갑게 맞이했다.

6.

이석주

환자 상태를 체크하기 위해 입원실에 들어가 처음 그녀를 마주했던 그때를 아직 잊지 못한다. 하얀 피부, 이목구비가 반듯하고 갸름한 형태의 미인형 얼굴. 하지만 침대 위로 나와 있는 그녀의 손은 고운 얼굴에 비해 거칠어 보였다.

'어디 보자, 이분 나이가…….'

손에 든 환자 차트를 바로 확인했다. 올해 나이 42세. 갑작스러운 사고로 하나뿐인 어린 딸을 잃은 후 심한 우울과 불안, 반복되는 가학적인 증세에 보다 못한 남편이 입원 신청을 했다.

내가 그녀를 이리저리 살펴보자 그녀도 큰 눈을 치켜뜨며 나를 쳐다봤다. 단정하게 뒤로 묶은 연한 갈색 머리카락에 어딘지 모르게 공허한 눈. 그리고 그 안에 텅 빈 눈동자. 하지만 나에겐 그 눈동자 안에 무언가가 보인다. 강렬한 욕망이 느껴진다.

미인들은 남자만 보면 다 그런가? 어제 입원한 환자가 주치의와의 첫 만남에서 애교를 부리는 듯한 이 느낌은 뭐지?

미친놈! 내가 지금 무슨 생각을 하는 거야. 정신 차리고 의사로서 진료에 집중해야지.

하지만 내가 그녀를 보자마자 마음을 빼앗긴 건 부정할 수 없다. 20대 때는 예쁘다는 소리를 꽤 들었을 것 같다. 남자들이 절대 가만 놔두지 않았을 테니 인기도 많았겠지.

그녀보다 나이가 세 살 정도 적은 나는 아직 싱글이지만, 그동안 이성에 크게 흥미를 느끼지 못했다. 애초부터 여자에 아무런 관심이 없었던 건 아니지만 나와 어린 동생을 가차 없이 버리고 떠난 엄마의 영향이 컸다. 엄마에 대한 미움이 이성에 대한 혐오로 이어지면서 여자란 존재를 거부하며 살았던 것 같다.

여자들이란 다 그렇고 그런 동물이다. 자신의 욕정을 위해 자식 같은 건 얼마든지 버릴 수 있는 그런 존재다. 그래서 엄마의 욕망을 제대로 채워 주지 못하고 밤낮으로 일만 하며 마치 돈 버는 기계 같았던 아빠나, 한참 어렸던 우리 형제는 철저하게 버려졌다.

그런데 이 여자는 다르게 느껴진다. 지금 공허한 눈으로 나를 보고 있는 이 여자, 석지영은 다르다. 처음 만났던 한 달 전에도, 퇴원 후 상담 차 진료실에서 이야기를 나누었던 일주일 전에도, 나는 그녀를 위해 뭐든지 할 수 있을 것 같았다. 그리고 그녀를 다시 만나고 싶었다. 그래서 무슨 일이든 도움이 필요하면 연락을 달라고 했는데, 며칠 전에 도와 달라는 연락이 왔고 그녀를 다시 만났다.

병실에 있는 창문을 통해 따뜻한 햇살이 비친다. 어디선가 은은한 향수 냄새가 난다. 그녀가 나를 위해 향수까지 뿌린 걸까.

문득 엄마 생각이 났다. 어렸을 때 엄마가 집을 나갔다. 몇 년 후, 어느 지방 원룸 촌에서 철제 옷걸이를 펴서 목에 감고 자살한 엄마의 시체가 발견되었다. 다른 남자와 또 바람이 나서 우리 가족을 버리고 도망가더니 결국 버림받고 자살을 선택한 것이다.

그런 엄마를 증오하고 여자들을 증오하지만, 슬프고 쓸쓸한 눈을 한 그녀는 다르다. 나를 너무도 잘 이해해 줄 것 같은 그 눈, 그런 눈은 이 세상에 오직 하나뿐이다. 그렇기 때문에 그녀는 소중하다. 절대로 놓치지 않을 것이다. 그녀가 원하는 건 뭐든 할 것이다. 석지영, 난 그녀를 내 목숨보다 아끼고 더 사랑한다.

나와 통화한 후 그녀는 나에게 달려왔다. 그녀의 복수를 위해 둘이서 축배를 들기로 한 것이다. 프랑스 고급 레드와인. 그녀가 평소 즐겨 마시는 와인을 미리 준비해 두었고, 와인을 마신 후 우리는 침실로 이동했다. 그녀의 귀여운 작은 발이 내 발등 위로 폴짝 올라왔다. 우리는 마치 서커스의 곡예사처럼 한 몸, 한 팀이 되었다.

내 옆에서 그녀가 나를 향해 미소 짓고 있다. 그녀는 우리 집에서, 내 침대에서 나와 같이 나란히 누웠다. 그녀를 보고 있으면 왠지 모르게 포근한 느낌이 든다. 그녀의 눈동자를 보고 있으면 몸이 붕 떠올라 눈부시게 빛나는 물 위를 걸어 다니는 착각에 빠진다.

그녀는 이제 세상에서 유일한 나의 안식처가 되었다. 그녀가 장난스러운 얼굴로 나에게 다가온다. 그리고 내 손을 맞잡는다. 양팔을 내 목에 두르며 내 입술에 진한 키스를 한다. 나는 속에서 차오르는 희열에 눈을 감는다. 그때 목덜미에서 따끔, 한 느낌이 들었다. 손으로 목 주변을 만져 보려다가 키스하고 있는 그녀가 놀랄 것 같아서 포기하고 그냥 받아들였다. 그녀와 보내는 이 시간을 그 무엇으로부터도 방해받고 싶지 않았다. 무아지경에 빠진 내 정신과 영혼은 까마득하게 저 공기 중으로 사라져 버렸다.

이제 나의 모든 것은 그녀, 석지영의 것이다.

* * *

띠. 띠. 띠. 띠. 띠디리리리링.

빨간색 플라스틱 덮개가 달린 현관문 터치 패드를 누르는 소리가 들렸다. 며칠 전에 변경한 이 집 현관 비밀번호는 나와 지영, 둘만 알고 있다. 비번은 며칠 전에 그녀가 왔다가 자고 가면서 변경한 것이다. 자신의 딸아이가 유치원에서 떨어져 죽은 날짜인 0919. 우리 둘만이 문을 열고 들어올 수 있는 번호로 바꾸고 싶었단다.

우리의 복수극을 끝내고 할 일이 있다고 해서 나는 집에서 얌전히 기다리고 있었다. 실로 잔인한 복수극이었지만, 나는 그녀가 준비한 모든 것을 그대로 따랐다. 그녀는 자신을 배신한 남편과 그 여자에게 고통을 주고 싶다고 했다. 현장은 끔찍했지만 그녀가 원했던 것이라면 나는 괜찮다. 그녀로부터 저녁쯤에 들르겠다는 문자가 점심때 왔다. 나는 들뜬 마음으로 맞이할 준비를 하고 있었다.

그녀는 내가 앉아 있는 안방 침실로 노크도 없이 들어왔다. 시원해 보이는 파란색 귀걸이가 그녀의 귀에서 정처 없이 흔들리는 게 눈에 들어왔다. 내가 선물한 것이다.

그녀에게서는 어렸을 때 맡았던 엄마의 냄새가 났다. 상큼한 살구 향과도 비슷한 달콤한 비린내. 왠지 모르게 끌리는 향기, 남자의 보호 본능을 자극하는 냄새. 어쩌면 내가 그녀의 주치의가 아니라 그녀가 내 마음을 치료해 주는 주치의인지도 모르겠다.

반갑게 맞이하면서 그녀의 얼굴을 봤는데, 웬일인지 슬픈 눈을 하고 있었다. 그녀는 몸에 딱 붙는 단색 원피스 차림으로 침대에 걸터앉아 있는 나를 보며 흐트러진 머릿결을 손으로 쓸어

올렸다. 표정이 많이 안 좋아 보였다.

"지영 씨, 어서 와요. 그런데 표정이 왜 그래요?"

무슨 일이 있었는지 궁금했던 나는 그녀의 얼굴을 가까이서 보려고 침대에서 일어나려고 했다.

"미안해. 그리고 고마워."

다가가려는 나를 침대에 다시 앉히며, 그녀는 작은 목소리로 말했다.

"왜 그래요? 잔인한 범죄에 저를 끌어들였다는 생각을 하는 거예요? 그런 생각 하지 마세요. 저는 다 각오하고 있었어요. 이제 계획대로 우리 둘이 어디 멀리로 도망가면 되잖아요. 당신과 나, 해피엔딩. 오케이?"

그녀는 아무런 대답 없이 차가운 손으로 한동안 내 손을 잡고 있더니 금방이라도 울음을 터뜨릴 듯한 얼굴로 방에서 나갔다. 그래, 그녀에겐 힘든 시간이었을 것이다. 갑자기 죽은 딸 생각도 났을 것이고, 그밖에 여러 가지를 정리할 시간이 필요하겠지. 오늘은 둘이서 침대에 마주 앉아 외국에 나가서 무엇을 하고 싶은지, 어떤 음식을 먹고 싶은지 등에 대해 즐겁게 얘기를 나누고 싶었지만 참아야겠다. 진정이 되면 그때…….

갑자기 목덜미가 찌릿찌릿하더니 온몸에 전기가 흐르는 느낌이 들었다. 손가락으로 목을 더듬어 보았다. 뭔가 따끔따끔하는 게 느껴졌다.

"어?"

얼마 전에 그녀가 한 얘기가 생각났다. 남편의 서재에서 몰래 가져온 MCP 시제품과 나노 패치가 어떤 것인지에 대한 설명. 그리고 기폭 장치가 작동할 수 있는 거리는 약 1Km 정도라는 것.

"지, 지영 씨!"

당황한 내가 침대에서 벌떡 일어나려는 순간, 갑자기 목덜미에서 뜨거운 것들이 머리 위로 차오르는 것이 느껴졌다.

"서, 설마!"

그 순간, 눈앞에 넋이 나간 얼굴로 나를 향해 미소 짓는 그녀의 흐릿한 환영이 보였다. 어딘가에서 천둥 번개가 머리 위로 사정없이 내리쳤다.

콰콰콰콰콰콰콰콰쾅.

머릿속에서 커다란 믹서의 날카로운 칼날이 미친 듯이 회전하며 모조리 찢는 듯한 엄청난 통증이 밀려왔다. 그리고 시야가 하얘졌다.

"아아악!"

조금 전에 나를 두고 간 그녀가 무척이나 보고 싶어졌다.

'이제 나는 끝인가?'

띠띠.

퍼억!

7.

석지영

인간의 잔인함에는 끝이 존재할까?

방금 석주 씨의 아파트 정문을 나오며 핸드백에서 꺼낸 MCP의 초록색 기폭 장치의 빨간 버튼을 1초도 주저하지 않고 눌러버렸다. 현장을 직접 보진 못했지만, 아마 석주 씨는 마지막 순간까지 나에게 저주를 퍼부으며 비참하게 죽었을 것이다.

내 자식을 죽게 만들고 내 남편까지 탐낸 그년의 죄를 심판하기 위해 나는 복수를 계획했다. 아참, 남편과 그년은 정말 그런 사이였을까? 지하철 안에서 그들의 대화를 들었을 때는 전혀 그런 느낌이 아니었다. 서로 죽이라는 지시를 했을 때도 전혀 본색을 드러내지 않았다. 뭐, 아무래도 상관없다. 그년이 우리 딸을 죽인 건 변함없는 사실이니까.

아무튼 나의 계획은 아직 끝나지 않았고, 그 계획에 석주 씨가 포함되었다는 건 마음 아픈 일이다. 나의 복수를 진심으로 도와준 석주 씨가 너무도 불쌍하다. 하지만 어쩔 수 없었다. 석주 씨가 우리들의 안전을 위해 남편을 꼭 죽여야 한다고 주장했기 때문이다.

아직 나는 내 남편을, 준수 씨를, 계속 사랑하고 있다. 죽어서도 영원히 사랑할 것이다. 그는 우리 연우의 하나뿐인 아빠다.

갑자기 복부에서 통증이 느껴진다. 나는 벌어진 입술에서 저절로 터져 나오려는 신음을 삼켰다. 이 자리에서 내 몸속에 있는 암 덩어리가 갑자기 막 활개를 쳐서 내가 쓰러져 죽더라도 내가 지은 죄는 용서받지 못할 것이다. 연우를 하늘로 보내고 슬픔에 잠겨 있을 때 설상가상으로 내 몸속에 암 덩어리가 자라고 있다는 것을 알게 되었고, 기가 막혀서 눈물도 나오지 않았다. 일단 남편에게는 비밀로 했다. 길어야 앞으로 6개월이라는 얘기를 듣고 나서 나는 남은 시간을 후회 없이 보내고 싶었고 복수를 계획했다.

나는 몰래 미행하던 남편이 열차에 탄 후 깜빡 잠든 사이에 나노 패치를 붙였다. 그리고 조종하여 다음 역에서 반대편 열차에

타게 했다. MCP의 조종 기능은 성인이 의식이 있을 때는 제대로 작동하지 않는다는 특징을 최대한 고려해서 세운 계획이었다. 그리고 남편이 집으로 가져온 MCP 기폭 장치 세 개 중에, 여자가 열차 안에서 누른 진회색 장치는 가짜였다. 석주 씨에게 부탁해서 겉모양만 비슷하게 만든 것이다. 그 교사 년이 자기 딸을 살리기 위해 가짜 기폭 장치를 눌렀지만, 딸의 머리가 날아가는 건 처음부터 계산된 것이었다. 처음에는 진짜 기폭 장치를 줄까 했지만 만약의 경우를 생각해 가짜를 만들었고, 울부짖는 그 여자의 딸을 보며 나는 주머니 속에 있던 진짜 기폭 장치의 빨간 버튼을 눌렀다.

그래, 내가 한 짓은 용서될 수 없는 악행이라는 것을 알고 있다. 복수심이 침식되어 아무렇지도 않게 사람을 죽인 나 자신이 구역질 나고 혐오스럽다. 용서받을 생각도 없고, 이 복수를 계획할 때부터 끝나고 난 다음 어디로 도망칠 생각도 없었다.

이젠 더 머뭇거릴 시간이 없다. 모든 것을 마무리하고 끝맺음으로써 나는 우리 딸 연우가 있는 곳으로 떠날 수 있다. 이것이 내가 진통제를 밥알처럼 씹어 먹으며 지금까지 버텨 왔던 이유이다.

늦기 전에 남편의 얼굴을 마지막으로 보러 가기로 했다. 가는 길에 나는 남편의 머릿속 폭탄을 활성화시킬 수 있는 파란색 MCP 기폭 장치를 집 근처 쇼핑몰 내 물품 보관함에 넣고, 보관함 열쇠 머리에 쇼핑몰 이름이 적힌 스티커를 붙인 다음, 주머니에 넣었다.

비록 남편이 이런 내 몰골을 보고 혐오스러워 해도, 또 나에게 무슨 욕을 해도, 그래도 꼭 그의 얼굴을 보고 싶다. 그리고 기폭 장치도 전달해 줘야 한다. 나는 주머니에 손을 넣어 열쇠를 다시 확인한 후, 남편과 나 그리고 우리 연우, 우리 세 가족이 행복하게 살았던 집을 향해 천천히 발걸음을 옮겼다. 끝까지 눈물을 흘리지 않으려고 나도 모르게 입술을 꽉 깨물었다.

그때, 연우의 조곤조곤한 말소리가 내 귓가에 울렸다. 저기, 햇빛에 반짝이는 대문 앞에서 연우가 나를 보며 환하게 웃고 있다.

“엄마, 빠빠이!”

8.

김준수

지하철 테러 사건이 발생한 지 일주일이 지났다. 아침에 겨우 눈은 떴지만 허탈함과 극심한 피로 때문에 점심때까지 침대에서 일어나지 못했다. 그러던 중 조금 전에 연우의 사건 수사 때 알게 된 김 형사로부터 전화 연락이 왔다.

먼저, 최혜원 씨가 딸이 다니던 사설 독서실 건물에서 투신하여 숨진 채 발견되었다는 소식을 전해 주었다. 정신과 치료까지 받았지만 끝내 견디지 못하고 자살을 선택한 것이다.

김 형사의 얘기를 듣고 바로 지난주에 발생했던 그 엄청난 사건들이 나쁜 꿈이 아닌 현실임을 자각했다. 그의 말로는 그 교사의 딸의 머리가 산산조각이 났을 때 옆에 있던 남자의 신원이 아직도 밝혀지지 않고 있다고 한다. 과연 아내는 어디서 그런 사람을 찾아서 같이 범행을 공모했는지 궁금했다. 다크웹 같은 데서 살인 청부도 가능하다는 얘기는 들었지만, 내가 아는 아내는 그런 건 할 줄도 모른다. 게다가 서재에 있는 MCP 시제품을 훔쳐서 이번 일에 활용했다는 사실에 놀라움을 금치 못하겠다.

혹시 아내가 그 교사를 칼로 찌르려고 했을 때 내가 막지 않았다면, 그 교사 딸의 목숨은 구할 수 있었을까? 아니, 애초에 내가 MCP 시제품을 서재에 가져다 놓지 않았다면 이런 비극은 없었을지도 모른다.

그래, 아내를 복수심에 물들게 한 건 내 책임이 크다. 연우를 잃은 후, 명색이 한 집의 가장이면서 그저 바쁘다는 핑계를 대며 슬픔과 고통을 함께하지 못했던 내가 문제였다. 그 착했던 아내가 그런 끔찍한 짓을 벌이게 된 건 결국 나 때문이다. 내가 지영이를 괴물로 만들었다.

그때 지하철에서 봤던 아내의 그 눈빛, 그 눈빛을 생각하면 지금도 두렵다. 아내는 나의 불륜을 의심했다. 나의 무관심으로 외톨이가 된 그녀는 자신이 만든 상상의 세상 속에 살았다. 그래서 그 교사와 내가 불륜을 저질렀다는 망상에 빠진 것이다. 그 교사도 죽었으니 이제 나를 죽이려 할지도 모른다. 지금도 어디엔가 숨어서 몰래 지켜보며 기회를 노리고 있을지 모른다. 자신을 배신했다고 믿는 나를, 죽음의 공포 속에서 평생 고통받게 하려고 내 머릿속 폭탄을 계속 활성화하지 않을지도 모른다. 광기에 빠져 버린 아내는 이제 더는 예전의 지영이가 아니다. 지영이가 무섭다.

띠. 띠. 띠. 띠. 띠.

밖에서 현관문 키패드 누르는 소리가 들렸다. 놀란 내가 방문을 보고 있는데, 스르르 문이 열리며 아내가 들어왔다. 초점 없는 눈동자. 힘없이 벌어진 입. 축 늘어진 어깨. 사랑스러웠던 나의 아내 지영이가 산송장 같은 모습으로 나타났다.

"지영아……."

아내는 아무런 말 없이 한동안 나를 바라보기만 했다.

갑자기 이렇게 나타난 이유는 뭘까? 설마 내 앞에서 기폭 장치 버튼을 누르려고 온 건 아니겠지? 이럴 때 나는 뭐라고 해야 하지? 살려 달라고? 살려만 주면 뭐든 하겠다고?

불안한 마음에 눈동자를 굴리고 있는데, 금방이라도 방바닥에 쓰러질 것 같은 아내는 무표정한 얼굴로 교무실에 불려온 학생처럼 손가락을 깍지 낀 채 복부 쪽에 가지런히 모으고 있었다.

"지영아…… 당신이 그렇게 죽이고 싶어 했던 그 여자가 투신자살을 했대. 혹시 알고 있어?"

아내는 조용히 고개를 끄덕였다.

"그럼, 이제 어떻게 할 거야? 자수하는 건 어때? 어떻게 하든 우리도 살아야지."

그녀는 매서운 눈빛으로 나를 노려봤다.

"당신은 그렇게 살고 싶어? 우리 연우, 우리 연우를 그렇게 보내고 삶에 대한 미련이 남아 있는 거야? 우리 연우 보고 싶지 않아? 여보, 나는 매일같이 연우 꿈을 꿔. 우리 연우가, 우리 연우가 너무 보고 싶어."

아내는 일그러진 표정으로 눈물을 흘렸다.

"지영아, 마음 가라앉히고 내 말 좀 들어 봐. 당신이 자수하면 내가 어떻게든 뒷바라지를 할게. 국가 기밀 사항도 관련되어 있으니까 감형에도 도움이 될 거야."

"난 그런 거 필요 없어."

"그러지 말고 잘 생각해 봐. 당신도 살려면 내 도움이 필요하잖아. 그러니까 그……."

"다 필요 없다니까!"

"지영아, 흥분하지 말고 내 말 잘 들어 봐. 설마 당신 나까지 죽이려는 건 아니지? 그래, 아닐 거야. 그럴 생각이었으면 그때 지하철에서 나도 그렇게 되었겠지."

조심스러운 말투로 말했더니 그녀가 나를 물끄러미 봤다.

"그렇지? 그럼 혹시, 그 기폭 장치 지금 가지고 있어?"

지영이 고개를 가로저으며 입고 있는 옷 주머니 속에 하얗고 가느다란 손을 천천히 집어넣었다.

"준수 씨, 이거……."

"아, 잠깐. 설마 그거 지금 버튼을 누르려고 그러는 거 아니지?"

"여보, 왜 그렇게 사는 데 집착을 해? 난 우리 연우 없는 세상에서 사는 게 싫은데."

아내는 한 손을 주머니에 넣은 채 나를 경멸하는 눈으로 보았다.

"지영아, 나는 아직 할 일이 많아. 그리고 연우도 우리가 잘 살길 바랄 거야. 그러니까…….”

“그만, 그만해. 나는 다 필요 없어. 당신은 이제…….”

아내의 말에 그 버튼을 누를 것이란 생각이 들었다. 강한 생존 본능이 나를 움직였다. 만약의 상황에 대비해서 침대 위 이불 속에 숨겨 두었던 칼을 재빨리 꺼내 아내의 오른쪽 복부를 있는 힘껏 찔렀다.

“억!”

아내의 짧은 신음이 들렸다. 칼을 들고 있는 내 손이 바르르 떨렸다. 칼에 찔리며 찡그렸던 아내의 표정이 조금씩 온화해지고 있었다. 나는 아내가 그 버튼을 누를 것이란 공포감에 제정신이 아니었다. 그래서 다시 힘을 주어 칼을 더 깊이 찔렀다.

“으윽!”

아내는 고통스러운 표정을 지었지만, 아무런 저항도 하지 않고 그대로 쓰러졌다. 그리고 힘없는 목소리로 “여보, 고마워.”라고 했다. 그 말을 들은 순간 정신이 든 나는 내가 한 짓이 도저히 믿기지 않았다. 난, 죄책감과 공포에 몸을 부르르 떨었다.

“여……보…… 연우 아빠…….”

쓰러진 아내의 복부에서 선홍빛 핏물이 서서히 분출되기 시작했다.

"지영아!"

"정말 미안해……. 정말 미……."

'세액' 소리를 내며 간신히 숨 쉬던 지영이 고개를 천천히 숙이며 눈을 감았다. 그렇게 아내는 숨을 거두었다. 연우의 죽음에 괴로워하며 매일같이 악몽 속에서 살아온 아내가 결국 이렇게 가 버렸다.

갑작스러운 사후 경직 반응에 기침하듯 피를 내뿜은 아내의 핏물이 내 얼굴에 튀었다. 급히 손으로 가렸지만 쓰고 있던 금테 안경알에 묻고 말았다. 너무도 비참했다. 나는 정말 인간도 아니다. 이런 와중에도 '아내를 죽인 나는 어떻게 되는 거지?'라는 생각을 했다. 이대로라면 나는 아내를 죽인 살인범으로 재판을 받게 될 것이다. 여기까지 와서 그럴 수는 없다.

나는 경찰에 전화하기 전에 크게 심호흡을 한 후, 들고 있던 칼로 오른쪽 어깨의 한 부분을 골라 적당한 깊이로 찔렀다. 정당방위로 만들어야 한다. 끔찍한 범죄를 저지른 아내가 몰래 집으로 들어와서 남편까지 칼로 죽이려다 몸싸움 끝에 죽은 것으로 해야 한다.

칼에 찔린 어깨에 근육이 쪼개지는 듯한 통증이 올라왔다. 내 입에서 낮은 비명이 나왔다. 찡그린 얼굴로 죽은 아내를 봤다.

표정이 너무도 편해 보였다. 원하던 대로 연우를 만난 걸까.

지영이의 얼굴을 보던 시선이 주머니 속에 들어간 한쪽 손으로 이동했다. 그제야 그 기폭 장치가 생각났다. 나는 조심스럽게 다가가서 주머니 속에서 그녀의 손을 꺼냈다. 그 손에는 작은 열쇠 하나가 쥐어져 있었다. 그 열쇠에는 근처 쇼핑몰 이름이 적힌 스티커가 붙어 있었다. 나는 아내의 주머니는 물론이고 이곳저곳을 더듬으며 뒤져 보았다. 기폭 장치는 없었다.

허탈한 마음으로 앉아 있는데 전화벨이 울렸다. 김 형사의 전화였다. 나는 천천히 통화 버튼을 눌렀다.

[여보세요. 준수 씨? 제 말 들리세요. 아내분 정신 병원 주치의가 자택에서 죽었는데, 지하철 사건 때처럼 머리가……. 아무래도 전부 아내분의 소행 같습니다. 다음은 준수 씨가 위험할지 모릅니다. 준수 씨? 준수 씨, 제 말 이해하셨죠? 준수 씨?]

나는 아무런 말도 하지 못했다. 피 묻은 내 손에 놓여 있는 열쇠가 무엇을 위한 것인지, 그리고 그 열쇠를 아내가 내게 주려고 했던 건 왜인지를 생각하며, 애타게 내 이름을 부르는 김 형사의 목소리를 멍하니 들을 수밖에 없었다.

이웃을 놀라게 하는 법

만약 세상에 악마가 숨어 있다면, 그건 바로 내 안에 있다.

그 악마는 나에게 최고의 즐거움을 알려 줬다. 그래서 나는 지금 두근거리는 가슴으로 은색의 문 앞에서 두 발을 딛고 서 있다. 넘치는 기대감에 몸을 떨며 머리를 마구 흔들었다. 저 은색 문을 열면 쾌락의 천국이 내 눈앞에 환하게 펼쳐질 것이다. 점점, 환희의 냄새가 난다. 피부 속으로 희열이 차오른다. 매번 이 살인의 쾌락을 맛보기 직전에 내 안의 악마가 오감을 자극하며 부추긴다.

핑!

신호가 왔다.

나는 주머니 속에 들어 있는 노란색 커터 칼을 손으로 만지작거렸다.

* * *

주영

대학 동창 녀석과 1층 출입문 안으로 들어섰더니 빛바랜 조명과 함께 우리 아파트 엘리베이터 도어가 활짝 열렸다. 문이 열린 것은 엘리베이터 1호기. 며칠 전 방송으로 아파트 관리실에서 말하기를, 2호기는 지금 중요 부품을 교체 중이라 '이번 주 내내 사용 불가'라고 했다.

어?

이게 무슨 우연인가. 기막힌 타이밍이다. 엘리베이터 안에 그녀이 혼자 껌을 짝짝 씹으며 액정에 대각선으로 실금이 쫙 그어진 분홍색 케이스의 핸드폰을 만지작거리고 있는 게 아닌가. 단체로 카톡 메시지라도 주고받는지, 엘리베이터 안에는 낯간지러운 카톡! 카톡! 카톡! 소리가 계속 울렸다.

그녀을 보고 멈칫하는 나에게 동창 녀석이 “그럼 잘 들어가!” 하며 방긋 웃었다. 나는 그녀을 못 본 척하고 엘리베이터 안으로 발을 들여놓았다. 친구 녀석은 그런 나와 그녀을 번갈아 보더니 손을 흔들며 입 모양만으로 ‘화. 이. 팅.’이라고 했다.

녀석도 참…… 못 말린다니까.

이윽고 덜컹하고 도어가 닫히며 엘리베이터가 서서히 움직이기 시작했다. 엘리베이터 버튼을 보니 6층에 빨간불이 켜져 있었다. 그녀은 외출할 때 자동차를 맨날 가지고 다니는지 지하 주차장에서 엘리베이터를 타고 올라오다가 1층에서 이렇게 마주친 적이 많다.

나는 잠깐 망설이다 그 아래 5층 버튼을 지그시 눌렀다. 그녀이 살짝 동요하는 것이 느껴졌다. 내가 자기와 같은 6층에 살고 있다는 것을 이미 알고 있기 때문이다. 같은 동 6층 엘리베이터 통로를 사이에 두고 왼쪽 601호와 오른쪽 602호, 이렇게 서로 마주 보며 살고 있다. 얼마든지 웃고 지낼 수 있는 같은 동 이웃사촌인 셈이다.

저런 년하고 이웃사촌은 개뿔.

아침 출근 시간, 눈곱이 덕지덕지 낀 몰골로 집에서 나와 추리닝 차림에 파란색 삼선 슬리퍼를 신고 어슬렁어슬렁 편의점에 가는 나와 마주칠 때마다 그년은 무슨 징그러운 벌레라도 쳐다 보듯이 나를 향해 경멸하는 표정을 짓는다.

한번은 그년의 친구들로 보이는 무리가 집에 놀러 왔는지 나와 엘리베이터를 같이 탄 적이 있었다. 그때 일부러 내게 들으라는 듯 친구들에게 속닥거렸다. 옆집에 사는 남자가 있는데 평소에 하고 다니는 꼬라지를 보니 취직도 못 한 백수 같은데, 기름지고 떡 진 머리로 돌아다니는 게 마주칠 때마다 기분이 나쁘고 역겹다며 흉을 봤다. 게다가 보기엔 젊은 듯한데 여자 앞에서 제대로 구실이나 하겠냐는 말에 나는 귀까지 화끈해지는 것을 느꼈다. 그것도 모자라서 그년이 친구에게 귓속말하는 것이 그대로 들렸다.

"꼭 바퀴벌레 같아……. 정말 징그러워!"

꼭 바퀴벌레 같아…….

정말 징그러워…….

그때의 기분을 생각하면 지금도 화가 치밀어 오른다.

이년을 내가 어떻게 죽이지.

모멸감에 살의가 끓어오르다가도 삼삼한 그년의 얼굴을 떠올리면 기분이 묘해진다. 통로에서 가끔씩 마주치는 그년의 얼굴은 뛰어난 미인형은 아니지만 그 지랄 같은 성격에 비해서 착하고 귀여운 인상의 작은 얼굴에 육감적인 몸매를 갖추고 있다. 한마디로 그녀의 외모는 남자라면 누구나 한 번쯤 눈여겨볼 만한 스타일이다. 그래서 혼자 있을 때 그녀를 증오하며 욕하다가 강제로 범하는 상상을 하며 자위를 한 적도 여러 번 있다.

그래서인지, 아파트 통로에서 그녀과 스쳐 지나갈 때마다 괜히 죄인처럼 묘한 죄책감과 함께 주눅이 든다. 이런 걸 애증이라고 하는 걸까.

솔직히 나는 연거푸 취직에서 낙방하고 자존감이 바닥을 쳐서 사람들 시선 신경 안 쓰고 외출할 때 지저분하게 다닌 건 사실이다. 하지만 내가 아무리 백수에 행색이 지저분해도 남에게 해를 준 적은 한 번도 없다. 그녀으로부터 그런 험담을 들었다고 해서 사람들에게 그녀에 대해 안 좋은 말을 하거나 흉을 본 적도 없다.

그런데도 그녀의 그 눈빛과 표정은 도저히 견딜 수 없다. 같은 동 이웃인 나를 왜 그렇게 경멸하고 싫어하는 걸까. 멀쩡한 성인 남자인 나를 그렇게 대놓고 무시하는 이유를 아무리 생각해도 모르겠다.

저번에 집에서 가족들과 저녁을 먹다가 아파트 입주민 모임에 다녀오신 엄마로부터 옆집에 사는 사람들에 대해서 듣게 되었다. 집주인 부부는 둘 다 전문직이고, 딸이 하나 있는데 유명한 사립대학 미대를 졸업하고 대기업 광고 회사에서 디자이너로 일하고 있다고 한다. 그렇게 한창 그 집 얘기를 하던 엄마가 갑자기 나에게 화를 냈다.

"그 집 딸은 취직도 해서 부모님한테 선물도 사 드리고 여행도 보내 드린다는데, 주영이 넌 언제까지 부모 곁에만 그렇게 붙어서 매일 빈둥빈둥할 거야."

나는 엄마에게 등짝 스매싱을 한 대 맞고 부아가 치밀었다.

쳇! 광고 회사 다니는 게 뭐 그렇게 잘났다고. 내가 대기업에 취직만 해 봐라. 아주 코를 납작하게 만들어 줄 테다.

별것도 아닌 년이 이웃 사는 나를 벌레 보듯 하대하면서 우월감을 느끼나 보다. 그 가증스러운 년을 아파트 통로에서 마주칠 때마다 나는 '언젠가 제대로 한 번은 너에게 골탕을 먹여 주마!'라며 잔뜩 벼른다. 마음 같아서는 저 싸가지 없는 년의 얼굴 가죽을 턱 밑부터 정수리 끝까지 모조리 벗겨 버리고 싶다. 물론 그랬다가는 평생 콩밥이나 먹는 신세가 될 테니 실행에 옮길 수는 없다. 그래도 최소한 그년을 잠깐이라도 겁먹게 해 주고 싶다. 갑자기 궁금했다. 저런 싸가지 없는 이웃을 놀라게 하는 방법은 대체 뭐가 있을까?

인터넷으로 '이웃을 놀라게 하는 방법'을 검색해 봤다. 첫 검색부터 와~ 택배 박스 안에 죽은 벌레나 악취가 심한 쓰레기들을 집어넣고 단단히 밀봉해서 배달된 택배 상자인 척 현관문 앞에 몰래 가져다 놓는 것, 이라는 내용이 나왔다. 효과는 정말 백점 만점에 백 점일 것 같았다. 하지만 혹시라도 그녀 부모님이 박스를 들고 들어가서 먼저 뜯어 볼 가능성이 있다. 결정적으로 내가 그녀의 기겁하는 표정을 직접 볼 수가 없다는 단점이 있다.

아니면…… 아침에 출근할 때 그녀이 엘리베이터를 타는 시간이 항상 일정하니까, 내가 그 시간에 맞춰 검은색 마스크를 쓰고 나타나서 깜짝 놀라게 하는 건 어떨까? 음…… 아니다. 아니야.

요새 보니까 꼴에 또 운동한다고 6층 정도는 비상구 계단을 통해 오르내리기도 하더라. 물론 엘리베이터를 이용할 때도 많지만 타이밍을 제대로 맞추지 않으면 마스크 쓰고 나온 내가 머쓱하게, 쳐다보지도 않고 가 버릴 수도 있다. 자칫 잘못했다가 무서워하긴커녕 나를 더욱 경멸하게 될지도 몰라.

그것도 아니면 어디서 시베리아허스키처럼 큰 개를 한 마리 데려와서 놀라게 해 줄까? 아, 아니다. 이것도 안 된다. 결정적으로 내가 애완동물을 싫어해서 놀라서 도망가는 건 내 쪽일 수도 있다. 나는 계속 취직 준비도 해야 하고, 한 번뿐인 귀한 인생인데 그녀 상대하다가 문제라도 생기면 내가 손해다. 그냥 내가 적당히 만족할 수 있을 정도로 딱 한 번 놀라게 해 주는 것이 낫겠다. 그녀도 한번 놀라는 경험을 하면 앞으로 나와 마주칠 때마다 놀란 토끼 같은 표정으로 목 인사 정도는 하겠지?

그렇게 한참을 벼르고 있었는데 전혀 생각도 하지 못한 기회가 찾아왔다. 이렇게 야심한 시각에 그녀이 엘리베이터 안에 홀로 타고 있었으니 말이다. 나 역시 상대를 별로 신경 안 쓰는 척하면서 살짝 곁눈질했다. 아니나 다를까, 나를 아예 투명 인간 취급하기로 했는지 이쪽에 사람이 있다는 걸 전혀 의식하지 않고 반대쪽 벽에 찰싹 붙어서 서 있었다.

그래도 내가 엘리베이터에 탄 다음에 6층이 아닌 5층 버튼을 누른 걸 속으로 의아해하고 있을 것이다. 그건 확실하다. 내가 5층 버튼을 누를 때 그녀의 갈색 눈썹 사이 미간이 살짝 찌그러지는 것을 발견했다. 그래서 나는 지금이 저녀에게 골탕을 제대로 먹일 수 있는, 하늘이 내려 준 좋은 기회라는 생각이 들었다. 드디어 계획을 실행에 옮기기로 결심한 것이다.

세 시간 전.

출출해서 아파트 상가 안의 편의점에 들렀다가 거기서 우연히 대학 때 동창인 석현을 만났다. 석현이가 맥주와 안줏거리를 잔뜩 샀고, 우리는 편의점 간이 테이블에 자리를 잡았다.

“잘 마실게. 석현이 너 대학 다닐 때는 학점도 잘 나오는 데다 외모도 말끔하고 성격도 호탕해서 여자애들한테 인기도 많았는데 오랜만에 만났는데도 멋진 건 여전하구나. 그런데 표정이 왜 그래? 좀 안 좋아 보이는데? 무슨 일 있어?”

“그래? 음…… 사실은 오늘이 돌아가신 엄마 기일이거든.”

“아…… 그렇구나.”

석현이 말로는 이따 자정에 몸이 불편하신 아버지와 함께 어머니 제사를 지내기로 했는데, 이 상가 건물에 볼일이 있어서 왔다고 한다. 석현이 엄마가 돌아가신 건 대학생 때 들어서 알고 있었다. 석현이가 초등학생 때 집을 나가 행방을 알 수 없었던 엄마가 몇 년 후 어느 시골의 허름한 원룸에서 목을 맨 채 시체로 발견이 되었다 한다.

운동장 계단에서 내게 그 이야기를 하면서 눈물을 뚝뚝 흘리던 석현이의 모습과 지금 내 앞에서 조용히 캔 맥주를 마시고 있는 석현이는 왠지 다른 사람처럼 느껴졌다. 그래도 석현이와 쉽게 털어놓지 못할 개인사까지 공유하는 사이였다는 걸 떠올렸더니 취기를 느끼며 나의 힘겨운 백수 생활에 대해서 주저리주저리 늘어놓게 되었다.

“내가 말이야, 집에서 구박받는 것도 서러운데 옆집 사는 싸가지 없는 년한테 무시까지 당하고…….”

난 캔 안에 남은 맥주를 입 안으로 털어 넣으며 석현이에게 그녀 얘기를 했다. 나의 얘기를 들은 석현의 눈빛에 갑자기 생기가 돌았다. 캔으로 건배를 하며 연거푸 맥주를 마시던 우리의 화제는 서서히 나의 복수 계획으로 넘어갔다. 석현이는 나에게 무슨 계획인지 호기심 어린 얼굴로 물었다.

“야! 이석현. 뭘 그렇게 관심을 보이고 그래, 민망하게……. 딱히 별건 아니고…….”

우연히 내가 그녀과 엘리베이터를 같이 타게 되었을 때, 난 그녀의 예상을 깨고 원래 내려야 할 6층이 아닌 5층에 내린다. 그런 다음 비상구 계단을 통해 잽싸게 6층으로 뛰어 올라간다. 엘리베이터를 따라잡으려면 미친 듯이 뛰어 올라가야 한다. 그리고 그녀이 탄 엘리베이터 문이 활짝 열리는 순간을 노린다. 내가 무서운 표정을 지으며 그 앞에 딱 서서 그녀을 놀라게 하는 것이다. 그런 계획을 얘기했더니 석현이가 코웃음을 쳤다.

“에이~ 그게 뭐야.”

무슨 어마어마한 계획이라도 기대했었나 보다.

“야! 무슨 얘기를 기대한 거야. 설마 내가 그녀을 엘리베이터 안에서 이렇게 꽥꽥꽥, 목이라도 조르는 줄 알았냐?"

나는 손바닥을 교차해 자신의 목을 조르는 시늉을 했다.

석현이가 잠깐 골똘히 생각하더니, 입고 온 재킷 주머니 안에서 노란색의 문구용 커터 칼을 한 개 꺼내 내 주머니에 넣으며 말했다.

"이게 뭐야?"

"그 여자가 탄 엘리베이터가 6층에 도착해 문이 열렸을 때 모양 빠지게 인상만 쓰고 있지 말고 이런 칼이라도 손에 쥐고 있으면 놀라게 하는 데 백 퍼 성공할 거야. 확실하게 복수하고 싶다며. 그럼 이 정도는 겁을 줘야 다음부터는 너 무시하지 못할 거 아니냐고."

솔직히 아파트에서 매번 볼 때마다 나를 무시하는 그녀를 제대로 골려 주고 싶은 마음은 굴뚝같다. 하지만 단순히 밤에 엘리베이터 앞에 갑자기 나타나 놀라게 하는 것과, 이런 칼로 상대를 위협하는 것은 장난의 질이 다르다.

그녀이 그냥 깜짝 놀라게 하는 것에 그치지 않고 자기에게 칼로 위협하면서 성폭행을 시도했다고 경찰에 신고라도 하면 나는 졸지에 범죄자로 몰리게 된다. 그렇게 되면 망신을 당하는 것은 물론이고, 내 인생이 걸린 취업 활동까지 영원히 망치게 될 것이다.

내가 그런 장난을 했다간 성범죄자로 몰려 잡히기 딱이라고 했더니 석현이 웃으며 말했다.

"알았어. 네가 그 이웃 여자애한테 맨날 무시당하며 산다길래. 그냥 말이 그렇다는 거지. 이 칼 그냥 너 가져. 오랜만에 만난 기념으로 줄게. 칼날이 아주 잘 들어서 내가 애용하는 제품이거든."

"그래, 어쨌든 고맙다. 맥주도 덕분에 잘 마셨고. 너는 하는 일 잘돼?"

"그냥 그렇지 뭐. 다람쥐 쳇바퀴 돌듯이 맨날 같은 일의 반복이고."

석현이는 직장인이라면 안주 삼아 하는 전형적인 푸념을 늘어놓았다. 그런 푸념조차 할 수 없는 백수인 나는 그냥 고개만 끄덕였다.

"그나저나, 너 그때……."

석현이와 이런저런 얘기를 하다 보니 어느새 시간이 훌쩍 지났다.

"어? 벌써 시간이 이렇게 되었네."

"그러네. 야, 우리 집에 가서 2차 어때?"

"나도 그러고 싶은데, 어머니 제사 준비도 해야 하고 몸이 불편하신 아버지도 챙겨야 해서 집에 가 봐야 할 것 같다. 다음에는 너네 집에 놀러 가서 부모님께 인사도 드리고 술도 제대로 마셔 보자. 어때?"

아쉽지만 오랜만에 만난 석현이와의 술자리는 거기서 정리하기로 했다. 미안한 마음이 들었는지 석현이가 나를 따라오더니 아파트 1층에서 엘리베이터를 타는 것까지 꼭 보고 가겠다고 하는 것이다.

"야, 남자들 사이에 쑥스럽게 왜 이래? 누가 보면 우리끼리 사귀는 줄 알겠다."

내 농담을 못 들은 건지 무시한 건지, 석현이는 나를 잡고 빠른 걸음으로 우리 아파트 1층 입구까지 갔다.

"석현아, 천천히 좀 가자. 아까운 술 다 깨겠다."

취기가 돈 나는 어깨를 으쓱하며 비번을 눌렀다. 자동문이 열리자 우리는 그대로 엘리베이터까지 걸어갔다.

그리고 잠시 후 엘리베이터 문이 열렸고, 그 안에 껌을 짝짝 씹고 있는 그녀이 홀로 타고 있었다. 나는 그녀과 아주 잠깐 눈이 마주쳤다. 서로 어색한 표정으로 바로 피했지만, 술도 좀 들어갔겠다 이런 절호의 기회가 오다니, 라는 생각에 내 눈에서 빛이 나오는 것 같았다. 옆에 있던 석현이도 눈치챘는지 나에게 은근한 미소를 보이며 말했다.

"나 이제 가 볼게. 야! 그리고 이제 얼굴 좀 자주 보자. 내 오피스텔하고 네가 사는 아파트하고 도보로 5분 정도밖에 안 걸리더라. 그럼 나 간다."

나에게 손을 흔들며 입 모양으로 '화. 이. 팅.'을 하는 짓궂은 석현이의 얼굴이 자동으로 닫히는 엘리베이터 문에 가려졌다. 나는 커터 칼이 들어 있는 추리닝 바지 주머니에 오른손을 집어넣으며 다음에는 꼭 우리 집에 저놈을 데려와서 제대로 한잔해야겠다는 생각을 했다. 그나저나 적당히 취기도 올랐겠다, 마침 아무도 없는 엘리베이터 안에서 이년과 마주쳤겠다, 아무리 생각해도 오늘이 이년에게 골탕을 먹이기에 제격인 날이라는 확신이 들었다.

일단 결심이 서자 나는 바로 실행에 옮기기로 했다. 곁눈질로 힐끗거리며 엘리베이터 벽면에 붙어 있는 모니터의 광고 방송을 보는 척했다. 모니터에는 한 마리 가격에 두 마리를 덤으로 주는 요즘 핫한 야식인 'K 통닭' 광고가 나오고 있었다. 나는 이 스릴 넘치는 장난을 빨리 끝내고 집에 들어가서 저거나 시키자고 마음먹었다.

그나저나 이년은 대체 밤마다 어디를 그리 싸돌아다니는 거야. 보나 마나 회사 대충 다니면서 월급 받은 거 펑펑 써 가며 사치하고 놀러나 다니겠지, 뭐. 머리가 허영과 이기심으로 똘똘 뭉친, 머리에 똥만 가득 찬 년 같으니라고.

그년은 보통의 남자들보다 키도 작고 왜소한 체격에 못생긴 백수인 나를 사람으로 인식하지 않는다. 같은 층에 살면서 여러 번 마주쳤는데도 아는 체는커녕 눈인사도 한번 제대로 하지 않았다. 내가 이 아파트에 이사 와서 현관문을 열고 나가다 마주쳤을 때부터 그랬다. 대체 내가 그년에게 무엇을 그리 잘못했기에 그런 멸시를 받고 살아야 한단 말인가. 그런 생각을 하니 울분이 솟구치면서 이따가 6층 엘리베이터 문에서 나올 그년에게 욕이라도 시원하게 하고 싶어졌다.

물론, 나는 그년에게 손 하나도 까딱하지 않을 것이다. 내 비록 백수에 보잘것없이 생겼지만, 그렇게 막 나가고 싶은 생각은 없다. 한번 놀래 주고 나서 실수로 6층인 줄 알고 5층에 잘못 내려서 비상구로 올라왔다고 하면 자기도 뭐라고 못 할 거야.

혹시 놀라서 기절하는 건 아니겠지? 놀라게 해서 미안하다고 사과하며 머리라도 숙여 볼까? 아니, 아니지! 나는 지금 귀한 개인 시간을 써 가며 그년에게 인생의 참교육을 시키려는 거잖아. 이렇게라도 한번 충격을 줘 봐야 다음부터는 눈인사라도 할 거 아냐.

이윽고 엘리베이터는 5층에 도착했고, 엘리베이터 문이 천천히 열렸다. 이때다 싶던 나는 밖으로 뛰쳐나와 맞은편에 있는 비상구 출입문을 향해 달렸다. 엘리베이터 안쪽에 기대고 있던 그녀의 당황하는 얼굴을 상상하니 은근히 신이 났다.

"헉. 헉. 헉. 헉."

비상구 계단으로 급하게 뛰어 6층까지 올라왔더니 숨이 차고 피가 거꾸로 쏠린 듯 머리가 핑 돌았다. 하지만 그녀 앞에서 꼴사납게 헐떡이는 모습을 보일 수는 없다. 짧은 시간 동안 숨을 가다듬고 있는데 도착한 엘리베이터가 활짝 열렸다. 나는 고개를 빳빳이 들고 차가운 LED 조명이 환하게 밝히고 있는 엘리베이터 내부를 향해 무섭게 노려봤다.

"어?"

그녀이 엘리베이터 안에 없다. 이 엘리베이터 안에서 눈을 동그랗게 뜨고 있어야 할 그녀이 안 보인다. 이게 어떻게 된 거지?

대기 시간이 지나자 엘리베이터 문이 삐~ 소리를 내며 닫히려고 했다. 내가 급히 버튼을 마구 눌렀더니 문이 다시 열렸다. 나는 엘리베이터 안에 들어가 내부를 이리저리 살펴봤지만 그녀은 흔적조차 없었다. 갑자기 찝찝한 기분이 들어 혼자 중얼거렸다.

"대체 어떻게 된 거야? 너네 집도 6층이잖아. 지금 나하고 뭐

하자는 거지?"

다시 엘리베이터 문이 닫히기 전에 얼른 밖으로 나온 나는 좀 전에 뛰어 올라왔던 비상구 문 쪽을 바라보았다.

이년이 혹시 내가 내리니까 거기가 6층인 줄 알고 따라 내린 건가?

그 자리에 서서 사라진 그녀의 동선에 대해 한참 동안 골똘히 생각한 나는, 다시 발걸음을 돌려 6층 비상구 문을 열고 아래로 내려가는 계단참으로 갔다. 천장에 달린 동그란 센서 등이 갑자기 환하게 켜졌다. 계단 아래, 6층과 5층 사이 계단참을 이리저리 살펴보았다. 개미 새끼 한 마리 보이지 않았다.

계단참 한쪽에는 흡연자들의 은밀한 집합 장소처럼 커다란 페인트 깡통 안에 흙을 채워 만들어 놓은 간이 재떨이가 홀연히 놓여 있었다.

"어?"

그 깡통 재떨이 안에 네모난 무엇이 들어 있는 게 보였다. 처음엔 누가 담뱃갑을 버렸나 했는데 자세히 보니 담뱃갑은 아닌 것 같았다. 나는 계단 아래로 천천히 내려갔다. 그리고 그 깡통 재떨이 안에 있는 물건을 손으로 집어 올렸다. 그때 6층 비상구 센서 등이 꺼지면서 5층 비상구 센서 등이 켜졌다. 그 물건은 분홍색 케이스에 끼워진 그녀의 핸드폰이었다. 액정에 대각선으로 실금이 그어진 것까지 일치했다. 아까 엘리베이터 안에서 그녀이 계속 카톡질을 하던 모습이 떠올랐다.

"이게, 왜 여기 있지?"

손가락으로 핸드폰 화면을 터치해 보았다. 비밀번호를 입력하라는 키패드 화면만이 계속 떴다.

카톡. 카톡. 카톡.

카톡 메시지 수신음이 연달아 들렸다. 알림창에 대화 일부분이 잠깐 보였다.

-이수진, 집에는 잘 들어갔어?

-지금 뭐 해?

-또 게임해?

-나도 지금 롤 게임 중. ㅋㅋㅋ

이년 이름이 수진이였구나, 이수진. 그런데 이년이 갑자기 어디로 사라진 거야. 자기 핸드폰도 이런 곳에 버리고. 어떻게 된 거지? 아무리 생각해 봐도 모르겠다. 6층으로 올라가던 엘리베이터에서 사라지더니 이런 곳에 들고 있던 핸드폰이 있다니…….

5층 통로로 나가는 비상구 문 앞까지 조심스럽게 가서 살짝 귀를 대 보았다. 밖에는 별다른 인기척이 느껴지지 않았다. 나는 심호흡을 한 번 크게 하고 문의 손잡이를 천천히 돌리며 문을 열었다. 문을 통과했더니 센서 등 불이 들어왔다. 거기에도 아무도 없었다. 5층 통로 센서 등이 다시 꺼졌다. 다시 머릿속을 정리하기 위해 불이 꺼진 자리에 잠시 있기로 했다.

내가 5층 엘리베이터에서 내려 비상구 계단으로 올라가 6층 통로로 나온 사이 이년도 5층에 내려서 통로에 서 있다가, 6층에 도착한 엘리베이터가 텅 비었다는 것을 알게 된 내가 다시 비상구 계단을 통해 5층으로 내려오는 소리가 들리면, 그사이를 틈타 이년이 올라가는 버튼을 눌러 5층에 도착한 엘리베이터를 다시 타고 6층으로 올라가 자신의 집으로 쏜살같이 들어간 시나리오는 어떨까?

엘리베이터가 5층과 6층 사이를 오르락내리락하는 시간으로는 부족할 수 있지만, 일단 나는 엘리베이터 층수 표시등을 확인했다. 층수는 분명 6층이 아니라 5층으로 표시되어 있었다.

그럼 아닌데…….

머릿속이 멍해졌다. 만약 이년이 5층에서 내린 다음 여기에 계속 있었거나 엘리베이터를 다시 타고 6층에 올라간 것이 아니라면, 그녀이 도망갈 수 있는 방법은 단 하나다. 비상구 계단을 통해 아래층으로 내려간 것이다. 내가 엘리베이터에서 내려서 5

층으로 내려올 것을 예상했다는 얘기다. 그럼 내 행동을 전부 간파했단 말인가. 이런 눈치 빠른 년. 이런 게 여자의 감이란 건가? 날 가지고 놀다니, 더 열받네!

5층 통로의 센서 등이 다시 환하게 켜졌다. 나는 계속 5층에 멈춰 있는 1호기 엘리베이터 숫자를 슬쩍 쳐다본 후, 입술을 깨물며 문을 열고 5층 비상구 계단 쪽으로 다시 나갔다. 5층과 4층 사이 계단참에 센서 등이 켜졌다. 고개를 계단 아래로 내밀어서 4층 비상구 주변을 여기저기 살펴보았다. 아무도 없다. 더 아래쪽은 어두워서 잘 보이지 않았다. 내가 5층과 6층 통로에서 왔다 갔다 하는 동안 그녀은 아마 비상구 계단을 살금살금 내려갔을 것이다.

이제야 알았다. 저 아래 어딘가에 숨어 있다가 내가 포기하고 가면 그때 다시 올라올 생각인 거야. 흥, 내가 포기할 줄 알아? 그 아래에 숨어 있는 네년을 끝까지 찾아내서 제대로 놀라게 해 줄 테다.

잠깐, 이 정도까지 하는 걸 보면 혹시 이년이…… 그동안 자주 봐서 정이 들어 나를 좋아하게 된 건가? 그래서 마주칠 때마다 일부러 아무런 관심 없는 척했던 건 아닐까?

나는 그런 말도 안 되는 상상을 하며 4층 비상구까지 성큼성큼 내려왔다.

숨어 있는 그녀를 발견했을 때 내가 과연 어떤 표정을 지어야 할까?

그녀 얼굴을 다시 볼 생각을 하니 저절로 입가에 웃음이 지어졌다. 나는 고개를 내밀어 4층 아래를 살펴보았다.

4층에도 없으면 저 아래 있는 건가?

그렇게 아래를 둘러보다가 4층 비상구 문이 반쯤 열린 것을 발견했다. 그 문은 도어 스토퍼로 닫히지 않게 되어 있었다.

원래 비상구 문들은 갑작스러운 화재를 대비하기 위해 법적으로 상시 닫아 놓아야 한다고 하던데 왜 여기만 이렇게 되어 있지?

나는 4층까지 빠른 걸음으로 내려왔다. 그런데 이상하게 4층 센서 등이 켜지지 않았다. 5층 계단참 센서 등까지 꺼지자 4층 비상구 계단이 갑자기 캄캄해졌다. 오싹한 기분이 들었지만 핸드폰을 주머니에서 꺼내 화면을 터치한 후 손전등 기능을 켰다. 그리고 비상구 문으로 가서 밑에 박혀 있는 고무 재질의 도어 스토퍼를 빼고 문을 닫으려고 손잡이를 잡아당겼다. 그 순간, 무언가 '쿵' 하며 바닥으로 쓰러졌다. 나는 등골이 시릴 정도로 깜짝 놀랐다. 핸드폰을 들고 있던 손이 덜덜덜 떨리고 입 안이 바짝 말랐다. 무서웠지만 문 뒤에 있던 것이 무엇인지 궁금해서 핸드폰 손전등을 바닥 쪽으로 비추었다.

"으억!"

나는 놀라서 소리를 질렀다. 어떤 여자가 비상구 문 앞에 피를 흘리며 쓰러져 있었다. 계속 피가 흐르고 있는데 움직이지 않는 것을 보면 이미 죽은 것 같다. 누군가가 정면에서 급소를 칼로 찌른 모양이다. 덜덜 떨면서 복부에 박혀 있는 물체를 핸드폰 손전등으로 비춰 보니 노란색 커터 칼이었다.

나는 조심스럽게 시체 쪽으로 가까이 갔다. 여자의 얼굴은 핏기가 하나도 없이 새파랬다.

그녀이다. 이수진. 누가 그녀을 죽였다.

여자의 입 주변에서 이상한 약품 냄새가 났다. 범인이 마취약을 써서 정신을 잃게 한 것 같다. 그리고 쓰러진 여자의 가슴에 칼을 꽂았다. 엘리베이터에서 나와 마주친 지 불과 몇 분 만에 그녀은 이렇게 송장이 되어 버린 것이었다.

나는 핸드폰을 들고 119로 전화를 걸려다가 멈추었다. 막상 신고했다가 내가 범인으로 몰리면 난처해진다. 시체를 어떻게 발견했냐고 물으면 뭐라고 하지? 사실대로 말하면 분명히 나를 의심할 테고, 그냥 우연히 지나다가 발견했다고……. 맞다. 엘리베이터 CCTV 카메라에 그녀과 내가 엘리베이터를 같이 타고 있는 것이 찍혔을 테니 그것도 안 된다. 잘못 말했다가 내가 범인으로 몰릴 것이 뻔하다.

수진아, 미안하지만 나는 신고를 못 하겠다. 누군가 신고해 주겠지.

나는 속으로 그렇게 말하고 계단으로 살금살금 6층까지 올라가서 얼른 집으로 들어가기 위해 비상구 문을 열고 통로로 발을 디뎠다. 그때 하필, 수진이의 집에서 그녀의 부모님들이 심각한 표정으로 현관문을 열고 나왔다.

아!

수진이는 물론이고 부모님들도 들락날락하면서 마주친 적이 있어서 서로 얼굴은 알고 있다.

"아니, 수진이 이년은 대체 전화는 왜 안 받는 거야."

"다시 해 봐."

수진이 어머니가 핸드폰을 들고 전화를 거는데 비상구 계단 문 앞에 서 있는 나와 눈이 마주쳤다. 나는 두 사람에게 고개를 까닥여 인사하고 우리 집 문으로 향했다. 비밀번호를 누르려고 키패드에 손을 가져가는데 갑자기, 어디선가 노랫소리가 들렸다. 내 바지 주머니 안에 있는 수진이 핸드폰의 벨이 울린 것이다. 두 사람은 반사적으로 나를 쳐다봤다. 수진이 어머니가 고개를 갸우뚱하고 핸드폰을 끊자 노랫소리도 멈추었다. 그리고 그녀가 다시 전화를 걸자 다시 노랫소리가 들렸다.

나는 얼굴이 사색이 되었다. 내 머릿속 모든 사고가 완전히 고장 난 느낌이었다. 얼른 우리 집으로 들어가려고 키패드 번호를 누르려는데 수진이 어머니의 목소리가 들렸다.

"이, 이봐, 옆집 총각. 혹시 지금 우리 딸 핸드폰을 가지고 있어?"

"네, 네?"

노랫소리 때문에 못 들은 줄 알았는지 수진이 어머니가 종료 버튼을 눌렀다. 노래가 다시 끊겼다. 나는 문을 여는 것을 멈추고 두 사람을 바라보며 어색한 미소를 지었다.

"아, 맞다. 제가 계단으로 올라오다가 핸드폰을 주웠습니다. 계단 중간에 임시로 만들어 놓은 재떨이용 깡통 있잖아요? 그 안에 핸드폰이 들어 있더라고요. 누구 건지 모르지만 가지고 있다가 연락 오면 돌려주려고……."

당황하여 횡설수설 막 뱉어 내고 있는데 수진이 어머니가 눈을 치켜올리며 나에게 다짜고짜 소리쳤다.

"우리 딸 핸드폰이 왜 그런 데 있어! 분명 조금 아까도 통화까지 했는데, 수진이는 없어지고 핸드폰만 있다는 게!"

아이 씨! 뭐라고 하지?

"계단으로 급하게 올라가다 떨어뜨리셨나 보죠."

"아무리 급해도 핸드폰을 떨어뜨리고 그냥 가는 게 말이 돼? 일단 그 핸드폰 내놔 봐."

수진이 아버지가 무서운 목소리로 다그치며 손을 내밀었다. 나는 주눅이 들어서 바지 주머니에서 핸드폰을 조심스레 꺼내는데, 하필이면 석현이가 넣어 주었던 노란색 커터 칼이 딸려 나오며 바닥에 툭, 하고 떨어졌다. 복도 등 불빛에 비친 그 노란색 커터 칼을 보자 수진이 부모님의 얼굴이 흙빛이 되었다.

"너, 이 새끼."

수진이 아버지가 험악한 표정으로 나를 잡으러 와락 달려들었다. 옛날에 레슬링 선수라도 했었는지 우람한 체격의 그는 커다란 손으로 내 멱살을 잡으며 눈을 크게 부라렸다.

"도대체 우리 딸을 어떻게 한 거야? 수진이 지금 어디 있어?"

내가 쩔쩔매고 있는 사이 수진이 어머니가 전화를 걸었다.

"거기 경찰서죠? 여기 OOO아파트 602호 앞인데요. 우리 딸이 어떤 미친놈한테 변을 당한 거 같아요. 그 미친놈은 남편이 붙잡아 놨어요. 네, 그러니까 어서 빨리 출동해 주세요."

통화 소리를 듣고 완전히 패닉에 빠진 나는 있는 힘껏 수진이 아버지를 밀쳐서 그 커다란 손에서 빠져나온 뒤, 6층 비상구 문을 열고 아래 계단으로 내려갔다. 그런 나를 쫓아서 내려오는 수진이 아버지의 발소리가 귓가에 들렸다. 내가 한 층씩 내려갈 때마다 각층의 센서 등이 차례로 켜졌다. 그러다 4층 계단참에 도착했을 때……피로 흥건한 계단 바닥과 그 위에 노란색 커터 칼이 꽂힌 채로 쓰러져 있는 수진이의 시체를 마주하게 되었다.

"우웩웩!"

시체를 다시 마주한 난 갑자기 토할 것 같아서 손으로 입을 틀어막고 뒤쪽으로 돌았다. 순간 피를 흘리며 죽어 있는 딸아이를 막 발견하고 충격에 빠진 수진이 아버지가 찡그리고 있는 내 얼굴에 커다란 주먹을 날렸다.

그때 4층을 비추던 5층의 비상구 센서 등이 꺼졌다. 마침 4층 센서 등은 고장 났는지 켜지지 않았기 때문에 주변이 온통 어둠에 싸이게 되었다. 그런 어둠 속에서 바닥에 대자로 쓰러지며 정신이 혼미해진 내 귀에 무슨 소리가 들렸다.

드르륵! 드르륵!

날카로운 커터 칼이 조금씩 올라가는 기분 나쁜 소리. 그 소리가 점점 가까워지고 있다.

드르륵! 드르륵! 드르르르륵!

이제 바로 코앞에서 들린다.

나는 너무 무서워서 눈을 꼭 감아 버렸다.

* * *

엘리베이터 안에서 친구랑 열심히 카톡을 주고받던 수진은 옆집 사는 남자가 5층에서 문이 열리는 순간 후다닥 내려서 오른쪽으로 사라지자 남자가 잘못 내린 걸 깨닫고 다시 탈까 봐 얼른 열림 버튼을 누르며 생각했다.

'왜 또 저래, 저 병신은. 술 냄새 풀풀 풍기면서 몇 층인지도 모르고 한심해서 정말…….'

수진은 버튼을 누른 채 고개를 갸우뚱했다.

'아마 5층에 있는 남의 집 문 앞에서 자기네 집 비밀번호를 계속 누르고 있을 텐데, 에효~ 저 바보 같은 놈한테 잘못 내렸다고 얘기라도 해 줘야겠지?'

수진은 버튼에서 손을 떼고 5층에 내려 남자가 사라진 방향을 봤다.

"어?"

남자가 보이지 않았다. 반대 방향에도 없었다.

'이 인간이 어디로 사라진 거지? 잘못 내린 거 깨닫고 다시 타면 쪽팔리니까 얼른 비상구 계단으로 올라간 건가? 아씨, 내가 괜히 오지랖 부렸네. 역시 재수 없는 인간이야.'

수진은 한숨을 쉰 후 비상구 문을 열고 나갔다. 5층 센서 등이 켜졌다. 바로 그때…….

[카톡. 카톡. 카톡.]

'뭐지?'

수진은 들고 있는 핸드폰 화면을 터치해서 카톡 내용을 확인했다.

-수진아, 지금 집에 들어오는 중이지? 올라오기 전에 우리 동 초소 경비실에 먼저 좀 들러서, 아빠한테 온 등기 서류 좀 찾아와라. 아빠가 내일 아침에 사무실에서 꼭 필요한 자료래. 사랑한다, 우리 딸!

'치~ 엄마는 맨날 꼭 뭐 시킬 때만 사랑한대. 좋아, 어차피 평소에도 운동 삼아 계단으로 올라가는데, 그냥 계단으로 내려가서 경비실에 갔다 와야겠다. 물론 아빠한테 수고비는 톡톡히 받아 내는 걸로.'

수진은 신나는 남자 아이돌 음악을 듣기 위해 가방에서 무선 이어폰을 꺼내 귀에 꽂고 흥얼거리며 계단을 천천히 내려갔다.

석현

어렸을 적 내 꿈은 유니폼을 입고 우체국에서 일하면서 사람들에게 편지를 배달해 주는 우편배달부였다. 열 살이 되던 해, 동네에서 친구들과 놀다가 집으로 돌아오던 길에 유니폼을 입은 배달부 아저씨를 만났다. 아저씨는 상냥하게 웃으며 우리 집에 온 편지를 나에게 주셨다. 그 편지가 너무나 궁금하여 들어가자마자 개봉해서 읽어 보았다. 그 편지는 유치원 때 친했는데 이사를 가서 헤어진 친구가 보낸 것이었다. 난 너무나 기뻤고, 이 귀한 편지를 배달해 주신 배달부 아저씨가 너무나 고맙고 멋져 보였다.

그때 나는 속으로 다짐했다. 이다음에 커서 배달부 아저씨처럼 이렇게 소중한 편지들을 사람들에게 전달해 주는 멋진 사람이 되겠다고. 세상에 꼭 필요한 사람이 되겠다고.

시내에 있는 우체국에도 자주 놀러 갔는데, 우체국 안에는 정말 신기한 것들이 많이 있었다. 가스총을 옆에 차고 우체국 내 안전과 보안을 담당하시는 청원 경찰 아저씨, 엄청나게 큰 복사기계와 각종 컴퓨터 단말기, 팩스들. 그리고 내가 우체국에 놀러 갈 때마다 매번 하얀 빨대를 꽂은 시원한 요구르트를 챙겨 주시던 낯익은 얼굴의 배달부 아저씨.

나는 우체국에 놀러 가는 시간이 언제나 즐겁고 설렜다. 가끔 놀다가 날씨가 너무 더울 때면 친구들과 함께 우체국에 찾아가기도 했다. 빵빵하게 틀어져 있는 우체국 에어컨 바람을 쐬며 테이블 위에 놓인 달콤한 알사탕도 공짜로 먹고 만화책도 읽을 수 있었다.

배달부 아저씨는 나와 내 친구들이 우체국에 편하게 드나들 수 있도록 항상 다정한 미소로 맞이했고, 초등학생인 우리를 위해 책받침이나 포스트잇 등 우체국에서 홍보용으로 나오는 문구류도 하나씩 챙겨 주셨다.

그러던 어느 날, 평소처럼 우체국에 놀러 갔는데 항상 미소를 지으시던 배달부 아저씨가 보이지 않았다. 그래서 나는 다른 분에게 그 아저씨가 어디로 가셨는지 물어봤더니 갑자기 일을 그만두었다는 말을 하면서 언짢은 표정을 지었다. 그분이 혼잣말로 '인간 말종' 어쩌고 했는데, 그 뜻을 몰랐던 어린 나는 제대로 작별 인사도 못 해서 아쉽고 섭섭하기만 했다.

그러던 어느 날, 다시는 못 보게 될 줄 알았던 배달부 아저씨를 뜻밖의 장소에서 다시 만나게 되었다. 학교를 마치고 집에 돌아와 우연히 안방에 들어갔는데, 그 아저씨가 우리 엄마랑 벌거

벗은 몸으로 안방에 누워 있었다. 급하게 이불로 가슴을 가리고 얼굴이 홍당무처럼 새빨개진 채 당황한 엄마는 나를 보며 씁쓸한 표정을 지었다.

다음 날, 엄마는 나와 중학생인 형을 불러서 앉히더니 이제부터 그 배달부 아저씨를 아빠라 부르라고 했다.

"엄마! 안방에, 교통사고로 얼마 전에 돌아가신 아빠랑 같이 찍은 가족사진이 벽에 버젓이 걸려 있는데 어떻게 그럴 수 있어."

형이 그렇게 말했지만, 엄마는 앞으로 이 집에서 계속 살려면 시키는 대로 하라는 말만 했다. 그렇게 어물쩍 새 아빠가 된 배달부 아저씨가 우리 집에 같이 살게 된 후부터 우리 집의 분위기가 이상해졌다. 무슨 이유인지는 모르겠으나 새 아빠가 우체국 일을 관두고 우리 집에 들어온 다음부터 엄마가 밤마다 일을 나가기 시작했다.

게다가 새 아빠는 허구한 날 거실에 술병만 쌓아 놓고 러닝 팬티 바람으로 빈둥거리다 코를 골며 잠만 잤다. 그러다 어떤 날은 우리 형제의 태도가 마음에 안 든다고 때리기도 했다. 그렇게 나에게 우상이었던 아저씨는 영웅에서 새 아빠, 다시 악마가 되어 우리 형제를 괴롭혔다. 게다가 밤늦게 일을 마치는 엄마는 집에 들어오면 새 아빠와 툭하면 싸우느라 우리들을 전혀 신경 쓰지 않았다.

결국, 이 지긋지긋한 생활을 견디지 못한 엄마는 새 아빠와 우리 형제들을 버리고 어느 날 갑자기 사라져 버렸다. 그리고 몇 년 뒤, 우리 형제는 어느 지방의 허름한 원룸 방에서 엄마가 자살했다는 소식을 경찰을 통해 듣게 되었다.

엄마가 죽었다는 얘기를 들은 나는 현관문을 박차고 나와 시내로 향하는 골목길을 향해 작은 입김을 계속 내쉬며 뛰고 또 뛰었다. 이상하게 눈물은 나오지 않았다. 내 눈물은 이미 다 말라버린 건가? 하며 하늘을 봤다. 먹구름이 잔뜩 낀 하늘이 문득 까무룩 한 목소리로 말했다.

'네 행복은 네가 스스로 만드는 거야. 장애물이 있으면 그냥 바로 없애 버려. 그게 앞으로 네가 이 세상을 살아갈 방법이야.'

귓가에 이 괴상한 목소리가 들리자마자 나는 그 자리에서 얼어붙었다. 말로 표현할 수 없는 이상한 기운이 내 몸을 감싸기 시작했다.

이윽고 비가 내리기 시작했고, 나는 어떤 집의 처마 밑으로 몸을 피했다. 그리고 그 앞에 고인 물웅덩이에 비친 자신을 들여다보았다. 눈, 코, 입 할 것 없이 내 얼굴은 흉측하게 일그러져 있었다.

나를 지옥에 빠뜨려 놓고 혼자 죽어 버린 엄마가 너무도 미웠다. 그리고 이 세상의 모든 여자들이 미웠다. 특히 창녀 같은 요염한 기운을 내뿜고 여기저기 암내를 막 풍기고 다니는 여자들을 가장 증오했다. 그런 년들에게 남자들은 어른이나 애나 이용가치가 없으면 사정없이 버리는 일회용품에 지나지 않는다. 피도 눈물도 없는 그런 년들은 이 세상에 존재해서는 안 되는 것들이다. 나처럼 평생 지울 수 없는 상처를 가진 사람이 더 나오면 안 된다.

결심을 했다. 그런 여자들은 이 세상에서 깨끗하게 박멸하기로. 나에게 속삭이는 어둠의 목소리가 그건 나의 숙명이라고 했다. 세상을 깔끔하게 정화하는 것이 바로 내가 해야 할 일이다. 이 세상은 성실한 사람들만 살아야 한다. 그래서 어릴 적 꿈이었던 우편배달부 대신 청소하는 사람이 되기로 했다. 법으로 해결 못 하는 쓰레기 같은 인간들을 깨끗이 정리하는 은밀한 청소부다.

귓가에 속삭이는 목소리에 따라 매일같이 나는 이 세상을 청소하기 위해 탐색을 하고 다닌다. 먹이를 찾는 맹수처럼 시각과 청각, 후각을 사용한다. 그런데 요즘 그 사냥감을 찾는 것 못지않게 사냥하는 게 참으로 쉽지 않다. 거리에 CCTV 카메라도 많고, 여자들이 호신용 장비 같은 걸 백 속에 넣고 다니기 때문이다.

그래서 나는 철저하게 탐색 및 사전 답사를 하고 준비를 해야 한다. 청소해야 할 쓰레기가 많은데 그 과정이 참으로 힘들고 고달프다. 나는 힘들 때마다 우리 형제를 그렇게 버리고 떠났다가 개처럼 죽어 버린 엄마의 사진을 보며 초심으로 돌아간다. 절대로 조바심 내지 않고 일을 완벽하게 수행하는 데 만전을 기한다.

그런 나의 노력에 하늘이 감탄했는지, 얼마 전에 지인들과 가게 된 어느 단란주점에서 나의 목표물에 딱 맞는 여자를 한 명 발견했다. 딱 봐도 생긴 것만 반반하고 아무 생각 없어 보이는 그녀은, 웃음과 몸뚱이를 마구 팔아 젖히는 청소 대상으로, 돈만 많이 주면 뭐든지 할 수 있다고 유혹할 때 마음을 굳혔다. 그래서 나는 일부러 술에 취한 척 눈을 게슴츠레 뜨며 슬쩍 물어봤다.

"그럼 혹시 남자 둘하고 쓰리썸도 가능해?"

눈빛이 흔들리며 잠깐 고민하던 그녀은 몇 초 후 내 앞에서 검지를 쭉 펴며 조건을 제시했다. 신사임당 백 장, 피임 용품은 자신이 정한 것으로 사용할 것, 장난감은 금지, 촬영 불가, 변태 같은 인간은 절대 사절, 그리고 상대의 간략한 프로필을 미리 공유하기.

역시 내가 사람 하나는 잘 본 거 같다. 돈 5백에 엄마처럼 함부로 몸을 굴리는 짓을 거리낌 없이 하겠다니 말이다. 그렇게 그년은 나의 테스트를 아주 우수한 성적으로 통과했다. 뻔뻔함을 보이며 인간으로서 넘지 말아야 할 선을 누구보다 여유 있게 넘어 버렸다.

나는 그년을 1순위로 처리할 것을 결심하고 준비를 시작했다. 하루 날을 잡아 그년이 밤늦게 일을 마칠 때까지 일하는 가게 밖에서 기다렸다가 뒤를 몰래 미행했다. 항상 철저한 사전 답사를 철칙으로 하는 나는 일단 아파트 위치와 집 호수 정도까지만 확인해 두기로 했다.

그년이 사는 곳은 마침 나도 아는 곳인 OOO아파트였다. 술에 취해서 신고 있던 하이힐이 벗겨질 정도로 비틀거리던 그년은 1층의 유리문을 출입 카드를 찍고 들어갔다. 나는 조금 떨어진 위치에서 지켜보다가 그년이 들어간 후 재빠르게 유리문으로 갔는데, 때마침 헬멧 쓴 오토바이 배달원이 안에서 막 나오면서 문이 활짝 열렸다. 나는 기회를 놓치지 않고 문이 다시 닫히기 전에 안으로 들어갔다. 그년은 엘리베이터를 타고 벌써 올라갔는지 통로에 아무도 없었다. 나는 올라가고 있는 층수 등을 확인했다. 번호는 7에서 멈췄다.

아하, 이년이 7층에 사는구나.

저절로 웃음이 나왔다. 이왕 들어온 김에 비상구 계단으로 7

층까지 올라가 보기로 했다. 엘리베이터를 타고 올라갈 수도 있지만 CCTV 카메라가 있어서 어쩔 수 없는 선택이었다.

비상구 계단을 오르고, 그 사이 계단참을 돌자 센서 등이 차례로 켜졌다. 그런데 4층 비상구가 있는 계단만 이상하게 센서 등이 켜지지 않았다. 아마 고장이 난 모양이다. 5층을 지나 6층 사이 계단참까지 올라가니 계단참에 입주민이 만들어 놓은 듯한 깡통 재떨이 통이 있었다. 그곳을 지나 7층 비상구 문까지 올라갔다. 천천히 문을 열고 들어갔더니 복도 센서 등이 켜졌다. 음……나중에 다시 와서 비상구에 숨어 있다가 그녀이 집에 들어가려는 타이밍을 노리면 될 것 같았다. 그런데 비상구 문의 위치가 복도 끝에 있어서 엘리베이터에서 사람이 나오는 것을 확인하려면 아무래도 문을 고정해 놓아야 할 것 같았다. 다음에는 도어 스토퍼를 꼭 챙겨 오기로 했다.

나는 머릿속으로 시뮬레이션해 보았다. 그녀이 엘리베이터에서 나오면 잽싸게 뛰어나가서 놀란 그녀이 소리 지르기 전에 입을 마취제를 묻힌 손수건으로 막아 버릴 것이다. 그렇게 제물의 목숨을 신속하게 처리하고 다시 비상구 계단으로 내려와서 아파트를 유유히 빠져나간다. 후후. 생각만으로도 가슴이 뛴다. 이 순간, 내가 확실히 살아 있다는 것을 느낀다.

확실하게 시뮬레이션을 끝낸 나는 그곳에서 나와 시원한 바람이 부는 밤거리를 걸었다. 얼마쯤 가다가 아파트 상가 동 1층 코너에 있는 편의점 안을 보니 단발머리에 꽤 귀엽게 생긴 아르바이트 여직원이 가판대에 팔을 베고 침까지 줄줄 흘리며 꾸벅 졸고 있었다. 귓바퀴와 귓불로 이어지는 피어싱이 인상적이었다. 당장이라도 그 귀를 혀로 핥아 주고 싶었다. 군침이 슬슬 돌았다. 일단 핸드폰으로 확대 사진을 찍어서 귀염둥이의 얼굴을 기억해 놓기로 했다.

나는 골목길을 통과해 집까지 걸어가면서 입을 오므려 작게 휘파람을 불었다. 그리고 오랜만에 나의 첫 살인을 가만히 떠올렸다. 술에 취해 잠든 새 아버지를 목 졸라 죽이고 집에 불을 내버린 그날의 짜릿한 기억들. 힘을 주었던 두 손의 감촉. 그 짜릿함과 이루 말 못 할 흥분이 오늘날까지 내가 살아가는 원동력이 되고 있다.

그렇게 며칠이 지나 본격적으로 실행에 옮기기로 한 오늘 밤. 나는 단란주점에 전화를 걸어 그녀이 가게에 출근한 것과 몇 시 정도에 장사가 끝나는지를 확인했다. 그리고 그녀이 술이 떡이 된 상태로 다시 이 아파트로 올 때까지 얌전히 기다리기로 했다.

중요한 도구도 챙겨서 재킷 주머니 안에 넣어 두었다. 적당한 크기의 커터 칼 두 개와 비상구 문을 단단히 고정할 고무 재질의 도어 스토퍼. 내 경험상 커터 칼만큼 적당한 도구가 없다. 마취약으로 제압한 후 아무런 저항이 없는 상태에서 급소를 신속하게 여러 번 찌르면 과다 출혈이나 패혈증 쇼크로 빠른 시간 안에 바로 사망까지 이르게 할 수 있다.

주머니 속을 다시 확인한 나는 사전 답사 차 이 아파트에 왔을 때 머릿속에 그려 본 것들을 천천히 복기했다. 각층 복도와 비상구 쪽 계단에는 CCTV 카메라가 설치되어 있지 않다는 것은 미리 확인해 두었다. 그녀이 가게에서 퇴근하기 전, 비상구 계단으로 7층까지 올라가서 엘리베이터가 보이도록 문을 열어 놓고 도어 스토퍼를 끼운 다음, 통로 바깥에 숨어 있을 것이다. 그리고 그녀이 7층 엘리베이터에서 비틀비틀하며 내리는 순간, 준비해 둔 마취제로 입과 코를 동시에 막아 기절시키고, 비상구 계단 안으로 끌고 가서 커터 칼로 숨통을 끊어 버릴 것이다.

흥분되는 마음으로 몇 시간 전에 도착한 나는, 그때 봤던 그 편의점 여직원이 혹시 지금도 있는지 확인해 보고 싶은 충동이 들었다. 그래서 상가 동에 있는 편의점 안을 확인하려는 순간.

"어?"

낯익은 얼굴이 눈에 들어왔다. 아마, 이름이 주영이었을 것이다. 김주영. 그놈은 나를 어떻게 생각하는지 모르겠지만, 대학 다닐 때 과에서 왕따나 당하고 있는 것이 꼭 어린 시절 내 모습 같기도 하고 불쌍해 보여서 몇 번 친한 척해 준 게 전부였다. 당연히, 사회에 나와서는 연락을 주고받았던 적도 없다.

그놈이 나를 보자마자 무척 반가워하면서 여기서 맥주나 한잔하자고 하길래 어차피 시간을 때워야 하는 상황이기도 해서 그곳에 자리를 잡게 되었다.

그렇게 몇 시간 동안 그놈과 맥주를 마시며 잘 기억도 안 나는 옛날얘기를 했다. 역시 놈은 여전히 푼수기가 있고 사람 좋은 게, 달라진 게 하나도 없었다. 그래서인지 물러 터진 그놈은 취직도 못 하고 백수라며 집에서 구박받는 얘기와 자기를 벌레처럼 보는 원수 같은 옆집 여자 얘기를 했다. 자기를 볼 때마다 깔보고 우연히 지나칠 때도 인사는커녕 인상만 쓴다며 울분을 토하는 놈의 얼굴이 점점 더 벌게졌다.

얘기를 들은 나는 내가 찾는 청소 대상의 조건임을 직감했다. 보통 그런 년들이 가진 놈들한테는 온갖 아양을 떨며 창녀처럼 몸을 함부로 굴린다. 나는 놈의 유치한 복수 계획을 듣고 장난삼아 여분으로 가지고 있는 노란색 커터 칼을 하나 녀석의 바지 주머니에 찔러 넣으며 좀 더 자극적인 복수를 해 보라고 권했다. 하지만 역시 졸보인 녀석은 엄두도 못 내고 벌벌 떨었다.

그러다 놈이 자기 집에서 2차를 하자는 것을, 집안 제사와 몸이 불편한 아버지 핑계를 대며 사양했고, 이놈을 이용해서 아파트 안으로 들어가야겠다는 생각에 엘리베이터까지 바래다주겠다고 했다. 물론 어머니 제사 같은 건 지내지 않고, 집에 아버지는 없다. 친아버지는 어렸을 때 교통사고로 돌아가셨고, 계부인 그 인간은 새까맣게 불에 탄 채로 어린 시절 살던 동네 야산 어딘가에 잘 묻혀 있다. 어렸을 때부터 제법 공부를 잘했던 형이 서울의 명문 의대를 졸업하던 날, 거의 10년 만에 형을 만나러 가서 계부를 죽이고 불에 태워 야산에 묻어 버렸다고 고백했다. 그때 나의 이야기를 아무렇지도 않다는 표정으로 들어 준 똑똑한 우리 형은 나에게 여전히 아버지 같은 존재다.

어느덧 시간도 그년이 가게에서 퇴근할 때가 되어서 미리 7층 계단에 숨어 있기 위해 주영이와 아파트 입구를 통과하여 엘리베이터 바로 앞까지 들어갔다. 그런데 그때 마침 1층에 엘리베이터가 도착해 문이 활짝 열리면서 그 안에 서 있는 여자를 본 주영이의 눈빛이 반짝이는 것을 간파했다.

아, 저년이 아까 말하던 그년이구나.

나는 주영이에게 손을 흔들며 입 모양만으로 '화. 이. 팅.' 하며 주먹을 불끈 쥐어 보였다. 그러자 주영이의 입꼬리가 위로 한없이 올라갔다.

풉! 역시 멍청한 놈.

이윽고 주영이가 탄 엘리베이터 문이 완전히 닫힌 것을 확인한 후, 비상구 문을 열고 나가서 조용히 계단을 올랐다. 올라가면서 재킷 주머니 속에서 수술용 장갑과 검은색 비니 모자와 마스크를 꺼내 썼다. 그리고 접이식 금테 안경까지 꺼내 걸친 후 계단을 오르는 다리에 힘을 주었다.

그렇게 3층과 4층 사이의 계단참까지 올라왔을 때였다. 위쪽에서 여성의 구두 소리가 들렸다. 빠른 걸음으로 아래로 내려오는 듯했다. 나는 그 자리에 멈춰서 점차 가까워지는 그 발소리에 귀를 기울이며 계단참에 서서 불빛이 저절로 꺼지기를 기다렸다. 마침내 나를 비추던 센서 등이 꺼지고, 여자의 발소리는 점점 더 커졌다.

어떤 여자일까? 일단 오늘은 계획이 있으니 그냥 스쳐 지나가야 할까?

나는 묘한 기대감에 흥분이 되었다. 조심스럽게 고개를 빼서 계단 위를 쳐다보니 호리호리한 몸매의 한 여성이 귀에 이어폰을 꽂은 채 계단을 천천히 내려오고 있었다.

또각. 또각. 또각. 또각. 또각.

그 여자가 센서 등이 켜진 5층과 4층 사이 계단참을 돌자 얼굴이 또렷하게 보였다.

어!

나는 하마터면 소리칠 뻔했다. 아까 주영이랑 1층에서 엘리베이터를 같이 탄, 분홍색 케이스의 핸드폰을 들고 있던 바로 그 여자였다.

조금 전에 엘리베이터를 타고 올라간 여자가 왜 여기로 내려오는 거지?

갑자기 마주친 상황이 궁금했지만, 이렇게 마주친 것은 하늘의 계시라는 생각이 들었다. 지금 청소할 대상은 7층에 사는 술집 년이 아니라 바로 저년이라는 계시 말이다.

빠르게 결심한 나는 불 꺼진 3층과 4층 사이 계단참에서 여자가 내려오길 기다리기로 했다. 여자는 아무것도 모른 채 음악을 들으면서 머리를 아래위로 까딱거리며 4층까지 내려왔다. 나는 밑에서 호흡을 가다듬으며 마음의 준비를 하고 있었다.

그런데 여자가 5층과 4층 사이의 계단참을 돌 때 켜져 있던 5

층 센서 등이 꺼지자 다음에 켜져야 할 4층 센서 등이 켜지지 않았다. 나는 사전 답사 때가 떠올랐다. 고장 난 센서 등을 아직 수리하지 않은 것이다.

나는 장갑을 낀 오른손으로 노란색 커터 칼을 움켜쥐고 왼손에는 사람을 바로 기절시킬 수 있는 마취액을 잔뜩 묻힌 손수건을 밀봉된 지퍼백 안에서 꺼내 들었다. 그리고 캄캄한 4층 계단을 향해 먹이를 낚아채는 짐승처럼 빠르게 뛰어 올라갔다.

귀에 이어폰을 끼고 있어서 내 발소리를 전혀 듣지 못했던 여자는 갑자기 어둠 속에서 나타나는 나를 보고 눈알이 커지며 비명을 지르려 했다. 나는 재빨리 들고 있던 손수건으로 입과 코를 막아 기절시켰다. 여자가 바닥에 쓰러질 때 귀에서 떨어지며 계단 아래로 데굴데굴 굴러간 이어폰에서 유명 남자 아이돌의 신곡이 흘러나왔다. 여자가 들고 있던 핸드폰도 쓰러질 때 바닥에 떨어졌다. 나는 쓰러진 여자를 4층 비상구 문 앞까지 질질 끌고 가서 오른손에 들고 있던 커터 칼로 봉긋 솟은 가슴골과 복부 한가운데를 사정없이 푹푹! 찔렀다.

빠르게 일을 마치고 비상구 문을 조심스럽게 잡아당겨서 주머니에서 꺼낸 도어 스토퍼로 문 밑을 고정시킨 다음, 죽은 여자의 무릎을 굽히고 앞으로 웅크린 자세로 열린 비상구 문 뒤 벽에 기대어 놓고 잘 가려지도록 벽 쪽으로 밀었다.

죽인 후 그냥 방치할 수도 있었지만 이렇게 해 두는 편이 나중에 시체를 발견한 사람에게 좀 더 극적인 서프라이즈가 될 것 같았다. 또한 무슨 영화 같은 데서 문을 열면 쓰러지는 시체를 보고 혼비백산하는 장면을 참고한 것도 사실이다.

그렇게 정신없이 일을 치르며 나름 긴장이 되었는지 장갑을 낀 손에서는 벌써 축축하게 땀이 차올랐다.

카톡. 카톡. 카톡.

죽은 여자의 핸드폰에서 카톡 메시지 도착 알림 음이 들렸다.

- 오늘 소개팅 그 남자 어때? 생긴 건 별론데 돈 많아 ㅋㅋ

여자가 떨어뜨린 핸드폰의 메시지를 보고 호기심이 발동한 나는 죽은 여자의 축 처진 손을 잡고 지문 인식으로 잠금을 연 후 메시지 발신인의 프로필을 얼른 확인해 보았다.

여신혜정? 풉! 뭐야, 이년은.

둘이서 어디 놀이공원이라도 갔었는지 동물 캐릭터 머리띠를 쓰고 찍은 프로필 사진이 보였다. 왼쪽은 조금 전 죽은 여자, 그럼 오른쪽이 여신혜정?

나는 전화번호부로 가서 여신혜정의 전화번호를 확인했다. 여신혜정. 프로필 사진으로만 보면 꽤 반반한 얼굴이었다. 남자가 꽤 꼬였을 것 같다. 이런 여자들이 남자들을 어떻게 생각하는지 안 봐도 뻔하다.

내 핸드폰을 꺼내서 전화번호가 표시되어 있는 프로필 사진을 찍은 다음, 떠오른 것이 있어서 6층 비상구 계단까지 빠른 걸음으로 뛰어 올라갔다. 비상구 벽에 붙은 5층 표지판을 뒤로하고 6층과 5층 사이 계단참에 있는 깡통 재떨이가 눈에 들어왔다. 나는 그 깡통 안에 여자의 핑크색 핸드폰을 집어넣었다. 여자의 시체는 4층에. 핸드폰은 위층의 깡통에. 경찰이 이것을 발견하고 혼란스러워하는 모습을 상상만 해도 벌써 신이 난다.

나는 다시 비상구 계단을 통해 1층까지 빠른 걸음으로 내려오며, 아까와는 역순으로 장갑을 벗고 비니와 안경을 벗어서 사용한 손수건과 함께 지퍼 백 안에 넣고 재킷 주머니 속에 구겨 넣었다. 마지막으로 1층의 유리 출입문을 무사히 빠져나온 나는 가벼운 걸음으로 집으로 향했다.

오늘따라 유난히 반짝이는 밤하늘의 별이 지친 내 몸과 마음을 포근하게 감싸 주는 것 같다. 오늘도 난 더러운 인간쓰레기를 청소함으로써 형용할 수 없는 환희와 전율을 느꼈다. 여자의 몸통을 찌를 때 느껴졌던 따끈하고도 물컹한 감촉이 아직도 여운으로 남아 있다.

역시 이게 최고야. 머리에 허영심만 가득 찬 년들과 하는 의미 없는 섹스 따위와는 정말 비교가 안 된다니까.

집에 도착한 나는 오늘 처리한 수진이라는 여자와 그 여자의 핸드폰에서 발견한 여신혜정 사진을 형에게도 톡으로 전송했다. 잠시 후 형의 답장이 왔다.

-수고했어, 석현아. 좋은 선택이야.

병원에서 의사로 있는 형의 메시지를 보고 드디어 밀린 숙제를 다 끝낸 것 같아 기분이 무척 좋았다.

나는 개운하게 샤워를 하고 아끼는 레드 와인을 한잔 마셨다. 입 안에서 달착지근한 향을 풍기는 와인을 머금으며 나는 잔을 들고 허공을 향해 건배했다.

만약 세상에 악마가 살고 있다면, 그건 바로 나다.

이 안에 원귀가 있다

김승현

게임에 참가해 보시겠습니까? 밀폐된 방에서 정해진 5분의 시간 동안 앉아 계신 참가자에게 상금 5억 원을 드립니다.

엥? 단순히 방에 그냥 앉아만 있어도 현금 5억을 주는 게임이라고? 이거 진짜인가?

성인 남자 한 명이 간신히 모로 누워 잠을 청할 정도로 비좁은 서울 모 대학 원룸 기숙사 싱글 침대 안.

갑자기 몸살감기가 생겼는지 그다지 몸 상태가 좋지 않아서 침대에 누워 빈둥빈둥하던 중, 강한 호기심을 불러일으킬 만한 인**그램 피드 광고를 발견하게 되었다.

이 광고 뭐지? 혹시 대기업에서 제작한 신규 광고 이벤트? 아니면 신생 스타트업 회사에서 SNS 팔로워 모으기 위한 깜짝쇼?

나는 천장을 보고 똑바로 누운 상태에서 몸을 돌려 천장을 등지고 베개를 안은 자세로 바꾸었다. 엄지와 집게손가락으로 해당 피드 내용을 크게 확대해서 설명 글을 자세히 읽어 보았다. 글 내용에는 이 게임에 참가하고픈 사람들이 모이는 날짜, 시간 등이 시퍼런 색으로 선명하게 나와 있었는데, 그게 바로 내일이었다.

일시 : 9월 13일 금요일 오후 15:30

장소 : 참가 접수 및 소정의 심사 완료 자에 한해 개별 공지

그리고 그 아래에는 갑자기 빨간색 글씨로 이렇게 적혀 있었다.

꼭 명심해 주세요!

게임 참가자는 주어진 5분 동안 방 안에서 같은 참가자인 척 정체를 숨기

고 있는 원귀를 반드시 찾아내야 합니다.

원귀? 이건 또 무슨 소리야. 왠지 수상한데?

광고 글을 올린 SNS 계정 아이디는'regret'이었다. 막상 게임에 참가하면 무슨 다단계 판매 같은 것을 요구하는 사기 광고 글일지도 모르겠다는 생각이 들었다. 나는 만약을 위해 SNS 계정 아이디를 잘 메모해 둔 다음, 광고 글 전체를 핸드폰으로 일일이 사진 캡처했다. 그러고 나서 글 내용을 다시 꼼꼼히 살펴보았다. 광고 밑에 질문 등을 단 댓글들이 실시간으로 제법 많이 달리는 것으로 봐서, 현재 빈둥빈둥 놀고 있는 나를 포함해서 SNS 접속자들의 이목을 끄는 데는 일단 성공한 것 같았다. 그런데…….

그런데, 그 아래 글이 더 쇼킹했다.

만약 주어진 5분 동안 원귀를 지목해 내지 못하면 당신은 그 자리에서 원귀로 변할 것입니다.

원귀라……. 이 게임에 참가했다가 내가 그 원귀라는 것을 찾아내지 못하면 내가 원귀로 변할 수 있다는 건가?

나는 일단'원귀'의 정확한 뜻을 알아보기 위해 인터넷 검색창에 그 단어를 입력해 보았다.

원귀(冤鬼)

원통하게 죽어 한을 품고 있는 귀신. 억울하게 죽은 육신의 모습으로 현세를 떠돌아다니며 때로는 사물이나 살아 있는 이에 직접 빙의돼 몸과 마음을 조종하기도 한다. 어떤 민속 신앙에서는 빙의된 사람이 앞을 볼 수 없게 얼굴을 뒤로 돌려 버림으로써 그 안의 원귀를 현세에서 연옥(煉獄) 상태로 돌려보낼 수 있다고 전해진다.

5억 원을 노리고 이 게임에 참가하는 사람들 중에 원통하게 죽은 귀신이 숨어 있다는 거야? 죽은 귀신이 대체 무슨 돈이 필요해서 그걸 참가한다는 거지?

역시 수상하다는 생각에 포기할까 했지만, 이 글의 맨 마지막에 나와 있는 참가자의 자격 내용을 읽고 나는 이 말도 안 되는 게임의 참가를 적극적으로 생각하게 되었다.

게임 참가자의 자격 : 청각 장애(1, 2, 3등급)를 가진 사람만 신청할 수 있으며, 참가 희망자는 아래 이메일 주소로 이름, 휴대 전화 번호와 장애인 등록증 앞면 사진 이미지 파일을 같이 보내 주시기 바랍니다. 접수 및 심사 완

료가 된 분들에게만 집합 장소를 답 메일로 개별 공지해 드립니다.

……사실, 나는 태어날 때부터 선천성 난청을 앓게 된 중증 2급 청각 장애인이다. 청각 장애인만 참가할 수 있다는 말에 마음을 돌려서 참가 신청을 결심했다. 바로 내일이라 이미 참가자들이 선정되었을 수도 있었지만, 혹시나 하는 마음에 광고에 나온 이메일 주소로 이름과 전화번호 및 장애인 등록증 이미지를 같이 발송하며 참가 신청을 완료하였다.

그러고 나서 학교 매점에서 사 온 컵라면과 삼각김밥으로 이른 저녁을 대충 때우고 일찍 잠자리에 들었다. 학비를 벌기 위한 조간신문 배달 때문에 몸 상태는 별로 좋지 않지만 내일 새벽 신문 보급소로 출근해야 한다. 늘 그렇듯 빛이 들어오지 않게 커튼을 치고, 불을 끄고, 이런 내 신세를 한탄하며 좁디좁은 침대에 몸을 똑바로 뉘었다.

지이잉~ 지이잉~ 지이잉~

시간이 얼마나 흘렀을까, 잠결에 눈을 떠 보니 휴대폰 불빛이 반짝거리는 것이 보였다. 손을 뻗어 휴대폰을 가져와, 눈을 비비며 확인하였다.

참가 접수 완료!

집합 장소 : 서울시 동대문구 이문동 000-00

그럼 내일 뵙겠습니다.

"어?"

메시지를 본 순간, 미소가 절로 나왔다. 그다지 기대도 하지 않았고, 불과 몇 시간 전에 신청했는데 이렇게 빨리 접수되었다니 믿기지 않았다. 큰 상금이 걸려 있으니 신청자도 제법 많았을 것이다.

설마 지금 꿈꾸는 건 아니겠지?

갑자기 눈이 말똥말똥해지면서 잠이 확 깼다. 꿈이 아닌 건 분명했다.

내일, 그곳에 가서 그냥 앉아 있기만 하면 현금 5억 원이 생긴다. 그렇게만 된다면 지겹고 힘든 신문 배달도 당장에 그만둘 수 있다. 세상에! 나에게 이런 일도 생기다니…….

들뜬 나는 불 꺼진 방 안에서 혼자 실실대며 핸드폰 화면만 쳐다보다가 나도 모르게 다시 잠이 들고 말았다.

이지승

난 두 귀의 청력 손실도가 85d인 3급 청각 장애인으로 국가에 정식 등록되어 지금까지 살아오고 있다.

어렸을 적 우리를 덮친 뺑소니 교통사고로 눈앞에서 아버지를 잃고 충격으로 인해 심한 트라우마가 생겨 버렸다. 출동한 경찰관들에 의해 급히 인근 병원으로 옮겨져 응급실에서 간신히 깨어났을 때부터 나는 트라우마로 인한 청각 세포 손상으로 소리를 제대로 듣지 못하게 되었다.

혹시나 하여 유명 대학 병원에서 경두개자기자극술 같은 고가의 치료와 다양한 검사들을 반복했음에도 불구하고 나의 청력은 개선될 조짐이 전혀 보이지 않았다. 사고 이후부터 하루하루가 낯선 곳에서 홀로 걷는 이방인의 느낌이었다.

사회에 복귀한 다음부터 만난 사람들은 어항 속 금붕어처럼 입만 뻐끔거렸다. 나는 도태되지 않고 살아남기 위해서 상대의 말을 알아들은 척했다. 그리고 충분히 이해했다는 듯 배시시 웃었지만, 결국 엉뚱한 대답을 하는 일이 빈번했다. 그러면 열에 일곱은 마치 전염병에 걸린 사람이라도 바라보는 표정으로 얼굴을 찌푸린다. 그럴 때마다 나의 자존감은 땅속으로 하염없이 기어들어 갔고, 아무리 좋은 보청기를 껴도 도움이 되지 않았다. 나는 아버지를 한순간에 잃으면서, 동시에 세상의 모든 소리까지 잃어버린 것이다.

상대와의 정상적인 대화가 어렵기 때문에 나는 반드시 상대의 입 모양을 유심히 관찰하면서 머릿속으로는 예상되는 문장이나 단어로 조합함과 동시에, 상대의 눈을 보고 바로바로 대답하면서 사회생활이라는 거대한 퍼즐에 내 몸을 억지로 끼워서 맞출 수밖에 없었다.

내가 오늘 학교 전공 수업을 제친 이유는 우리 심리학과 학과장이기도 한 그 노 교수 때문이다. 나 같은 장애 학생에게 조금이라도 배려는 못 해 줄망정(말은 이렇게 하지만, 사실 어떠한 도움을 받고 싶은 생각은 추호도 없다), 많은 학생들이 보는 공개 수업 시간에 나를 지목하며 리포트를 개판으로 냈다며 창피를 주었어야 했냐 이 말이다.

그 교수는 아버지가 우리 대학교 부총장까지 지낸 유서 깊은 교수 집안 출신이라는 것을 뽐내기라도 하듯 항상 검은색 중절모와 넥타이, 양복을 차려입고 다닌다. 그래서 더욱 거만해 보이는 인상의 그가, 청각 장애인을 배려한답시고 옛날 무성 영화에서 나오는 배우들처럼 일부러 입 모양을 크게 하며 천천히 말하는 모습이 오히려 놀리는 듯해서 굴욕감마저 들었다.

정작 그러는 자신도 어렸을 때 가스 폭발 사고로 청력이 심하게 손상되어(본인의 설명으로) 심리학 강의 중에도 소형 보청기까지 끼고 강의하는 건 알 만한 학생들은 다 아는데, 유난히 같은 청각 장애가 있는 나에게만은 내가 일부러 청각 장애라는 걸 이용해서 학교생활을 편하게 하려는 것처럼 매도하거나 대놓고 무시하는 그의 심리를 도저히 이해할 수 없다.

이런 내가 불쌍해서 신께서 기적을 내려 주신 건지 모르겠지만, 몇 달 전부터 신기하게도 세상의 모든 소리가 조금씩 들리기 시작했다. 어느 날 아침 침대에서 눈을 떴을 때, 거의 몇 년 만에 탁상시계의 알람 벨 소리를 선명하게 듣게 된 것이다. 그 순간, 눈곱이 더덕더덕 낀 눈에서 놀라움과 기쁨이 뒤섞인 뜨거운 눈물이 흘러내렸다.

그 뒤로 나는 청력을 완벽하게 회복했지만, 이미 발급받은 3급 장애인 등록증은 그대로 가지고 다니며 각종 복지 혜택을 누렸다. 거의 10년 이상 내가 받은 각종 불이익과 여러 고통을 생각하면 이 정도 혜택쯤은 누려도 상관이 없겠다는 생각이 들었기 때문이다.

나는 여전히 예전처럼 상대의 입 모양을 뚫어져라 보고 나서 웃으며 대답한다. 그러면 역시 열에 일곱은 전염병에 걸린 사람을 보는 표정으로 얼굴을 찌푸린다. 그러면서 하는 욕지거리가 다 들리지만 나는 여전히 상대를 보며 아무것도 모르는 것처럼 웃는다. 사실 내 안의 누군가가 나를 억지로 웃게 만든다. 오늘도 난, 들으면서 웃는다.

이지훈

나는 상대방의 욕지거리를 이지승의 귀로 다 듣고 있다. 그리고 상대를 보고 웃으며 친절하게 욕을 해 주어서 고맙다고 한다. 그들의 욕은 나에게 복수 에너지로 변환되기 때문이다. 그 욕은 나의 원한에 힘을 보태 준다. 그렇게 우리 부모님을 불에 태워 죽인 그 원수들을 위한 나만의 복수 계획은 완성형으로 조금씩 수렴되어 가고 있다.

내가 웃으면 지승이도 웃고, 내가 울면 지승이도 똑같이 운다. 내 의식은 지승이의 육신과 연결이 되어 있고, 지승이의 의식은 지금도 내 의식 속에 푹 담가져 있다. 나는 부모님의 복수를 위해 청각 장애가 있는 이지승의 육신으로 빙의하였다. 똑같이 청각 장애가 있는 대학생 김승현을 비롯하여 복수의 대상들을 불러 모으기 위해서였다. 나는 얼마 전까지 청각 장애인이었던 이 학생의 몸에 빙의한 후 사람들을 모아 그날의 복수를 할 것이다.

지금으로부터 10년 전의 일이다. 나는 우리 집에서 불이 났던 그날을 수없이 떠올렸다. 아무런 죄도 없는 우리 부모님이 불쌍하고 끔찍하게 돌아가셨던 그날을.

우리 부모님은 하나뿐인 자식인 나에게는 물론이고 그 어느 누구에게도 도움을 주면 줬지 피해를 끼칠 분들이 절대 아니다. 오죽했으면 죽고 나서도 나 혼자만 원혼이 되어 이렇게 이승을 떠돌며 다니겠는가.

그날 불이 나자 집 밖으로 빨리 도망치라고 나에게 소리치시던 부모님이 내려앉은 집 천장 기둥에 깔리는 장면을 아직도 생생히 기억하고 있다. 나 역시 유독 가스로 질식사했고, 귀신이 되어 혼자 울부짖으며 타다 남은 불씨가 이곳저곳에 있는 집 안을 마구 날뛰어 다녔다. 그리고 수년이 지난 지금도 불길이 활활 타오르며 나를 집어삼키는 끔찍한 기억이 악몽처럼 나를 따라다닌다.

그토록 한이 맺힌 나는 이번 복수 게임에서 모든 영적 능력을 쏟아붓게 될 것이다. 나는 다시 결심을 다지며 김승현을 비롯한

몇몇 게임 참가 대상자들에게 '참가 접수 완료 메일'을 발송했다.

이지승

9월 13일 금요일, 현재 시각 오후 3시 25분. 서울시 동대문구 이문동 000-00 한 건물 앞에 도착했다. 마치 작은 교회처럼 생긴 이 건물의 문 앞을 보니 모서리들이 투명 테이프로 단단히 고정된 누런 A4 사이즈 종이 한 장이 붙어 있었다.

게임 참가를 환영합니다.

가지고 오신 휴대 전화기는 전원을 반드시 끄신 후, 문 앞에 있는 함에 넣고 안으로 들어와 주세요.

어제 광고를 보고 신청 메일을 보냈는데 초대 메일이 왔다. 밑져야 본전이란 생각에 오긴 했는데, 정말 이곳에서 게임에 참여하면 5억 원을 주는 게 맞을까?

수상하기 그지없는 분위기였지만, 종이에 적혀 있는 대로 주머니에서 핸드폰을 꺼내 전원을 끈 다음 문 앞에 있는 우체통처럼 생긴 함에 넣고 출입문의 금속 손잡이를 천천히 돌리며 안으로 들어갔다.

문을 열고 들어가자 벽에 붙어 있는 커다란 전신 거울에 내 모습이 비쳤다. 고개를 돌렸더니 안에는 이미 도착한 네 명이 한가운데에 동그랗게 앉아 있었다. 그들은 내가 들어오자 일제히 쳐다봤다. 혹시 주최 측 관계자인 줄 알았는지 내 행색을 훑어보더니 다시 고개를 돌려 눈을 감거나 미간을 찌푸리고 팔짱을 끼며 멍하니 바닥을 내려다봤다. 그런데 그들 중에 한 사람만 시선을 돌리지 않고 무척이나 놀란 표정을 지었다.

어? 시발…… 하필이면 이런 자리에서 노 교수를 만나다니!

나 역시 놀라서 그에게 고개를 끄떡하며 인사했지만, 왠지 이런 곳에서 아는 척하면 안 될 것 같아서 아무런 말도 하지 않았다. 그렇게 교수의 시선을 무시하고 안으로 들어가려는데, 말로는 표현하기 힘든 어떤 음산한 기운이 나를 휘어 감싸는 듯했다.

나는 우두커니 서서 주위를 둘러보았다. 이 건물은 특이하게 작은 창이 여러 개 있었는데, 창틀의 크기가 성인의 머리만 간신히 내밀 수 있을 정도로 작았다. 교도소 독방 창이 연상되었다. 창들은 시커먼 모조지 종이로 전부 가려져 있었다.

안으로 들어와서 문을 닫자 중간에 달린 잠금 걸쇠가 지이잉

소리를 내며 잠겼다. 뭔가 이상하다는 생각에 작은 단추같이 생긴 열림 버튼을 누르고 현관 손잡이를 돌려 봤지만 문은 열리지 않았다. 입장한 게임 참가자가 다시 마음대로 나가지 못하게 밖에서만 열 수 있도록 조치한 모양이다.

나는 다른 사람들의 분위기를 살피며 안으로 들어갔다. 창문도 막혀 있는 데다 방 안의 조명도 약한 편이라 그들의 얼굴을 제대로 인지하기까지 시간이 걸렸다. 같은 모양의 파란색 등받이 의자 다섯 개가 나무색의 원형 테이블을 가운데 두고 있었는데, 나는 유일하게 남은 빈 의자가 있는 곳으로 이동하기 위해 조심스럽게 걸음을 옮겼다.

이 안에는 원형 테이블과 의자 다섯 개를 빼놓고 아무것도 없었다. 천장에 매달린 빨강 필라멘트 전구 둘레에 둥근 갓이 씌워진 백열등 한 개가 이 공간을 유일하게 밝히고 있었다.

자리에 앉은 나는 곁눈질로 다른 참가자들의 모습을 살펴보았다. 옆에서 나를 계속 흘끔거리며 보는 노 교수를 빼고, 다른 참가자들은 시선도 마주치지 않고 서로 관심 없다는 분위기…….

아, 아니다. 내 오른쪽에 앉아 있는, 참가자 중 유일한 여자인 한 아줌마가 애처로운 눈길로 나를 보고 있었다. 그 아줌마가 앉은 의자 옆에는 지팡이가 있었다. 민망하리만큼 나를 계속 쳐다보고 있는 그 아줌마는 산발이 된 머리를 작게 흔들며 입술로 무슨 말을 계속 중얼거리고 있었는데, 나이는 40대 중반 정도로 보였다.

오른쪽 방향으로 그 아줌마 옆에는 학생용 배낭 가방을 의자 옆에 비스듬히 내려놓은 무테안경을 낀 20대 초반으로 보이는 남자가 있었다. 그다음에는 가슴에 커다란 뱀 문신이 보이도록 앞이 벌어진 와이셔츠를 입은 우락부락한 것이 조폭같이 생긴 대머리 아저씨가 귀에 커다란 보청기를 끼고 있었다. 그리고 바로 그 옆이자 내 왼편에 앉아 있는, 고풍스런 검은색 중절모를 쓰고 내 눈치를 보고 있는 60대의 노 교수까지 모두 다섯 명이 이 수상한 게임에 초대된 사람들이었다.

이지훈

얼마 전인가? 나는 이지승의 몸을 빌려 아버지가 교장 선생님이었던 초등학교를 가 보았다. 당시 초등학생인 내가 다녔던 곳이기도 했던 OO초등학교는 본 건물과 타원형 운동장, 그리고 본 건물 뒤편으로 '들어오지 마시오.' 표지판과 함께 그 주변을 커다란 천막으로 둘러싸 막은 작은 공터가 있었다.

끔찍한 방화 사건으로 인해 지금은 아예 흔적도 없어진 옛날 우리 집이 있던 자리. 당시의 기억을 더듬으며 학교 정문으로 들어갔는데, 수위실에 신문을 읽고 있는 수위 아저씨가 보였다. 70대로 보이는 백발에 청색 모자를 쓴 분이었다.

가까이 다가갔더니 수위 아저씨의 얼굴이 보였다. 왠지 모르겠지만 이 아저씨 얼굴이 제법 익숙한 느낌이 들었다. 나는 신문에 정신 팔려 있는 아저씨에게 인사를 했다.

"안녕하세요?"

"엉? 누구지?"

"학교 구경 좀 하려고 왔어요."

"학교 구경? 요새 방학 기간이라 학생도 선생님도 없는데 함부로 들어오면 안 돼."

"사실은 이곳에 추억이 있어서 왔어요."

"여기 다니던 학생인가?"

"그런 건 아니고요. 그냥 아는 사람이 있어서……."

아저씨는 수상하다는 표정으로 나를 위아래로 훑어보더니 크게 헛기침을 했다. 그리고 마침 심심하던 차에 잘되었다는 듯 묻지도 않은 얘기를 해 주었다.

"며칠 전이 개교 65주년 기념일이었어. 내가 지금은 비록 수

위를 하고 있지만, 이 학교 교장 선생님까지 했었지. 한때는 나도 잘나갔었는데 그만 투자를 잘못해서 쫄딱 망하고 갈 곳이 없어서 여기로 다시 와서 이 일을 하게 된 거지."

"그러셨군요."

"내가 지은 죄가 커서 벌 받은 거 같아. 하나 있는 딸자식도 서울 사는 공무원 남자에게 시집까지 보냈었는데, 하필이면 겨우 생긴 아들이 선천성 청각 질환이 있어서 여태까지 사람 말소리를 제대로 못 듣고 살지. 게다가 딸아이도 사고로 먼저 가고, 내가 지금도 마음이 안 좋아요. 아이고, 내가 오늘 처음 본 학생에게 별 얘기를 다 하는구먼."

웬일인지 빙글빙글 돌아가는 원통 속에 몸뚱이가 푹 빠진 느낌이었다. 머리가 어지러워서 한쪽으로 멘 가방을 땅바닥에 내려놓고 잠깐 눈을 감았다. 그 상태에서 갑자기 알 수 없는 빛들이 눈앞에 반짝였다. 방화 사건이 일어났던 시절의 기억들이 주마등처럼 지나갔다. 그리고 수위 아저씨의 얼굴이 왜 익숙한지 조금씩 깨닫게 되었다.

나는 어지러움을 견디지 못하고 그 자리에 쓰러졌다. 놀란 수위 아저씨는 나를 부축하고 수위실 안 의자에 앉혔다.

"이봐, 학생. 괜찮아? 안색이 너무 안 좋은데. 잠깐 기다려 봐.

내가 119 전화해서 구급차를 부를 테니까."

정신이 맑아지면서 이곳에 온 진짜 목적을 이제 깨달았다.

우리 집 방화 사건의 범인 새끼!

나는 수위 아저씨가 전화를 하는 동안 들고 있던 가방 속에서 식칼을 조심스럽게 꺼냈다.

낡은 책상 위의 검은색 전화 수화기를 들던 그가 무심결에 나를 쳐다보았다.

김승현

이곳에 들어와서 가장 신경 쓰이는 사람은, 보자마자 느낌이 안 좋았던 내 옆의 산발 머리 아줌마다. 내가 이 아줌마 다음으로 들어왔는데, 다음 사람이 들어올 때까지 계속 나를 쳐다봤고, 들어오는 사람마다 민망할 정도로 계속 쳐다본다. 조금 전에 젊은 남자가 들어와서 마지막 남은 자리에 앉았는데, 역시 그를 계속 쳐다보며 입을 오물거렸다. 이곳에 있는 사람들은 모두 청각 장애인들이라 상대방의 말은 입술 모양으로 이해할 수밖에 없다.

그런데 이 아줌마의 입 움직임은 도통 무슨 말인지 알 수 없었다. 자세히 보면 알아차릴 수 있겠지만, 이 아줌마의 눈은 초점이 없다. 아무래도 이 아줌마는 앞이 보이지 않는 것 같다.

빈자리를 모두 채워 다섯 사람이 둥그렇게 앉은 채 어색한 시간이 5분 정도 지났을까, 그 아줌마가 문득 테이블 가운데에 있는 하얀색 스피커로 시선을 옮겨 뚫어져라 봤다. 잠시 그러고 있더니, 모두에게 자신의 입 모양을 읽으라는 듯 손가락으로 가리키며 천천히 말했다.

"여러분, 지금 저 스피커에서 저더러 이제부터 하는 말을 전해 달라고 하네요."

"뭐? 자, 잠깐만."

놀란 대머리 아저씨가 여자에게 인상을 쓰며 물었다.

"당신, 저 스피커에서 나오는 소리가 들려? 그럼 청력이 정상이란 얘긴데…… 여기는 어떻게 참가하게 된 거지? 당신 뭐야?"

험악한 표정을 한 대머리 아저씨의 위협에도 아랑곳하지 않고 아줌마는 스피커에서 나오는 내용을 그대로 다른 사람들에게 전달했다. 사람들은 모두 그 여자의 입술 모양을 주목했다.

"안녕하세요. 오늘 게임에 참여해 주신 여러분께 감사의 말씀을 드립니다. 게임을 시작하기에 앞서 전달해 드립니다. 원래 청각 장애인만 참가하실 수 있다고 공지를 드렸습니다만, 그렇지 않으신 한 분이 지금 여기 계십니다. 그래서 지금 제 목소리가 그분께는 아주 잘 들리실 겁니다. 그분은 저희를 도와주시기 위해 특별히 게임 참가가 허락된 분이니, 다른 참가자분들께 양해 부탁드리겠습니다."

여자는 그렇게 전달을 마친 후, 허공을 보며 입술을 천천히 움직였다.

"여러분, 제 입이 잘 보이시죠? 하지만 저는 여러분을 볼 수 없습니다. 그 대신에 잘 들을 수 있죠. 저는 지인의 권유로 이곳에 왔습니다. 그분이 여기까지 데려다주셨어요. 그분 말씀이, 이 게임을 주최하시는 분이 저 같은 사람을 찾는다고 하더라고요. 나머지는 청각 장애인분들이 오신다고 들었습니다. 게임의 참가 자격은 같지만 저는 다른 참가자분들에게 안내 사항을 듣고 전달하는 역할을 맡게 되었습니다. 잘 부탁드립니다."

그 여자의 입을 보고 있던 대머리 아저씨가 불만스러운 표정으로 말했다.

"이봐, 우리가 당신을 어떻게 믿지? 까놓고 말해서 스피커에서 나온 말을 본인에게 유리하게 거짓으로 전달할 수도 있잖아. 만약에 허튼짓하다가 나한테 걸리면 이번엔 그 잘 들리는 귀까지 고장 날 줄 알아. 알았어?"

대머리 아저씨의 협박에 여자의 표정이 순간 험악해졌다가 가라앉았다. 여자는 테이블 위 스피커 쪽으로 얼굴을 돌렸다. 스피커에서 또 무슨 말이 나온 듯했다. 여자는 입 모양으로 새로운 내용을 전달했다.

"이어서 설명드리겠습니다. 지목할 사람이 정해지면 그때부터 주어진 5분의 시간 동안, 한 분씩 돌아가면서 원귀가 빙의한 참가자를 손으로 지목해 주시면 됩니다. 다음 지목까지 3분의 시간을 더 드리겠습니다. 테이블 위에 있는 타이머가 작동하는 순간부터 한 번씩, 방 안의 조명이 꺼졌다가 켜졌다 할 것입니다. 앞서 말씀드렸다시피, 숨어 있는 원귀를 찾아내지 못할 경우 여러분들도 원귀로 변해 버릴 것입니다. 그러니 꼭 원귀를 찾아내시기 바랍니다."

원귀를 못 찾아내면 원귀가 된다니, 죽는다는 뜻인가?

나랑 같은 생각을 했는지, 스피커에서 나온 말을 우리에게 전달해 주는 여자의 표정이 어두워졌다. 몇 초 후, 다시 여자의 입술이 움직였다.

"지목 순서는 검은색 중절모를 쓰고 계신 분부터 하겠습니다. 지목하신 다음, 원귀가 아니면 다음 지목하실 분을 정해 주세요. 결과는 전부 지목이 끝나면 알 수 있습니다. 지목한 순서에 따라 제대로 지목하신 분은 마지막에 살아남고, 그분에게 현금 5억을 드리겠습니다. 하지만 마지막 한 분까지 원귀를 찾아내지 못하면…… 어떻게 되실지 상상해 보세요. 참, 원귀를 구분하는 방법은 간단합니다. 진짜 원귀를 지목하면 눈의 색이 그 자리에서 바뀝니다. 꼭 찾아내시길 바랍니다."

'마지막에 살아남고'라는 말이 여자의 입에서 나오자 참가자들의 표정이 미묘하게 일그러졌다. 그 말은 누군가 죽어 원귀로 당장 변할 수 있고, 그게 바로 우리 중의 누군가, 혹은 전부가 될 수 있다는 뜻이다.

설마 정말 죽는 건 아니겠지?

광고에도 이미 나온 내용이긴 하지만, 다들 나처럼 심각하게 생각하지 않았나 보다. 그런데 막상 와 보니 분위기가 심상치 않은 것이…… 내 옆에 있는 대머리 아저씨와 그 옆에 앉은 중절모 아저씨는 제법 아무렇지도 않은 얼굴이었지만 눈빛에서 불안함이 보였다.

산발 머리 아줌마는 갑자기 뭐가 그리 좋은지 환한 표정으로 두리번거렸다. 그 아줌마 옆, 그러니까 내 맞은편에 앉은 호리호리한 체격의 젊은 남자는 불안한 표정으로 스피커를 계속 보고 있었다.

그나저나 누가 원귀일까? 그 사람이 원귀라는 걸 어떻게 알 수 있는 거지?

여기에 모인 사람은 나까지 모두 다섯 명. 개별로 주어진 5분 안에, 우리는 최대 다섯 번까지 원귀를 지목할 수 있다. 순서대로 한 사람씩 돌아가면서 서로 겹치지 않게 지목하면 되긴 할 텐데, 마지막 한 명 전까지 찾아내지 못하면…… 못하면 어떻게 되는 거지? 정말 모두가 죽어서 원귀가 되는 건가?

산발 머리 아줌마가 갑자기 한 손을 들었다.

"자, 그럼 시작하겠습니다."

갑자기 테이블 중앙에 있는 액정 시계에서 빨간색 불빛으로 '05:00'가 표시되었다. 그리고 천장에 달린 백열등이 깜빡깜빡하기 시작했다. 어둑한 방 안에 알 수 없는 긴장감이 감돌았다.

이윽고 05:00이라고 표기된 숫자가 거꾸로 카운트되기 시작했다.

04:59, 04:58, 04:57, 04:56, 04:55…….

틱. 티딕. 틱. 틱.

다음 순간, 깜빡깜빡하던 백열등이 훅 꺼져 버렸다. 방 안의 빛이 순식간에 사라졌다. 칠흑 같은 어둠에 빠져 버렸다. 마치 두꺼운 안대를 쓴 것처럼 아무것도 보이지 않았다.

이지훈

불이 꺼지자 이지승 주변에 있던 사람들의 모습이 어둠에 묻혔다.

좋아 계획대로 되어 가고 있어.

내가 수위를 죽이러 초등학교에 갔을 때처럼, 이지승의 의식을 지배한 상태(이지승은 기억하지 못한다)에서 미리 목소리 변조 녹음한 것을 아줌마가 청각 장애를 가진 참가자들에게 잘 전달해 줬다.

이 게임을 준비하면서 그놈의 이메일을 파악하고 연락이 오길 기다렸다. 드디어 놈의 신청 이메일이 전날 도착했고, 비슷한 시기에 신청한 두 명을 추가로 뽑았다. 게임을 계획하던 중 청각 장애를 가진 참가자들에게 설명을 전할 사람이 필요해서 섭외했는데 장애인이 아닌 사람이 있으면 다른 참가자들이 문제 삼을 것 같아서 시각 장애를 가진 아줌마까지 구인 광고를 통해 섭외

했다. 물론 이지승도 당연히 와야 하니까 의식을 지배한 상태에서 읽을 수 있도록 초대 메일을 보냈다.

모든 것이 계획대로 돼 가고 있다. 5분 동안 천장 불이 계속 꺼졌다 켜졌다 하는 건, 들을 수 없는 사람들에게 시각까지 마비시켜서 공포를 자극하려는 목적이다. 이들은 서로의 입을 봐야 대화를 할 수 있을 정도라 시각이 차단되면 많이 당황할 것이다. 불은 처음엔 짧게 다음엔 길게 꺼진다. 스위치는 타이머로 세팅되어 있다. 물론 저 장님 아줌마는 제외지만 상관없다. 어차피 나의 표적은 하나니까. 그놈만 처치하면 나머지는 아무래도 상관없다.

이 어둠 속에서 눈에 보이는 건 타이머의 빨간 불빛뿐이다. 적막한 방 안에는 누군가 침을 꼴깍 삼키는 소리조차 동굴 속처럼 나에게 울려 퍼졌다. 빙의되기 전이었다면 어둠 속에서도 모든 것을 볼 수 있지만, 일단 이지승의 몸에 들어온 이상 그가 볼 수 없으면 나도 볼 수 없다.

불이 켜졌다.

조용히 침묵을 깨고 맞은편에서 젊은 남자가 말했다. 다들 그의 입을 봤다.

“중절모 쓴 아저씨, 늦기 전에 지목해 주세요. 시간이 다 되면 지목할 기회가 없어져요. 누구든 한 명을 지목해야 확률이 높아집니다."

……03:40, 03:39, 03:38, 03:37, 03:36…….

잠시 또 침묵이 흐르더니 드디어 중절모 아저씨가 자신의 입을 가리키며 말했다.

"내가 국립대학에서 23년 가까이 심리학과 교수를 했어. 그래서 사람들의 행동 심리는 어느 정도 직관 분석이 가능하지. 지금 나에게 말한 거 안경 쓴 청년 맞지? 그렇게 말하면 지목 대상에서 제외될 거라고 생각했나? 아까부터 저 여자분의 말에 크게 동요하지 않은 건 자네뿐이었어. 나는 자네를 원귀로 지목하겠네. 내 말이 맞지?"

쯧쯧! 아저씨, 잘못 짚었어요. 같은 청각 장애인이면서 이지승을 그렇게 차별하더니…… 안됐지만 아저씨, 아니 노 교수님 첫 번째 원귀 당첨입니다.

얼마 후, 불이 또 꺼졌다.

우두둑. 우두둑.

이 소리는 뭐지?

방 안 어디선가에서 갑자기 무슨 뼈 같은 것이 뒤틀리는 듯한 기분 나쁜 소리가 들렸다. 차가운 바람이 목을 스치는 오싹함이 느껴졌다.

뭐야, 이거? 윈귀는 난데, 이게 무슨 일이지? 환청인가?

다시 불이 켜지지 않자 답답한 마음에 이지승의 눈이 어서 어둠에 적응되기를 바랐다. 초조해진 나는 숨까지 참으며 소리의 정체를 밝히기 위해 온 신경을 집중했다. 그렇게 몇 초의 침묵이 흐르는데…….

우두둑. 우두둑.

또 들렸다. 이건 환청이 아니다. 분명히, 뭔가 있다. 처음에는 단순한 뼈 소리 같았는데, 다시 들어 보니 딱딱한 무언가가 서로 부딪치며 힘주어 회전하는 느낌이다. 대체 이 소리의 정체는 뭐지?

우두득. 우두득. 우두두두두두두두둑.

이번에는 좀 더 크게 들렸다. 여기서 이 소리를 들을 수 있는 사람은 나와 저 아줌마뿐이다. 그런데 아줌마가 아무런 말이 없다. 드디어, 이지승의 눈이 어둠에 적응하려는지 주변 물체의 윤곽이 보이기 시작했다. 어렴풋이 소리의 진원지까지 짐작할 수 있었다. 내 왼쪽 어딘가에서 뭔가 움직이는 듯했다.

어? 거긴 중절모 교수의 자리인데.

……00:04, 00:03, 00:02, 00:01, 00:00.

불이 다시 켜졌다. 백열등 불빛에 눈이 부셨다. 빛에 적응이 되자 나는 얼른 옆쪽을 쳐다봤다.

교수의 얼굴이 없다. 아니, 정확히 말하면 넥타이 위치는 아까와 같은데 오직 얼굴만 뒤통수에 있었다. 마치 공포 영화의 한 장면처럼 교수의 머리가 뒤로 돌아간 것이다.

그럼, 아까 그 소리는 목뼈가 꽈배기처럼 꼬이면서 으스러지는 소리…….

누가 이런 짓을 한 거지?

아직 교수의 상태를 모르는지 다른 사람들은 바로 반응이 없었다.

"으아악!"

나 다음으로 교수의 상태를 알아차린 건 맞은편에 앉아 지목당했던 젊은 남자였다. 비명을 들은 산발 머리 아줌마가 놀라며 "왜 그래요? 무슨 일이야?" 하고 물었다. 아줌마의 입을 읽은 남자는 "저, 저 아저씨가……."라고 중얼거렸다. 그가 손가락으로 가리키자 그때서야 모두의 시선이 교수에게 향했다.

"으아아아악!"

사람들이 놀라서 벌떡 일어나 뒷걸음치며 교수로부터 멀어졌다. 나도 놀란 척하며 아줌마의 팔을 잡고 벌떡 일어나서 뒤로 물러섰다.

"왜, 그래 무슨 일이야?"

"제 옆에 앉아 있던 모자 쓴 아저씨가 머리가 돌아가 죽어 있어요."

"뭐?"

아줌마는 자신이 들은 얘기가 바로 이해되지 않았는지 되물었다. 앞을 볼 수 없는 아줌마에게 나는 지승의 입을 통해 교수가 어떻게 죽어 있는지 설명했다.

"세상에, 누가 그런 끔찍한 짓을 한 거야."

아줌마는 얼굴을 찡그리며 고개를 저었다.

원귀인 나야말로 지금 이 상황을 어떻게 받아들여야 할지 모르겠다. 원래대로라면 교수가 지목한 후 다음 사람을 정해야 한다. 그런데 도대체 누가 이런 짓을 한 거지?

이지승

혹시 저 교수가 지목한 안경 쓴 남자가 어두운 틈을 타서 한 짓이 아닐까? 그게 사실이라면 상당한 괴력을 가진 사람이다. 그런데 어두운 상태에서 아무도 모르게 반대편으로 이동해서 교수를 죽이고 불이 켜지기 전에 자기 자리로 돌아가는 게 가능한 건가?

안 들리는 척했지만 청력이 돌아온 나는, 저 산발 머리 아줌마가 스피커에서 나오는 변조 음성의 내용을 그대로 말하는 것을 알 수 있었다. 분명히 이건 돌발 상황이다. 어두워진 사이를 틈타 참가자 중 누군가가 교수의 목을 비틀어 그를 죽였다. 그럴 만한 사람이 우리 중에 있다면…… 그래, 바로 대머리 아저씨다. 나는 그를 손가락으로 가리켰다.

"저분을 저렇게 만들 수 있는 사람은 아저씨밖에 없어요. 자리도 바로 옆이잖아요."

산발 머리 아줌마와 안경 낀 젊은 남자가 일제히 대머리 아저씨를 봤다.

"야! 어린놈의 새끼가 어른을 함부로 살인자를 만들어? 난 아무 짓도 안 했어!"

"아니, 생각해 보세요. 저도 그렇고, 저분의 머리가 저렇게 돌아갈 정도의 힘이 있어 보이나요? 이 중에서 누가 가장 힘이 세 보이는지 딱 봐도 알잖아요."

"이 새끼가 말이면 다인 줄 아나. 무술 하는 놈들 보면 깡말랐는데도 괴력이 나오는 거 못 봤어? 그렇다면 꼭 나라고 할 수 없는 거 아냐. 괜히 생사람 잡지 마, 이 새끼야."

"아저씨, 자꾸 이 새끼 저 새끼 하지 마시고요. 어차피 모두 죽을 거 각오하고 하는 게임이니 일단 저는 이 게임을 끝까지 할 생각입니다. 저 역시 시체를 옆에 두고 하는 게 썩 기분이 내키지는 않지만 이 게임으로 그 돈을 꼭 받고 싶어요. 다들 저처럼 돈이 급히 필요하고 절박하다면 이대로 게임을 계속 진행했으면 하는데, 어떠신가요?"

이상하게 내 안에서 누군가 이런 말을 시키는 느낌이 든다. 기분 탓일까. 어쨌든 그렇게 말하고 아줌마와 안경 쓴 남자를 봤더니 고개를 끄덕였다.

"좋습니다. 그럼 다음 순서는 아저씨로 합시다. 그리고 지목 순서는 시계방향으로 도는 게 어떨까요?"

아줌마와 안경 쓴 남자는 수긍하는 듯했지만, 대머리 아저씨는 불만스러운 표정으로 나를 노려봤다. 나는 대머리 아저씨의 시선에 아랑곳하지 않고 말했다.

"그럼 다들 동의하는 걸로 알겠습니다."

틱. 티딕. 틱. 틱.

벌써 3분의 시간이 지났는지 천장 불이 다시 꺼지고 빨간색 타이머 불빛만 보였다.

04:59, 04:58, 04:57, 04:56, 04:55…….

대머리 아저씨의 지목을 듣기 위해 다시 불이 켜지기를 기다는데 옆에 있는 아줌마가 뭐라고 중얼거리는 소리가 들렸다.

"그만해그만해그만해그만해그만해그만해그만해그만해해그만해그만해……."

등골이 오싹했다. 캄캄한 어둠 속에서 저런 소리를 들으니 더욱 기분 나빴다.

이 아줌마가 왜 이러지? 혹시 이 아줌마가 원귀에 씐 건가?

불이 켜졌다.

아줌마, 안경 쓴 남자, 대머리 아저씨는 불안한 표정으로 눈을 이리저리 굴리고 있었다.

"아저씨, 늦기 전에 이제 지목하시죠!"

……03:40, 03:39, 03:38, 03:37, 03:36…….

"이 건방진 새끼가……. 내가 잘못 지목해서 원귀가 되면 네가 책임질 거야?"

"그거야 아저씨 운명인 건데 제가 왜 책임져요. 늦어서 지목

못 하면 기회도 날리고 원귀가 되는 거니까 어서 지목하세요."

"이 새끼가 진짜 말로 해서는 안 되겠네. 야! 너 내 입술 똑바로 봐, 너 내가 저 사람 죽인 거 같다고 했지? 그래, 그럼 너도 저렇게 머리를 돌려줄까? 응?"

분위기가 험악해졌다. 대머리 아저씨는 당장이라도 나를 한 대 칠 기세다. 내가 왜 자꾸 저 아저씨를 자극하는 말만 하는 건지 모르겠다. 그냥 말이 저절로 나오는 느낌이다.

"아, 이제 알았다. 아저씨가 바로 원귀지? 그렇게 해서 아무도 아저씨를 지목하지 못하게 하려고 그러는 거지?"

"뭐라고? 이 새끼가 정말 죽을라고. 너 이리 와, 이 새끼야!"

불이 꺼졌다.

"뭐야?"

"왜 이러는 거야?"

"으……."

우드드득.

"으악!"

쾅. 쾅. 쾅. 쾅. 쾅. 쾅. 쾅. 쾅. 쾅. 쾅.

갑자기 뭔가가 문에서 세게 부딪히는 소리가 연속으로 들렸다. 대체 지금 무슨 일이 벌어지고 있는 걸까. 눈이 어둠에 서서히 적응되어 갔다. 희미한 어둠 속에서 사람이 움직이는 것이 어렴풋이 보였다.

누구지?

……00:03, 00:02, 00:01, 00:00.

백열등 불이 다시 켜졌다. 빛에 눈이 부시는 것도 잠시, 나는 안경 쓴 남자의 머리가 돌아간 상태로 있는 것을 발견하고 경악했다.

뭐가 어떻게 된 거지?

목이 뒤로 돌아간 상태에 무테안경이 바닥에 툭 떨어졌다. 그때, 목이 돌아간 사람은 안경 쓴 젊은 남자라는 것을 깨달았다. 그럼 대머리 아저씨가 어디 있는 거지, 하고 두리번거리다 금방 그를 찾았다. 대머리는 문 앞에 대자로 널브러져 있었다.

놀란 나는 자리에서 엉거주춤 일어나서 쓰러져 있는 그의 얼굴을 자세히 살펴봤다. 누군가에게 얼굴을 신나게 얻어맞은 것처럼 대머리 아저씨는 눈, 코, 입 할 것 없이 함몰되어 흉측한 모습이었다. 우락부락했던 그의 얼굴이 완전히 뭉개진 것이다. 문을 보니 움푹 파여서 여기저기 핏자국이 있었다. 나도 모르게 주먹을 꽉 쥔 손에서 식은땀이 배어 나왔다.

그런데 이상하다. 사람이 이렇게 계속 죽어 나가는데 어떻게 나는 이렇게 침착할 수 있지? 평소의 나였다면 놀라서 기절하거나 이곳에서 나간다고 난리를 쳤을 텐데 말이다.

지금 상황을 보니 대머리 아저씨가 또 괴력으로 안경 쓴 남자의 머리를 돌려놓은 것 같다. 하지만 원귀 지목을 하지 않았기 때문에 화가 난 원귀가 대머리 아저씨를 사정없이 들이받게 해서 처참하게 죽인 것 같다.

그렇다면…….

나는 산발의 아줌마가 앉아 있는 곳을 봤다. 앞이 보이지 않는 아줌마는 지금 이 상황을 모르는 것 같다. 그냥 앉아서 계속 중얼거리고 있다.

잠깐, 이 중에 원귀가 있다고 했잖아. 이제 남은 건 저 아줌마와 나뿐인데…….

"으억!"

나도 모르게 이상한 소리가 입에서 튀어나왔다. 그 소리를 들었는지 혼자 중얼거리고 있던 산발의 아줌마가 내 쪽으로 얼굴을 돌렸다. 그 초점 없는 눈과 마주치니 온몸에 소름이 돋았다.

"켁!"

갑자기 아줌마가 자기 목을 붙잡고 몸부림치더니 바닥에 철퍼덕 쓰러졌다.

이지훈

04:59, 04:58, 04:57, 04:56, 04:55…….

불이 꺼지고 타이머가 작동하고 있다. 나는 이지승에게 대머리 아저씨를 자극하게 만들었다. 이건 예상하지 못한 상황이지만, 저 단순한 아저씨를 잘 이용할 수 있을 것 같다. 정말 저 아저씨가 모자 쓴 남자를 죽였다면 그를 자극해서 내 목표물까지 같이 죽여 주면 좋을 것 같다.

우리 엄마 아빠, 그리고 나를 죽인 그 원수는 손주까지 벌을 받아야 한다. 불나서 무너져 버린 집터에 원귀로 머물던 나는, 수년이 흐른 뒤 그 원수 놈이 집 앞에 나타나서 여기 온 저 대머리 아저씨랑 하는 얘기를 들었다. 교감으로 있던 그놈이 우리 아버지를 죽이고 교장이 되었다는 사실을 말이다.

당시 그 동네 녹지에 골프 리조트를 유치하려는 대기업의 움직임이 있었는데, 교장이었던 아버지는 환경 보호 단체와 함께 반대를 하고 있었다. 그래서 사주를 받은 교감이 우리 가족을 화재 사고로 위장하여 살해하고, 자신이 교장 자리에 앉아서 뒷돈을 받고 리조트 유치를 적극 수용하는 데 도움을 준 것이다. 그 원수 놈은 그곳에 그 대기업 관계자를 데려와 자신의 범행을 얘기하면서 공범으로 몰겠다고 협박해서 돈을 더 뜯어내려 했다.

나는 주체할 수 없는 분노에 놈에게 달려들었는데 엉뚱하게 그 대기업 관계자에게 빙의되었다. 다른 사람의 몸에 있는 것에 적응하느라 시간이 좀 걸렸지만, 나는 처절한 복수를 실행에 옮겼다. 마음 같아서는 당장에 죽이고 싶었다.

그러나 나는 놈뿐 아니라 놈이 아끼는 딸 가족까지 저주를 내리기 위해 천천히 움직였다. 먼저 놈이 그렇게 탐하던 재산을 전부 날리게 만들었다. 그리고 놈의 아끼는 하나뿐인 딸을 잃게 했다. 그리고 그 딸의 하나뿐인 아들이 바로 오늘 이 자리에 참석한 김승현이란 놈이다. 나는 손자 놈까지 끌어들이기 위해 이 게임 계획을 세웠고, 같은 청각 장애자인 이지승의 몸으로 다시 옮긴 것이다. 그런데…….

백열등이 다시 켜졌다.

……03:40, 03:39, 03:38, 03:37, 03:36…….

이지승을 시켜 대머리 아저씨를 더 자극했다. 제법 효과가 있었다. 아저씨는 흥분하며 이지승을 죽일 듯이 소리쳤다. 그리고 불이 다시 꺼졌다. 나는 이지승보다 빠르게 눈이 어둠에 적응되었다. 밝은 곳에서는 이지승이 볼 수 있는 것만 보지만, 영혼인 나는 어둠 속에서도 볼 수 있는 카메라처럼 내 눈은 이 방 안의 모든 것을 파악할 수 있다.

대머리 아저씨가 일어나서 옆에 있는 김승현이 있는 곳으로 갔다. 역시 대머리 아저씨가 괴력의 살인마였던 건가…… 하고 생각했는데 뭔가 이상하다. 대머리 아저씨는 그냥 무서워서 원래 자기 자리에서 피한 것 같다. 어둠 속에서 인기척을 느꼈는지 두 사람이 한마디씩 했다.

"뭐야?"

"왜 이러는 거야?"

그때였다.

으잉? 뭐, 뭐지? 저게?

"으……."

뭔가 있다. 뭔가 바로 두 사람의 머리 위에 있다.

팔꿈치까지만 있는 두 팔이 손가락을 쫙 벌린 채 허공에서 그 아래로 천천히 내려오고 있었다. 앙상한 가지처럼 삐쩍 마른 허연색의 잘린 두 손이, 끝에 삐쭉삐쭉 날카롭고 지저분한 손톱이 달린 손가락이 낙하하고 있었다.

우드드드득.

그 팔에 달린 손이 김승현의 머리를 양쪽에서 꽉 잡더니 힘차게 돌렸다.

"으악!"

김승현의 머리를 돌릴 때 허공의 팔이 뒤에 있던 대머리 아저씨에 닿은 모양이다. 아저씨가 놀라서 소리쳤다. 그 소리에 반응한 두 팔이 이윽고 대머리 아저씨의 머리를 잡더니 그대로 들어 올려서 바로 현관문으로 돌진했다.

쾅. 쾅. 쾅. 쾅. 쾅. 쾅. 쾅. 쾅. 쾅. 쾅.

그 괴물 같은 손이 아저씨의 머리를 붙잡고 반복해서 문에 들이받았다. 그것이 반복될 때마다 머리의 형태가 플라스틱 공처럼 찌그러졌다.

정말 무서운 힘이다. 나는 알 수 없는 전율을 느꼈다. 나는 어린 상태에서 원귀가 되었지만 저 정도면 어른이 원귀가 된 것이리라. 어떻게 된 영문인지 모르지만, 이 방에는 또 다른 원귀가 있다. 그리고 그 원귀는 어둠을 틈타 사람들을 죽인다.

내가 빙의된 이지승의 눈이 어둠에 적응되면서 뭔가 보이는 것 같다. 이지승이 지금 희미하게 보는 건 바로 그 팔이다. 영혼인 나에게는 아주 선명하게 보이는 아주 무시무시한 긴 팔.

두 팔이 천장을 향해 천천히 올라갔다. 그리고 마치 벽을 통과하듯 천장 속으로 사라졌다.

……00:03, 00:02, 00:01, 00:00.

방에 불이 켜졌다.

이지승

이 방에 들어온 지 얼마 되지도 않아서 벌써 세 명의 남자가 끔찍한 모습으로 죽었다. 앞이 보이지 않는 산발 머리 여자는 정신을 잃고 쓰러졌다. 이제 나만 남은 것이다. 이곳에 있으면 안 된다. 내 안의 생존 본능이 이곳을 나가라고 소리친다. 나는 여기저기 움푹 파인 현관문으로 달려가 손잡이를 잡고 미친 듯이 돌리며 큰 소리로 외쳤다.

"사람 살려! 여, 여보세요! 밖에 아무도 없어요? 여기 사람이 갇혀 있어요! 살려 주세요! 제발요!"

푸드득. 푸드득. 푸드득.

뭐지?

어디서 새의 날갯짓 소리가 들렸다. 나는 주변을 둘러봤다. 이 밀실에는 새처럼 생긴 건 없었다.

혹시 이거…….

나는 눈을 감았다. 알 수 없는 형상의 잔상들이 보였다.

혹시, 꿈이 아닐까? 꿈이라면 눈을 떴을 때…….

눈을 떴다. 여전히 나는 방 안에 있었다.

불행히도 꿈이 아니다.

푸드득. 푸드득. 푸드득.

또 날갯짓 소리가 들렸다.

테이블 위에 타이머는 멈춰 있었다.

갑자기 불이 또 꺼졌다. 다시 암흑 속에 갇히게 되었다. 나는 눈이 어둠에 적응되길 기다렸다. 주변이 어렴풋이 보이기 시작했다.

푸드득!

갑자기 뭔가 바닥에서 시커먼 것이 벌떡 일어났다. 그 검은 것이 움직이기 시작하더니 문 앞에 서 있는 내 앞으로 천천히 다가왔다.

"으으으윽!"

나는 기겁을 했다.

저게, 저게 도대체 뭐야?

끼이이이이이익.

처벅. 처벅.

날카로운 손톱으로 거실 벽을 긁으며 여자로 보이는 그림자가 이리로 오고 있다. 이리저리 흔들리는 산발 머리의 실루엣이 어둠에 적응된 내 눈에 아른거렸다.

산발 머리? 그래, 그 산발 머리 아줌마다.

끼이이이이이익.

처벅. 처벅. 처벅.

점점 가까워지는 여자의 얼굴이 보이기 시작했다. 산발한 머리카락, 가느다란 눈매 사이 텅 빈 눈동자, 양 옆으로 기괴하게 큰 입, 시체처럼 무표정한 얼굴. 같은 참가자로 이곳에 들어와서, 조금 전까지만 해도 내 옆에 앉아 있다가 기절했던 그 아줌마의 얼굴이었다.

……이 아줌마가 바로 그 원귀였어.

이윽고, 얼굴이 바로 내 코앞까지 왔다.

어둠 속에서 침을 뚝뚝 흘리며 나를 바라보던 아줌마는 앙상하게 마른 두 손을 내 얼굴을 향해 뻗었다. 여자의 날카로운 손톱이 늘어나 내 눈동자에 닿을 듯했다.

그때, 불이 다시 켜졌다.

실내가 밝아지면서 아줌마의 얼굴이 선명하게 보였다. 아까는 분명히 눈에 초점이 없었는데 지금은 정확히 나에게 초점이 맞춰져 있는 것 같았다. 나를 뚫어져라 보며 미소 짓는 얼굴이 정말 끔찍했다.

"찾았다, 원귀."

산발 머리 아줌마는 나를 보며 그렇게 말했다. 아니, 원귀가 씐 건 자기면서 나더러 원귀라니.

"지금 무, 무슨 소리예요? 워, 원귀는 아줌마잖아요."

내가 무서워서 말을 더듬으며 묻는데 아줌마가 씨익! 하고 웃으며 말했다.

"네 안에 원귀가 있어. 숨어 있지 말고 이제 그만 나오시지. 너 때문에 원귀가 된 내가 드디어 너를 찾아냈어. 그 광고를 보고 너라는 걸 눈치챘다는 거 몰랐지? 내가 이 여자의 눈을 볼 수 있게 해서 게임에 지원하게 만든 것도 다 이렇게 너를 찾아내기 위해서였다고."

"아줌마, 지금 무슨 소리 하는 거예요?"

"적당히 하고 나오라니까 정말 고집이 세네. 그래, 우리 아버지가 네 부모를 불에 태워 죽였다고, 아무 죄도 없는 나와 우리 아들까지 죽이려 한 너는 뭐 우리 아버지와 다른 줄 알아? 원하는 것을 위해서라면 수단과 방법을 가리지 않는 그 악마 같은 이기심. 그게 나 같은 원귀를 또 만들어 낸 건 몰랐겠지?"

"제가 아줌마를 죽여요? 저, 저는 그런 적 없어요. 도대체 왜 이러시는 거예요?"

"나도 내 마음대로 이 여자에 빙의되어 복수를 하고 있지만, 너도 불쌍한 이 아이를 그렇게 이용하다니, 정말 너 나쁜 아이구나."

무섭게 생긴 이 아줌마가 하는 말을 도저히 모르겠다. 도대체 누가 누구한테 복수를 한다는 말이야.

갑자기 머리가 띵해지면서 어지럽고 졸음이 오는 느낌이 든다. 내가 왜 이러는 거지? 아, 머리가 이상해. 갑자기 수면제를 먹은 것처럼 의식이 흐려진다. 지금 여기서 정신을 잃으면 안 되는데…….

이지승의 의식을 다시 지배했다.

이 복수극에 초대받지 않은 손님이 있었다니. 드디어 모든 수수께끼가 풀렸다.

"하하하, 대단한 엄마네. 아들을 지키기 위해서 여기까지 찾아오다니 말이야."

"드디어 나왔구나. 어린 녀석이 원귀에서 악귀가 되니, 나 역시 가만히 있을 수 없지. 우리 아들을 지키기 위해서는 내 영혼도 팔 수 있거든. 영원히 구천을 떠돌게 돼도 상관없어."

"역시 부모의 마음은 위대해. 우리 부모님도 날 살리고 싶어서 불구덩이에서 목이 터져라 외쳤는데. 결국 허무하게 되었지만 말이야."

아줌마가 눈에 힘을 주어 노려보며 말했다.

"아버지가 너와 네 부모님에게 몹쓸 짓을 한 건 벌을 받아야 한다고 생각해. 하지만 나는 단지 아버지의 딸이라는 이유만으로 비참하게 죽었어. 그런데 그것도 모자라서 청각 장애를 가지고 불쌍하게 살아온 우리 아들에게까지 복수를 하려 하다니, 이건 너무한 거 아냐?"

"아니, 행복하게 살던 우리 가족의 원한은 당신의 아버지 한 사람으로는 풀리지 않아. 우리가 세 명이 죽었으니 당신 아버지도 딸과 손주를 바쳐야지. 나를 탓하지 말고 당신 아버지의 자식으로 태어난 걸 탓하라고."

"안 돼! 우리 아들을 죽게 할 수 없어!"

아줌마가 무서운 얼굴로 두 팔을 쭉 뻗어 나에게 덤벼들었다.

"근데, 이미 늦었어."

"뭐?"

아줌마는 놀란 얼굴로 그 자리에 멈춰 섰다.

"아직도 모르는 모양인데, 네 아들놈은 좀 전에 네 손으로 목을 비틀어 죽였어. 빙의된 그 몸에서 팔만 떨어져 나와 참가자들을 죽였잖아. 원귀인 나를 찾기 위해 그런 것 같은데, 문제는 그 방법을 쓸 때는 앞을 볼 수 없었다는 거야. 대신, 당신이 빙의된 그 아줌마처럼 소리를 듣고 방향과 위치를 파악할 수 있었을 테지. 아줌마는 보이지도 않으면서 이 방에 들어온 사람들마다 뚫어지게 쳐다봤다는 얘기를 듣고, 그 사람이 앉을 때 상대방의 방향과 거리를 확인하고 기억해 둔다는 걸 추측할 수 있었지."

"주, 죽다니, 그게 무슨 소리야. 내가 우리 아들을 죽였다니, 그게 무슨 소리냐고!"

"당신은 어둠 속에서 소리를 듣고 대머리 아저씨를 죽이려고 했지. 그런데 하필이면 그 아저씨가 당신 아들이 있는 자리에 숨은 거야. 그래서 실수로 대머리 아저씨 자리에 있던 아들의 목을 그만 비틀고 말았지. 그러고 나서도 여전히 대머리 아저씨의 목소리가 들리자 그제야 자신이 대머리 아저씨를 죽이는 것에 실패한 줄 알았겠지. 얼굴을 돌릴 때 몸을 같이 돌리면 원하는 대로 목이 뒤로 돌아가지 않으니까 말이야. 그래서 확실하게 목숨을 끊어 버리려고 대머리 아저씨의 머리를 붙잡고 벽을 향해 돌진했고, 그 자리에 현관문이 있었던 거야. 나머지는 더 설명하지 않아도 알겠지?"

"마, 말도 안 돼. 우리 승현이가, 우리 승현이가 죽다니……."

"원래는 내가 다른 참가자의 몸에 옮겨서 아들을 처리하려고 했는데, 오히려 잘됐어. 우리 가족은 서로의 죽음을 슬퍼했는데, 당신 아버지는 이미 당신 딸을 죽이고 왔다고 해도 그다지 슬퍼하지 않는 거 같더라. 죽이려고 하는데 비굴하게 목숨이나 구걸하고 말이야. 김승현의 연락처 알려 달라고 했더니 그럼 자기 살려 주는 거냐고 신나서 술술 얘기해 주고. 살려 주긴 개뿔, 꼴 보기 싫어서 더 고통스럽게 죽여 줬지. 아무튼 받은 만큼 갚아 주고 싶었는데…… 슬픔과 고통, 그것을 당신 가족은 느껴야 해.

어때? 지금 미치도록 슬프고 고통스럽지?"

"이 나쁜 새끼! 우리 아들 살려 내! 우리 아들 살려 내라고!"

산발의 아줌마는 정신 나간 여자처럼 괴성을 지르면서 나에게 달려들었다. 나는 주머니에서 노란 종이를 꺼내 아줌마의 이마에 탁 붙였다. 그랬더니 동작을 멈추고 그 자리에 꼿꼿하게 섰다. 마치 옛날 중국 영화에 나오는 원한을 가진 '강시 귀신' 같은 느낌이었다.

"내가 비록 어려서 죽었지만, 떠도는 원귀로 지낸 건 아줌마보다 훨씬 오래됐다는 걸 알아야지. 그래서 나는 내가 죽인 사람의 원귀도 상대해야 한다는 걸 알고 있었어. 그래서 위험을 무릅쓰고 빙의된 몸으로 무당을 찾아가서 귀신을 봉인하는 이 부적도 받아 놨지."

부적을 이마에 붙인 채 눈알만 굴리고 있는 아줌마가 무슨 욕이라도 하고 싶은지 눈에 잔뜩 힘을 주며 나를 쳐다봤다.

"아줌마는 이제 꼼짝도 할 수 없어. 지금 상태로 아줌마를 큰 가방에 넣어서 깊은 산속에 묻어 버릴 거야. 다시는 못 나오게. 미안하지만 나도 어쩔 수 없어. 당신이 나였더라도 그랬을 거야. 아들을 죽이지 못하게 말이야."

나는 테이블로 가서 타이머를 뒤집어 자동차 스마트키처럼 생긴 것을 꺼냈다. 버튼을 눌렀더니 철컥 소리를 내며 단단히 잠겼던 문이 열렸다.

“당신이 영원히 갇혀 있기 좋은 가방을 가지고 곧 올 테니까 조금만 기다려. 참, 여기 와서 죽은 사람들도 깔끔하게 잘 처리해 둘게. 아줌마에게 붙인 부적이 몇 장 더 있거든. 아직 죽은 지 얼마 안 돼서 붙여 놓으면 원혼들이 자기 몸에 갇히게 될 거야. 참 편리한 부적이지? 원귀인 나도 그렇게 생각해. 아줌마, 그럼 좀 이따 봐.”

현관문을 열고 밖으로 나가려다 문득 오른쪽 벽면에 달린 전신 거울을 보았다. 거울 안에는 내가 빙의한 이지승이 아닌, 초등학생 정도로 보이는 웬 남자아이가 커다란 눈망울을 한 채 정면의 나를 애처롭게 쳐다보고 있었다.

오늘로써 나의 기나긴 복수를 다 이루었다. 그리고 그동안 나 때문에 고생한 이지승을 이젠 그만 놓아줄 때가 된 것 같다.

건물 밖으로 나왔다.

전과 다르게 바깥공기가 무척이나 신선하게 느껴졌다.

나는 오랜만에 주변이 떠나가라 실컷 웃었다.

소녀 사형 집행관

● 촉법소년

우리나라 형법 제9조에서는 '14세가 되지 아니한 자의 행위는 벌하지 아니한다.'라고 명시하고 있다. 촉법소년은 형벌을 받을 만한 행위를 한 만 10세 이상~14세 미만의 미성년자들을 총칭하며, 범죄를 저질러도 처벌을 하지 않고 사회봉사 명령 등의 보호 관찰 처분만을 내릴 수 있다. 또한 이러한 법에 의거 촉법소년의 보호 처분은 추후 소년의 신상에 영향을 끼치지 않는다.

● 촉법소년법 일부 개정(20**. **. **. 부)

촉법소년들의 범죄율이 계속 증가하고, 또 그 정도가 날로 심각해짐에 따라 기존의 촉법소년 관련법을 개정하여, 범죄를 저지른 촉법소년들이 신설된 '정부 교화 프로그램'을 일정 기간 반드시 이수토록 하였다.

* * *

- 이칠성 과장, 국가OOOO본부 건물 W-1 구역의 특수병기부대 책임자.

- W-1 구역 특수병기부대는 반정부 게릴라의 폭동 진압 등의 임무를 수행하는 대테러 부대로, 이 부대의 구성원 대부분은 주로 보육원 출신의 오갈 데 없는 이제 스무 살을 갓 넘긴 신체 건강한 젊은이들임.

- 대원들은 수개월에 걸친 각종 대테러 훈련 성적과 체력, 지능을 비롯해 각종 심리 검사 결과 등을 종합적으로 분석하여, 훈련 수료 후 라이플 저격수 00명, 육해공 침투원 00명, 최종 암살조 00명으로 총 3개 부분으로 나뉨.

- 최근 이곳의 책임자 이칠성이 활성 비타민이라며 대원들에게 분홍색 알약을 하루에 3알씩 강제로 먹게 하는데, 약의 정체가 인간 두뇌 속의 가바수용체를 자극하여 중추 신경이 계속 흥분되게 만드는 신종 향정신성 약물인 에바(EBA)라는 정보가 입수됨.

- 이칠성은 이 약으로 부대원들을 자신의 꼭두각시로 만들어서 막대한 불법 자금을 지원하는 반정부 게릴라 세력과 내통하는 심각한 반역 행위를 하는 것으로 의심됨.

정한이 이곳에 오기 전에 읽었던 보고서 내용이다.

현재 이정한이 파견 나와 있는 국가OOOO본부는 정부 직속으로 비밀리에 운영되고 있는 대테러 기관이다. 최근 몇 년 사이에 막대한 인명 피해가 속출하는 테러 사건이 발생했는데, 그 테러를 자행한 반정부 게릴라 단체를 특수병기부대의 책임자인 이칠성이 돕고 있다는 정보가 입수되었다. 정한은 특별 감사관으로서 이곳에 왔다. 물론 진짜 목적은 숨긴 채 겉으로는 조직 운영과 수행 평가 점검 업무를 했다. 그러던 중, 시설 내부 네트워크 중에 이칠성 과장의 컴퓨터가 연결되어 있지 않다는 것을 발견했다.

파견 온 지 3주가 지난 어느 날, 정한은 이칠성 과장이 자리를 비운 사이 3층에 있는 그의 집무실에 몰래 들어가 그의 업무용 컴퓨터를 켜서 반정부 게릴라와 내통한 자료로 의심되는 문서를 찾아냈다. 하지만 해당 파일들에 암호가 걸려 있어서 복사본을 만들어야 했다. 그는 미리 준비해 온 USB에 그 데이터들을 복사한 다음 주머니에 넣고 서둘러 사무실을 나가려고 했다.

그런데 급하게 움직이다가 데스크 위에 있는 부엉이 모양의 금속 장식을 건드려서 떨어뜨렸고, 원래 놓여 있던 위치가 어디인지 정확하게 기억나지 않아서 대충 올려놓았다. 곧장 자리를 뜨려는데 그 금속 부엉이에서 이상한 소리가 났다. 아무래도 신경 쓰여서 자세히 살피다가 눈이 감시용 카메라 렌즈라는 것을 알아챘다. 이칠성이 그것을 통해 자신이 이곳에서 한 짓을 전부 봤다는 걸 깨달은 정한은 마음이 급해졌다.

통로로 나오니 엘리베이터가 3층 쪽으로 올라오고 있었다. 엘리베이터에 이칠성이 타고 있을 수도 있다는 생각에, 정한은 비상계단을 이용해 1층 현관으로 내려갔다. 정한은 자신이 위험에 빠졌다는 것을 직감했다. 이칠성은 부하들을 시켜서 그를 잡으려고 할 것이다.

비상계단으로 1층까지 내려온 정한은 유리로 된 건물의 현관문을 열고 바깥으로 급히 뛰쳐나왔다. 시설 부지에서 게이트를 빠져나와 한 20분을 정신없이 달렸다. 국가OOOO본부에서 어느 정도 멀어지자 어둑해진 하늘 아래 상가의 네온사인 불빛들이 눈에 들어왔다. 마침 제법 세게 불어오는 밤바람이 정신없이 뛰느라 상기된 그의 두 뺨을 식혀 주었다.

정한은 건널목에서 신호등을 기다리며 초조하게 서 있었다. 이 도로를 건너서 3분 정도 걸으면 나오는 모 카페에서 소속 부서 상관인 H를 만나기로 되어 있다. 그에게 자신이 입수한 데이터를 넘기면 임무는 끝난다. 정한은 어서 집에 가서 지금쯤 곤히 잠들어 있을 딸 도연이를 보고 싶었다.

한편, 감시 카메라와 연결된 스마트폰을 통해 자신이 반정부 세력과 내통한 데이터를 이정한이 빼 간 것을 알아채고 집무실로 달려온 이칠성은 표정을 구기며 데스크 위에 있는 금속 부엉이를 집어 던졌다. 그는 지하 2층 총기 보관소로 내려가 자신의 리볼버 권총을 챙긴 후 CCTV를 통해 이정한이 건물 밖으로 나간 것을 확인했다.

잠시 고민하던 이칠성은 친분이 있는 본부의 고위 관리관에게 전화를 했다.

"여보세요. 예, 접니다. 관리관님, 우리 조직에서 반정부 게릴라 집단을 돕고 있는 배신자를 드디어 찾아냈습니다. 예, 감사관으로 파견 와 있는 이정한이라는 자입니다. ……예? 관리관님, 틀림없습니다. 제 집무실에 몰래 들어와서 1급 보안 자료를 복사하는 모습이 담긴 영상이 있습니다. 바로 보내 드릴 테니 확인 바랍니다. 네, 제가 철저하게 관리를 해야 하는데 정말 면목이 없습니다. 네, 허가만 내려 주시면 빠른 시간 안에 잡겠습니다."

조심스럽게 전화를 끊은 이칠성은 자신의 권총을 확인하고 바로 저격수 대원에게 연락했다.

"발견되는 즉시 사살해. 1급 위험인물이라 생포하는 건 위험하다. 그 집단 놈들처럼 자폭이라도 하면 무고한 희생이 따를 수도 있어. 놈이 사살되면 뒤져서 나오는 것은 무조건 나에게 가져와. 함부로 봐서는 안 되는 보안 자료들이 있다. 알았지?"

연락을 끝낸 이칠성이 권총을 집어넣고 집무실에서 나와 건물 정문으로 달려갔다.

"윽!"

정한은 놀랄 겨를도 없이 머릿속 사고가 정지되었다. 그야말로 마른하늘에서 날벼락을 맞은 듯 손가락 하나 까닥할 수 없었다.

퍽!

퍼어억!

카페 문 앞에서 만나 눈인사를 나눈 H가 어디선가 날아온 총탄에 정수리가 뚫리며 그 자리에서 쓰러졌다. H의 진한 핏물이 놀란 정한의 얼굴 위로 사정없이 튀었다. 눈앞에 아무것도 보이지 않았다. 손이 떨리고, 귀가 멍해졌다. 전투 훈련을 받지 않은 평범한 행정 공무원인 정한은 충격에 놀라서 멍한 얼굴로 쓰러진 H를 부축했다. 본능적인 죽음에 대한 두려움으로 정한은 온몸이 떨리는 것을 느꼈다.

정한은 가만히 있으면 자신도 개죽음을 면치 못할 것 같아 피범벅이 된 H의 몸뚱이를 바닥에 질질 끌며 카페 옆 골목 쪽으로 몸을 숨겼다. 차가운 시체가 돼 버린 H의 얼굴을 보니 눈물이 흘렀다. 눈물을 닦고 주변을 둘러봤다. 이상할 정도로 고요했다.

퍼억!

갑자기 쇠망치로 가슴을 친 것 같은 충격에 몸이 뒤로 밀렸다. 어디선가 날아온 탄환이 정한의 왼쪽 가슴을 관통하면서 그대로 뒤로 쓰러졌다. 마치 번개에 감전된 듯, 온몸의 털이 순식간에 곤두서더니 엄청난 통증이 밀려왔다. 아무런 소리도 들리지 않았고 머릿속이 멍해졌다. 눈앞에 펼쳐진 하늘에는 한가로이 무리 지어 날아가는 새들이 보였다.

방금 총알이 뚫고 지나간 왼쪽 가슴 구멍에서 빨간 핏물이 뿜어져 나왔다. 몸에서 피가 빠져나가면서 의식이 멀어졌다. 정한은 이를 악물고 있는 힘껏 골목 밖으로 엉금엉금 기어갔다. 하지만 눈꺼풀이 자꾸 감겼다. 결국, 얼마 못 가서 몸이 납덩이처럼 무거워진 정한은 바닥에 대자로 뻗었다.

의식이 점점 멀어져 가는 정한의 귀에 어디선가 빠른 걸음으로 다가오는 구두 소리가 들렸다. 그리고 눈앞에 한 남자의 얼굴이 들어왔다. 이칠성 과장이었다.

미간을 찌푸린 이칠성이 손에 들고 있는 권총의 총구를 정한에게 들이댔다. 그리고 그의 굵은 손가락이 방아쇠 안에 걸렸다.

"이런 쥐새끼 같은 놈. 넌 이제 끝났어!"

이칠성이 소리치더니 손가락에 힘을 줬다.

팡!

커다란 총성과 함께 정한의 눈앞에 가족들의 얼굴이 어른거렸다.

"도, 도연아, 아빠가 미안하……."

쓰러진 정한의 눈에서 생기가 서서히 사라졌다.

* * *

결국, 나를 그토록 괴롭히던 우리 반의 못된 돼지 년을 영원히 보내 버렸다.

자주 집합당하는 장소인 학교에서 집으로 가는 큰길 중간쯤의 좁은 골목에서, 나는 이번 주까지 바치라는 상납금을 완강히 거부했다. 빵 셔틀이든 뭐든 몸으로 때우는 건 얼마든지 하겠지만 없는 돈을 내놓으라니, 쥐도 막다른 골목에 몰리면 고양이를 무는 법이다. 그랬더니 꼭지가 돌아 버린 그 돼지 년이 돌을 주워 들고 다가와 내 머리를 치겠다고 위협했다.

"이도연, 이 개 같은 년!"

돼지 년은 매일 아침 학교 정문 앞까지 자기 아버지가 커다란 외제 자동차로 태워 주는데, 나는 마주치지 않기 위해 항상 그년

등교 시간 후에 조심스럽게 학교에 들어가면서 돼지 년 아버지를 발견한다. 지금은 안 계신 우리 아빠처럼 어디 기관 소속 공무원이라는, 유난히 빨갛고 두꺼운 입술을 가진 돼지 년의 얼굴과 완전 판박이인 그녀의 아빠는 딱 보면 알 수 있다. 돼지 년 아빠가 등교 후에도 매일 저렇게 교문 앞에서 서성거리는 것을 보면 학교생활 불량인 그녀이 어디 딴 곳으로 샐까 봐 동태를 감시하는 것 같다.

어쨌든 그곳에 내 편은 없었고, 그 돼지 년과 옆에서 앞머리에 커다란 헤어 롤을 장착하고 전자 담배를 빠끔거리는 노랑머리가 나를 죽일 듯이 노려봤다. 갑작스러운 돼지 년의 위협에 놀란 나는 방어 기제가 발동했는지 강한 분노를 느끼며 마침 발밑에 있던 빨간 벽돌을 집어 들었다. 그리고 눈을 희번덕거리며 다가오는 그녀의 기름진 얼굴을 벽돌로 있는 힘껏 후려쳤다.

퍼억.

"아악!"

돼지 년은 비명과 함께 뒤로 나자빠졌다. 벽돌에 뭉개진 콧구멍에서 분수처럼 피를 뿜으며 쓰러진 그녀은 잠깐 몸을 파르르 떨더니 그대로 움직임을 멈추었다.

어? 어…… 어! 아 씨, 죽은 거야?

맨날 맞기만 하던 내가 그날따라 어디서 그런 깡이 생겼는지 알 수 없었다. 하지만 내가 사람을 죽였다는 사실에 겁이 난 나는 그길로 죽을힘을 다해 집으로 도망쳤다. 그전에, 쓰러진 돼지 년을 보고 잠시 넋이 나간 노랑머리가 물고 있던 담배를 떨어뜨리며 골목길 반대편으로 뒷걸음쳐 달아나는 모습이 그 현장의 마지막 기억이었다. 아직 열네 살이 안 된, 이제 중학교 1학년생인 나는 집에 와서 정신을 차리고 나서야 겨우 돼지 년을 쳐 죽인 살인자가 되었다는 것을 깨달았다.

그런 일이 있었음에도, 신기하게 아무런 일도 없이 이틀이 지났다. 혹시 누가 돼지 년 시신과 현장을 깨끗이 치워 주고 유일한 목격자인 노랑머리도 제거해 준 것이 아닐까, 아니면 돼지 년이 죽지 않고 집에 가서 멀쩡하게 학교에 다니는 게 아닐까 상상도 해 봤지만, 둘 다 가능성은 제로에 가까웠다.

도대체 어떻게 된 거지?

궁금해 미칠 것 같았지만, 역시 무서웠던 나는 몸이 아프다는 핑계를 대고 집에만 틀어박혀 있었고, 당장이라도 경찰이 우리 집에 들이닥칠 것 같은 불안함에 안절부절못했다.

그런 줄도 모르고 아픈 것만 걱정하던 엄마는 심장병 치료를 받고 있는 남동생에 나까지 그런다며 한숨을 쉬었고, 3일째 되던 날 몸이 좀 나아진 것 같다고 하자 운동화를 사 주겠다고 했다. 오늘도 야간에 식당 일을 나가야 하는 엄마는 내가 신상 운동화를 사 달라고 떼썼던 게 생각났는지 함께 백화점에 가자는 것이다.

지금 생각해 보면 아빠가 돌아가시고 우리 집 생계를 위해 매일 저녁부터 새벽까지 고깃집 주방 일을 하는 엄마에게 그깟 신상 운동화가 뭐라고 그렇게 난리를 쳤었는지 모르겠다.

아무튼 엄마는 무엇이 우리를 기다리고 있는지 짐작도 하지 못한 채, 걱정하는 나를 데리고 그저 웃으시며 백화점으로 향했다.

국가OOOO본부 건물 W-1 구역.

(14세 300일 전)

끼이이익.

날카로운 소리에 눈을 번쩍 떴다. 시야에는 유리 벽이 있었고, 그 유리 벽 너머 천장에 금방이라도 꺼질 듯한 여러 개의 낡은 형광등이 보였다.

여, 여기가 어디지?

띵한 머리를 만지고 있는데 갑자기 두들겨 맞은 것처럼 팔과 종아리가 쑤시고 아팠다. 아픈 곳을 문지르며 주변을 돌아보다가 비로소 지금 내가 어디에 갇혀 있는지를 깨닫게 되었다. 원통형 유리 속 회전문 안이었다.

텅 빈 폐공장 같은 공간 안에 회전문이 왜 있는 걸까?

내가 있는 이 원통형 유리는 점프를 하면 천장에 닿을 정도로 낮았으며, 지름은 여중생인 내가 두 팔을 쭉 벌린 길이보다 약간 더 커서 1.3m 이상은 돼 보였다. 엄마랑 갔던 백화점에서 이와 비슷하게 생긴 회전문을 통과하며 내 뒤를 바짝 따라오는 유리문에 발뒤꿈치가 끼이지는 않을까 긴장하며 통과했던 것이 문득 떠올랐다.

백화점에 있는 회전문과의 가장 큰 차이점이라면, 지금 내가 있는 날개가 세 개짜리 회전문을 둘러싼 원통형 유리는 출입구에 해당하는 부분이 없이 막혀 있다는 것이다. 나는 사방이 밀폐된 유리 감옥 안에 갇혀 있었다.

여긴 뭐지? 혹시, 새로 생긴 방 탈출 게임 같은 건가?

주위를 둘러보니 무슨 세트장 같다는 생각도 들었지만, 아무리 생각해 봐도 어쩌다 여기까지 온 건지 전혀 기억이 나지 않았다. 분명히 엄마와 백화점에 있었는데 언제…….

나는 백화점에서 엄마랑 같이 새 운동화를 샀다. 그리고 엄마와 같이 화장실에 들어갔다. 사람이 아무도 없어서 이상하다고 생각했는데, 거울을 보고 있던 중 갑자기 정신을 잃었다. 그다음은 아무런 기억이 없다.

쾅쾅쾅.

몸을 기대고 있던 유리문을 누군가 두드렸다. 나는 얼른 몸을 돌려 뒤를 보았다.

"엄마!"

나와 유리문을 사이에 둔 바로 뒤 칸에서 엄마가 눈을 동그랗게 뜨고 겁먹은 얼굴로 쳐다보고 있었다.

"도, 도연아, 우리가 왜 여기 있니? 여긴 도대체 어디지? 도연아, 분명 좀 전까지 백화점에 있었잖아. 여보세요? 거기 아무도 없어요?"

엄마가 나를 보며 말했다. 큰 소리로 외친 것 같지만 내 귀에는 모기 소리처럼 작게 들렸다. 유리문 하나 사이인데 이 정도로 방음이 잘되어 있다는 것이 놀라웠다. 이 안에 있으면 아무리 소리쳐 봤자 소용없다는 것을 깨달았다. 즉, 밖에 있는 누군가에게 도움을 청하는 건 불가능하다는 얘기다.

소리치다 지친 엄마는 이윽고 바닥에 주저앉았다. 엄마의 주위를 살펴보니, 같이 외출하면서 들고 있던 파란색 핸드백도 보이지 않았다. 엄마의 핸드백 속에 들어 있던 핸드폰이 떠올랐다. 그게 있었다면 위치 추적도 가능하니 외부에 도움을 청할 수도 있을 텐데…….

어?

문득 내 맞은편이 밝아지면서 기이한 것이 눈에 들어왔다. 나와 엄마가 있는 원통형 유리와 비슷하게 생겼지만, 회전문 날개가 없는 완전 밀폐 공간 안에 금방이라도 울음을 터뜨릴 듯한 젊은 여자가 있었다. 한창 꾸미고 놀기 좋아하는 여대생의 모습을 한 그 여자는 뭐라고 중얼거리고 있었는데 역시 철저한 방음으로 들리지 않았다. 그 여자의 입 모양을 유심히 보려고 자세히 살펴보던 나는 가슴이 철렁 내려앉았다.

혹시…… 민석이 누나?

내가 다니는 중학교 같은 반 친구 민석이가 툭하면 흉보던 누나의 얼굴이 떠올랐다.

비교적 역사가 긴 우리 중학교는 특별 행정 도시에 위치하여 정부 기관의 자녀들이 많이 다닌다. 우리 아빠 또한 공무원이셨는데, 어느 날 갑자기 업무 중 사고로 돌아가셨다. 그런데 사고 당시에 도대체 무슨 일이 있었는지 국가 기밀이라며 알려 주지도 않았고 시신 수습도 못 하게 막았다. 엄마는 탄원을 계속 넣었지만, 돌아온 건 국가 유공자 가족 지원이 끊길 수 있다는 협박이었다. 이 모든 사실을 몰래 엄마의 전화 통화를 듣고 알게 된 나는 이불을 뒤집어쓰고 엉엉 울었다. 아빠가 너무 보고 싶다.

그렇게 딸에게 애정을 쏟아 주셨던 아빠의 갑작스러운 부재로 인해 나는 더욱 내성적인 성격이 되었다. 그런 나와는 달리, 매사에 긍정적이고 활달한 성격인 같은 반의 민석이를 나는 많이 좋아한다.

학교 매점에서 빵과 우유를 같이 먹으면서 엄마와 다투고 쌓인 불만들을 민석이에게 털어놓으면 속이 후련해진다. 민석이는 그런 시시콜콜한 이야기를 진중한 얼굴로 귀 기울여 듣고 솔직한 자신의 생각을 말해 준다. 나이는 나랑 동갑이지만 행동과 말투는 나보다 훨씬 어른스럽다.

나는 같은 또래 애들에 비해 작고 왜소한 체격과 내성적인 성격 때문에 동급생들에게 교묘하게 집단 따돌림과 폭력을 당해오고 있었다. 그런 일을 당할 때마다 자신이 너무도 하찮은 존재로 여겨졌고, 이대로 세상에서 사라져 버리는 게 좋지 않을까 생각한 적이 셀 수 없이 많았다.

어느 날은 자살을 실행하기 바로 직전까지 갔다가 포기한 적이 있었는데, 학교에서의 왕따와 엄마의 기대에 부응하기 위한 모범생 흉내로 쌓인 스트레스에 한계를 느꼈기 때문이었다. 하지만 아빠가 돌아가신 후 나를 혼자 키워야 하는 엄마에게 힘들고 괴로운 티를 도저히 낼 수 없었다.

그런 나를 항상 밝은 미소로 다독거려 준 것이 민석이었다. 아마 민석이가 없었으면 돌이킬 수 없는 극단적인 선택을 했을지도 모른다. 당시 불안정한 심리 상태였던 나는, 같은 학교에 다니던 어떤 애가 화장실에서 극단적인 선택을 했다가 일찍 발견되어 살았다는 얘기를 듣고 '자살에 성공했다면 마음은 편했을 텐데.'라며 아쉬워하다가, 거울에 비친 그런 내 모습이 역겨워서 바닥에 주저앉아 두 손으로 얼굴을 감싸며 막 울음을 터뜨렸던 기억이 있다.

그 정도로 마음이 병들어 있던 나에게 어디서나 친절하게 대해 주고 진실한 마음으로 얘기를 들어 준 진정한 친구가 바로 민석이였다. 그래서 이 순간에도 나는 민석이의 얼굴이 떠오른다.

만약 이곳에 나 말고 민석이가 갇혔다면 어떻게 행동했을까? 어른처럼 의연하게 대처했겠지? 만약 나와 엄마가 이곳을 무사히 빠져나가게 된다면, 용기를 내어 꼭 데이트 신청을 하고 싶다. 놀이공원에 가서 맛있는 거 사 먹고 즐거운 시간을 보내면서 그동안 나를 지켜 준 고마움을 전달하며 내 마음을 제대로 고백해 봐야겠다. 그래, 나는 민석이를 단순한 이성 친구가 아닌 이성으로서 진심으로 좋아하고 있다. 부디 민석이가 내 마음을 꼭 받아 주었으면…….

아, 내가 지금 대체 무슨 생각을 하는 거지? 당장 어떻게 될지도 모르는 상황이잖아. 지금은 엄마와 이곳을 안전하게 빠져나갈 생각만 해야 해.

쿵. 쿵. 쿵. 쿵.

갑자기 맞은편 원통 속 여자가 두꺼운 유리를 두 주먹으로 두드렸다. 그러더니 나를 보며 어항 속의 금붕어처럼 입을 뻐금거리며 뭐라고 소리를 쳤다. 물론 방음으로 목소리는 전혀 들리지 않았다.

아, 그래. 민석이 생각하다가 깜박했는데, 저 여자…… 진짜 민석이 누나 아냐?

얼마 전에 민석이가 자기 가족사진을 보여 준 적이 있다. 사진 속에는 민석이 바로 오른편에 민석이 누나가 있었고, 왼편에는 연년생인 민석이의 남동생, 그리고 그들 뒤에 아버지와 어머니가 환하게 웃고 있었다. 사진 속의 누나 얼굴을 떠올려 봤는데 아무래도 맞는 듯했다.

민석이 누나도 누군가에게 납치되어 여기에 끌려온 건가? 누가 왜 이러는 거지?

내가 잠시 생각에 빠져 있는 동안 민석이 누나는 더 소리칠 기운이 없는지 당장이라도 쓰러질 사람처럼 창백한 얼굴로 유리문에 몸을 기댄 채 훌쩍이며 울고 있었다.

그때였다. 폐공장 구석에 있는 문이 열리더니 얼굴에 검은 복면을 쓴 사람이 나타났다. 그 복면의 입 주변에 동그란 구멍이 나 있었는데 유난히 두껍고 새빨간 입술이 눈에 띄었다. 그 사람이 입고 있는 공장 작업복처럼 생긴 파란색 상의 옷깃 한쪽에 새끼손가락만 한 작은 핀 마이크가 달려 있었다.

[킥킥킥킥킥킥킥킥킥킥.]

두 손으로 귀를 막고 싶어질 정도로 기분 나쁜 웃음소리가 정적을 깨며 갇혀 있는 원통형 유리 천장에서 들렸다. 올려다봤더니 천장 군데군데 몇 개의 작은 스피커들이 박혀 있었다. 밀폐된 유리 안에서 들리는 웃음소리는 끔찍할 정도로 신경을 곤두서게 했고, 당장 이 유리를 깨부수고 싶은 충동을 느꼈다.

[집행관 이도연, 이제 슬슬 시작해 볼까?]

나는 눈을 동그랗게 뜨며 말했다.

"뭐? 집행관? 내가? 난 이제 겨우 중학생이라고. 딱 봐도 어린 여자아이한테 집행관이라니. 그리고 뭘 시작한다는 거야? 이런 상황에서 설마 웃기려고 한 말은 아니겠지?"

위이이이이이이잉~

갑자기 내가 갇혀 있는 원통형 유리 속 회전문이 서서히 움직이기 시작했다.

쿵!

"아얏!"

멍하니 있었던 나는 등을 기대고 있던 유리문이 앞으로 움직이자 몸도 같이 앞으로 쏠리며 앞 유리문에 머리를 찧고 말았다.

위이이이이이이이이이잉~

갑자기 회전문이 조금 전보다 더 빠르게 돌기 시작했다. 이젠 슬슬 걷는 정도가 아니라 총총걸음으로 뛰는 수준이 되었다. 안 그러면 뒤에 있는 유리문에 밀려 넘어져서 바닥에 찧거나 쓸려서 다칠 것 같았다.

"도연아, 이도연! 엄마처럼 뛰어! 도연아!"

엄마의 다급한 외침이 유리문 너머에서 모기 울음소리처럼 작게 들렸다.

"저, 저기요, 아저씨. 도대체 왜 이러세요."

[킥킥킥킥킥킥킥킥킥킥.]

내가 놀란 얼굴로 묻자 복면을 쓴 아저씨는 기분 나쁘게 웃으며 말했다.

[도연 학생, 지금 돌아가는 회전문에 몸이 끼여서 종이처럼 갈기갈기 찢기고 싶지 않으면 그 유리창 위에 있는 두 개의 버튼 중 왼쪽 검은색 버튼을 눌러. 그러면 돌아가던 회전문이 멈추면서 학생의 목숨은 부지할 수 있어. 대신에 맞은편 원통형 유리 안에는 순식간에 맹독 가스가 퍼지면서 그 안에 있는 사람이 죽게 되겠지만 말이야. 아, 그리고 바로 그 검은 버튼 옆에 있는 빨간색 버튼도 누르면 역시 회전문이 멈추게 될 거야. 다시 말해, 머리 위의 어떤 버튼을 눌러도 넌 살 수가 있다는 얘기지. 하지만 검은 버튼을 누르라는 나의 지시를 어기고 빨간색 버튼을 누르게 되면, 학생은 지시를 따르지 않은 값을 톡톡히 치르게 될 거야. 그러니 그 빨간색 버튼에 웬만하면 손대지 않는 것이 좋겠지!]

"뭐, 뭐라고요? 우리가 살기 위해서 저 원통형 유리 안에 있는 사람을 죽여야 한다고요? 지금 어린애한테 사람을 죽이라는 거예요?"

복면 쓴 아저씨의 두꺼운 붉은 입술이 다시 움직였다.

[정부의 '촉법소년 신규 교화 프로그램'에 입소한 것을 환영한

다. 난, 여기 시설의 총책임자야. 그리고 넌 OOO을 죽인 살인죄로 오늘부터 14세를 넘기는 1년의 기간 동안 여기서 사형 집행관으로 정식 활동해야 한다. 이 시스템은 촉법소년법 개정안에 의거하며, 철저하게 기밀로 운영된다. 살인 집행의 범위는 중범죄를 지은 자와 조금이라도 그 범죄를 도운 공범자 모두에게 동시 적용된다. 학생은 어떻게 생각해? 살인을 저질러도 합당한 벌을 받지 않는 자신의 손으로 사형이 선고된 범죄자들의 실형을 집행하는 거 말이야. 이 얼마나 합리적인 죄의 심판이란 말인가. 킥킥킥. 아, 참고로 저기에 갇혀 있는 저 대학생 여자애는 모 방송사 기자의 사주를 받고 고위 공무원인 유부남과 잠자리를 한 후 그걸 미끼로 1급 기밀인 '국가OOOO본부'의 운영 정보를 빼오라고 협박했어.]

나는 놀라서 눈을 더 크게 떴다.

내가 돼지 년을 죽인 것이 전부 들통났다. 그렇다면 제일 먼저 경찰이 체포하러 와야 하는 거 아닌가? 그런데 왜 나는 갑자기 이런 곳에 갇혀야 하며, 민석이 누나를 처형해야 하는 거지?

지금 이 상황이 법으로 정해진 교화 프로그램이라니, 아무리 내가 어린 중학생이지만 도저히 이해할 수 없었다. 하지만 지금은 그런 걸 따질 때가 아니었다. 나는 뒤에 따라오는 유리문에 치이지 않으려고 최대한 속도를 맞추면서 위를 쳐다보았다. 키가 150cm가 채 안 되는 내가 뛰다가 점프하면 닿을 수 있을 정도의 높이에 검은색 버튼이 있었다. 그 오른쪽에는 절대 누르지 말라는 빨간색 버튼이 보였다.

[당연히, 사형에 맞게 죄명을 붙여 놨지. 남자 친구를 살해했어. 물론 우리가 전부 조작했지. 왜 이런 얘기를 다 해 주냐고? 어차피 넌 형기를 마치면 이곳에서의 기억이 싹 지워지니까 괜찮거든. 그리고 여기서는 내가 법이야.]

복면 쓴 아저씨는 신이 나서 혼자 떠들더니 아까처럼 기분 나쁘게 웃었다.

[킥킥킥킥킥킥킥킥킥.]

회전문이 더 빨리 돌기 시작했다. 이제는 이를 악물며 전속력으로 뛰어야 하는 상황이 되었다. 맞은편 원통에 있는 민석이 누나는 겁에 질린 표정으로 나를 주시하고 있었다. 저 원통 안에서도 복면 쓴 아저씨의 말이 들리는 것 같았다. 내가 달리다 한계를 느끼고 검은 버튼을 누르면 자신이 죽게 된다는 것을 아는 듯했다.

하지만 나 같은 어린 여자애에게 사람을 죽이는 일을 시킨다는 건 여전히 믿기지 않았다. 아무리 생각해도 현실감이 없는 이야기였다. 그래서 혹시 누가 장난으로 이런 짓을 벌이는 것이 아닐까 하는 생각도 해 봤다. 어쩌면 독가스도 허풍일지 모른다. 그렇게 상상해 봤지만 역시 말이 안 되었다. 누가 사람들을 납치해서 이런 곳에서 이런 장난을 친단 말인가. 만에 하나 저 버튼을 누르면 사람이 죽을 수 있다는 생각을 하니 쉽게 결정을 내릴 수 없었다. 그렇게 다람쥐처럼 계속 뛰고 있는데, 복면 쓴 아저씨의 둔탁한 목소리가 들렸다.

[자, 이제 10부터 거꾸로 세도록 하지. 다 세면 회전문은 시속 30km 속력으로 더 빨리 회전할 거야. 아마 건장한 어른도 그 정도면 유리문에 부딪히지 않게 뛰기가 어려울걸? 그럼 시작한다. 10, 9, 8…….]

결정의 순간이 바로 앞까지 왔음을 직감한 나는 갑자기 울컥한 기분이 들면서 고개를 돌려 뒤에 있는 엄마를 봤다. 엄마는 기진맥진한 표정으로 금방이라도 바닥에 주저앉을 듯했다. 이 상태에서 회전문의 속도가 빨라진다면 엄마는 곧바로 바닥에 쓰러질 것이다.

[……6, 5…….]

나는 머리 위에 있는 검은 버튼을 봤다. 점프를 생각하며, 본능적으로 다리에 힘이 들어가는 게 느껴졌다. 문득 복면의 남자가 나에게 촉법소년 집행관 어쩌고 한 말이 떠올랐다. 그게 뭔지는 잘 모르겠지만 지금 나는 엄마와 함께 살아남기 위해서 저 버튼을 누를 수밖에 없다. 하지만 그렇게 생각하고 있으면서도 선뜻 몸이 움직이지 않았다.

[……2, 1. 속도 증가! 어서, 어서, 버튼을 눌러 이 사형 집행관 소녀야.]

회전문이 마치 커다란 믹서 칼날처럼 더 빠르게 돌기 시작했다.

"헉, 헉, 헉, 헉……."

더 빨리 뛰었더니 머리가 멍해졌다. 저절로 땀이 솟았다. 나는 이마의 땀을 닦으면서 민석이 누나 쪽을 봤다.

"어?"

민석이 누나가 위치를 옮기자 그 전까지 민석이 누나에게 가려 안 보였던 사람이 나타났다. 눈에 익은 느낌이 들어 자세히 봤더니, 내 친구 민석이가 무릎을 잔뜩 웅크린 채 온몸이 밧줄로 꽁꽁 묶여 있었다. 평소 봤던 밝은 표정과는 딴판으로 공포에 뒤덮여 잔뜩 언 얼굴이었다. 이제야 민석이 누나가 유리문을 주먹으로 계속 치면서 소리쳤던 이유를 알게 되었다. 자기뿐만 아니라 남동생까지 같이 끌고 와서 가두어 놨으니…….

민석이와 눈이 마주쳤다. 민석이는 놀라는 표정을 짓더니 이윽고 울음을 터뜨렸다.

민석아…….

아…… 이제 어쩌지?

이건 정말 너무해.

이제 겨우 중학생밖에 안 된 애한테 이게 무슨 짓이야!

검은색 버튼을 다시 보는데, 그 옆에 있는 빨간색 버튼이 눈에 들어왔다. 왜 저 복면 쓴 아저씨는 나에게 빨간색 버튼은 절대 누르지 말라고 한 거지? 혹시 저 버튼을 누르면 모두가 살 수 있는 것이 아닐까? 그래, 그래서 누르지 말라고 한 걸지도 몰라. 꼰대 어른들이 우리 같은 아이들을 그렇게 놀리잖아.

쿵. 쿠쿠쿠쿠쿠쿠쿠쿠쿠쿵.

"안 돼!"

뒤에 있던 엄마가 앞으로 고꾸라졌다. 유리문에 앞뒤로 부딪히는 소리가 들렸다. 소름이 쫙 돋았다. 온몸의 털이란 털이 바짝 곤두섰다. 이제 시간이 없다. 나는 점프하며 순간의 판단으로 검은색 버튼이 아닌, 빨간색 버튼을 눌러 버렸다.

제발…….

휘휘. 휘. 휘. 휘. 휘이이이이이이~

조금 전까지 무서운 기세로 회전하던 유리문이 서서히 속도를 줄였다. 내 시선은 반사적으로 웅크리고 있는 민석이를 좇았다.

두 사람이 있는 맞은편 원통형 유리 안엔 그 어떤 변화도 보이지 않았다. 다행히 걱정했던 것처럼 독가스가 뿜어져 나오지는 않은 것 같았다.

휴~ 다행이다. 정말 다행이야. 다행…….

속도가 느려진 회전문이 드디어 완전히 멈추었다. 나는 엄마의 상태를 확인하기 위해 유리문 뒤편으로 고개를 돌렸다. 엄마는 숨을 계속 헐떡이며 문에 기대 주저앉아 있었다.

그때.

피이이이이이이이이익.

회전문 유리 너머 천장에서 흰 연기가 아래로 뿜어져 나오기 시작했다.

"엄마!"

흰 연기를 들이마셨는지 엄마가 목을 잡으며 바닥에 쓰러졌다. 끔찍하게 일그러진 얼굴을 한 엄마의 몸이 경련을 일으키며 마구 흔들렸다. 벌어진 입 안에서 하얀 거품이 나왔고, 눈은 뒤집혀서 흰자위밖에 없었다. 그러더니 수초 만에 엄마의 움직임이 멈췄다. 그리고 갑자기 사지를 부르르 떨더니 힘없이 축 늘어졌다.

"어, 엄마!"

사고가 정지되면서 나의 모든 의식이 얼어붙었다.

내가, 우리 엄마를 죽였어. 저 빨간 버튼을 누르면 안 되는 이유가 이거였어.

"아아아아아아아아아아!"

나는 두 손으로 귀를 막으며 머리를 막 흔들었다.

쿵. 쿵. 쿵. 쿵. 쿵. 쿵. 쿵.

앞 유리문에다 내 머리를 몇 번이고 계속 처박으며 자해했다. 두피가 찢어졌는지 피가 얼굴을 타고 흘러내리는 것이 느껴졌다. 그런데도 아무런 통증을 느끼지 못한 나는 자신을 원망하며 미친 사람처럼 중얼거렸다.

"엄마가 죽었어. 우리 엄마가 죽었어. 나 때문에 우리 엄마가 죽었어. 엄마, 우리 엄마……."

쿵. 쿵. 쿵. 쿵. 쿵. 쿵. 쿵.

우리에 갇힌 짐승처럼 벽에 마구 머리를 부딪쳤다.

여기가 바로 지옥이다.

쿵. 쿵. 쿵. 쿵. 쿵. 쿵. 쿵.

이마에서 빨간 핏물이 유리문 표면에 진득하게 눌어붙었다.

[킥킥킥킥킥.]

뭐가 그렇게 재밌는지 저 복면 새끼가 또 웃는다. 이 짐승만도 못한 악마 새끼가.

[그렇게 경고를 했는데 결국 그걸 누르고 말았군. 지시를 따르지 않으면 어떻게 되는지 알겠지?]

"이 나쁜 새끼야! 우리 엄마, 우리 엄마 살려 내. 어서 살려 내라고!"

[경고를 무시한 건 너야. 엄마를 죽인 건 너라고. 지금 누굴 원망하는 거야?]

"아냐. 그렇지 않아. 난 엄마와 같이 이곳을 나가고 싶었을 뿐이야. 엉엉!"

갑자기 울음이 터진 나는 이 어항 같은 공간에서 목 놓아 울었다.

내가 왜 그런 선택을 했을까? 왜 그런 어리석은 선택을 해서 엄마를 죽였을까? 이런 내가 계속 살아도 괜찮을 걸까? 그럴 수 없어. 난 이렇게 살 수 없다고.

[그래, 가족을 잃은 기분이 어때? 살고 싶지 않지? 죽고 싶지? 그 기분 내가 아주 잘 알지.]

울던 나는 복면 아저씨를 노려봤다.

[잘 들어. 당장이라도 죽고 싶겠지만, 마음대로 되지 않을 거야. 만약 우리의 교화 지시를 따르지 않는다면 이번엔 네 동생을 데려올 테니까. 엄마처럼 네 동생도 보내고 싶은 건 아니겠지?]

"뭐? 지금 뭐라고 했어!"

나는 악마 같은 복면 아저씨에게 내가 알고 있는 욕이란 욕은 전부 퍼부었다.

태어날 때부터 심장이 좋지 않았던 내 동생은 아홉 살이 된 올해에도 병원에서 살다시피 했다. 심장 때문에 절대로 과격한 운동을 하면 안 되는 동생을 이런 원통 속에 가두고 뛰게 한다고? 이 미친 새끼.

"알았어. 시키는 대로 내가 다 하면 될 거 아냐. 이제부터 아저씨가 시킨 대로 다 할 테니까 제발 내 동생만은 건드리지 마."

나는 바닥에 무릎을 꿇고 분노와 슬픔을 삭이며 복면 아저씨에게 애원했다.

[그래, 진작 그렇게 나와야지. 네가 열네 살이 될 때까지 지시를 잘 따라서 협조한다면 네 동생을 병원에도 데려가고 잘 보살펴 주지, 오케이? 킥킥킥킥킥킥킥.]

피이이이이이이이이이익.

마치 매드사이언티스트를 연기하는 배우가 대사를 외우는 것 같은 그의 말이 끝나기가 무섭게, 내가 있는 유리문 안 천장에서도 하얀 연기가 뿜어져 나오기 시작했다.

숨을 참으려고 해 봤지만 결국 연기를 조금 들이마신 나는 눈꺼풀이 무거워졌다. 그렇게 몇 초도 안 되어 나는 바닥에 쓰러지면서 점점 의식이 멀어졌다. 그렇게 의식이 완전히 끊기기 전에 스피커에서 누군가를 부르는 목소리가 들렸다.

[이칠성 과장님, 이철성 과장님, 감독관님 미팅 일정이…….]

(14세 151일 전)

끼이이익.

날카로운 소리에 슬며시 눈을 떴다. 온몸을 잔뜩 두들겨 맞은 듯 여기저기 쑤시고 아팠다. 내가 있는 곳이 원통형 유리 안이라는 것을 깨달은 나는 그동안의 일들이 꿈이 아니었음에 크게 실망했다.

고개를 들어서 맞은편을 쳐다봤다. 처음 보는 사람들이 얼떨떨한 표정으로 유리 안에 있었다. 성인 남성 세 명이었다.

저 사람들이 무슨 죄를 지었길래 여기까지 왔는지 모르지만, 그나마 여성보다는 남성이 저항감이 덜하다. 내가 여자라 그런 것도 있겠지만 죽은 엄마가 생각나서 그런지도 모르겠다.

나는 이젠 저 검은 버튼을 누르는 걸 주저하지 않는다. 저 복면 아저씨 말이, 뭐든지 맨 처음이 어려운 거란다. 버튼을 누르는 것도 두 번째, 세 번째, 네 번째가 되면 사명감이 생길 거라고 했다.

그때…… 엄마가 죽은 후 나도 따라 죽고 싶었지만 동생까지 죽을 수 있다는 협박에 검은 버튼을 눌렀다. 뿜어져 나온 독가스에 의해 죽어 갔던 민석이와, 민석이 누나의 얼굴이 꿈속에서 수시로 나를 괴롭힌다. 14세가 되어 이 사형 집행관 짓을 졸업하고 풀려나도 그 악몽에서 절대 벗어나지 못할 것이다.

만약 내가 그때 검은 버튼을 끝까지 안 눌렀으면, 민석이가 내 입장이 되었을 것이고 죽는 건 내 쪽이 되었을 것이라고 복면 아저씨가 말해 줬다. 개새끼! 정말 저 복면 놈만 보면 욕밖에 안 나온다. 만약 그때 내가 죽었다면 마음이 편했을까?

위이이이이이잉.

유리문이 다시 회전하기 시작했다.

복면 아저씨가 시키는 대로 나는 여기서 14세가 되는 그날까지 해야 할 일을 한 다음, 이 유리 감옥에서 나갈 것이다. 그다음에 어떻게 살아야 할지는 모르겠지만 동생을 살리기 위해서는 그렇게 해야 한다. 엄마도 그러길 원할 것이다.

유리문의 속도에 맞춰 원을 그리며 걷고 있던 나는 건너편 남자들의 당황하는 얼굴을 무표정으로 보다가 가볍게 뛰면서 검은 버튼을 눌렀다.

피이이이이이이이익.

천장에서 나오는 하얀 연기를 들이마신 세 남자는 누가 먼저랄 것도 없이 두 손으로 자신의 목을 조르듯 잡고 있다가 얼마 안 가서 바닥에 쓰러졌다.

오전 집행 스케줄은 이것으로 끝이다. 나는 이제 사람을 죽였다는 죄책감이나 두려움이 느껴지지 않았다. 아니, 그런 감정들은 존재하지만 마취를 한 것처럼 통증을 못 느끼게 되었다는 말이 맞을 것이다. 모르는 사람들이 죽어 갈 때마다 여전히 엄마와 민석이가 죽어 가는 모습이 겹쳐 보인다.

(14세 102일 전)

내가 갇힌 유리 감옥 너머에는 큼직한 디지털 벽시계가 붙어 있는데, 그 시계는 내가 14세가 되기 전까지 남은 일수와 오늘의 날짜, 요일 그리고 현재 시각이 자세하게 표시되어 있다. 나는 오전 9시 정각이 되었는지를 확인하기 위해 수시로 벽시계를 쳐다보았다.

사람들을 처형하는 일도 회사 다니는 것처럼 주 5일제 근무로 월요일부터 금요일까지만 하고 있다. 매주 토요일 오전 9시 정각이 되면 굳게 닫혀 있던 유리 감옥의 문이 스르륵 열렸다. 나는 주말이 되면 갇혀 있던 원통형 유리에서 나와 TV를 보거나 비치된 게임기로 비디오 게임을 한다. 청소년인 내 나이를 고려한 시설로 보이는데, 평일에는 사람을 죽이는 일을 시키는 걸 생각하면 앞뒤가 맞지 않는다.

그렇게 몇 시간이 지나자 점심시간이 되었다. 그동안 돌아가며 나오던 볶음밥, 스파게티, 돈가스가 아닌 진한 향이 느껴지는 카레라이스가 나왔다. 뭔가 이상하다. 그러고 보니 어제 마지막 처형할 때 회전문에서 끼이익, 하는 잡음 소리가 났고 회전도 원활하지 못했다. 혹시…… 유리 회전문이 고장 난 것이 아닐까?

그렇다면 나에게 수면제를 먹여서 재우고, 그사이에 사람들이 들어와서 문을 수리할지도 모른다. 즉, 반복되던 메뉴가 아닌 카레라이스가 나온 이유가 약을 타기 위해서일 가능성이 크다. 진한 향이 나면 약 성분을 구분할 수 없으니까 말이다.

내 생각이 맞는다면, 이 폐공장의 저 육중한 철문이 그들이 들어올 때 활짝 열릴 것이다. 문득 머릿속에 '탈출'이라는 두 글자가 떠올랐다. 바로 계획을 세운 나는 숟가락으로 카레라이스에서 카레를 최대한 걷어 내어 된장국 안에 넣은 다음, 남은 밥만 약간 먹다가 잠든 척하기로 했다. 그랬더니 예상대로 철문이 열리고 기술자들이 안으로 들어왔다. 틈을 타서 밖으로 도망치면 되었다. 하지만 카레를 숟가락으로 완벽하게 걷어 낼 수는 없었기 때문에 약간의 수면제가 들어갔는지 머리가 띵해지면서 몸의 중심을 잡기가 어려웠다. 나는 쓰러져 차디찬 바닥에 얼굴을 댄 채 철문 쪽에서 나는 소리에 귀를 기울이고 있었다.

드르르륵.

10여 분 뒤 녹슨 체인이 풀리는 소리와 함께 커다란 철문이 열리기 시작했다. 작업복 복장을 한 우리 학교 교감 선생님 나이 정도로 보이는 중년 남자 두 명이 공구 통 같은 걸 손에 들고 어슬렁어슬렁 들어와 쓰러진 내 옆을 통과하면서 나를 힐끗 쳐다봤다. 내가 잠든 것을 확인한 그들은 바로 원통형 우리 안으로 들어가 회전문을 살펴봤다.

바로 지금이다!

나는 누워 있던 바닥에서 용수철처럼 튀어 올라, 활짝 열려 있는 철문을 향해 전력 질주를 했다.

"거기 서!"

유리 안에 있던 남자들 중 한 명이 나를 봤는지 크게 소리를 질렀다. 원통 안에서 꾸준히 달리기를 해서 그런지 달리는 동안에도 그다지 숨이 차지 않았다.

조금만 더!

드디어 철문 밖으로 오른발을 쭉 뻗어 밖으로 빠져나왔다.

"어?"

철문을 통과해 조금만 뛰면 바로 바깥세상일 거로 생각했는데, 내 예상은 완전히 빗나갔다. 일단 건물 밖으로 나가면 어디든지 달아날 길을 발견할 것이라고 생각했다. 그런데 아무리 뛰어도 어두운 통로만 이어졌다. 통로 천장에 듬성듬성 달린 알전구들이 유일한 빛이었다. 통로는 저절로 길이가 늘어나는 공간처럼 느껴졌다. 이 세상과는 전혀 다른 공간처럼, 끊임없이 팽창하는 우주 속에 떨어진 기분이었다.

탁. 탁. 탁. 탁. 탁. 탁. 탁.

갑자기 정면에서 여러 명의 구둣발 소리가 들렸다. 감시 카메라를 통해 내가 탈출하는 것을 확인하고 잡으러 오는 중일 것이다. 당황한 나는 일단 멈춰 서서 어디 숨을 만한 곳이 없는지 찾아보았다. 'W-1'이라고 적힌 철문이 바로 눈에 들어왔다. 금방이라도 나를 쫓아오는 사람들과 마주칠 것 같았다. 입이 마르고 가슴이 타들어 갔다.

"저쪽이다!"

쫓아오는 사람들 중 누군가가 소리쳤다. 사람들의 발소리가 점점 가까워졌다. 더 이상 선택의 여지가 없던 나는 W-1 철문의 손잡이를 있는 힘껏 잡아당겼다. 다행히 철문은 잠겨 있지 않았다.

끼이이이이이이익.

무거운 철문이 활짝 열렸다. 내부는 내가 있던 공간보다 훨씬 더 밝고 넓었다. 그 안에 들어서며 눈앞에 펼쳐진 광경을 목격한 순간, 나는 바람 빠진 고무 인형처럼 그 자리에 털썩 주저앉았다.

그곳에는 내 또래 애들이 넋이 나간 표정으로 원통형 유리 안에서 돌아가는 회전문을 따라 빙글빙글 돌고 있었다. 그들 중 한 아이가 울음을 터뜨리면서 머리 위에 있는 검은 버튼을 눌렀다. 그러자 맞은편 원통 안의 교복을 입은 아이들 머리 위에서 하얀 연기가 나왔고, 순식간에 거품을 물며 픽픽 쓰러졌다.

"어?"

자세히 보니 그들 중에는 내가 죽인 돼지의 단짝 노랑머리 여자애도 있었다. 주저앉은 나는 온몸을 덜덜 떨며 고개를 좌우로 흔들었다.

"킥킥킥킥킥킥킥킥킥킥킥킥킥킥킥킥킥킥킥킥."

어디선가 검은 복면을 쓴 아저씨의 기분 나쁜 웃음소리가 들렸다. 문밖에서 나타난 그는 망연자실해 있는 나에게 다가왔다. 복면의 뚫린 입 부분에 노출된 두꺼비 같은 시뻘건 입술 안에서 긴 혀를 날름거리더니 내 귀에다 대고 속삭였다.

"일수를 다 채우기 전까지 학생은 여기서 못 나가. 이번 한 번은 교훈으로 생각하고 봐주지만 또 그러면 동생은 무사하지 못할 거야."

이윽고 다른 복면 아저씨들이 나타나서 무릎 꿇고 있는 나의 양팔을 잡았다. 나는 도살장에 끌려가는 짐승처럼 왔던 길을 따라 원래 있던 곳으로 걸음을 옮기며 생각했다.

체육 시간에 운동하듯 사람을 죽이는 이런 끔찍한 짓이 무슨 교화라는 거지? 어떻게 이런 걸 나라에서 허용할 수 있지? 어른들이 전부 미쳐 버린 게 아닐까? 이런 말도 안 되는 상황에 있는 나야말로 이미 미친 것인지 모르겠다. 그래서 폐기된 내가 이런 인간쓰레기 하치장에 왔는지도 모른다.

(14세 77일 전)

오늘도 버튼을 누르고 나니 마음이 편해졌다. 이 회전문 안이 내 집처럼 익숙해졌다. 점심시간이 되어 나온 밥을 다 먹고 나니 언제 들어도 기분 나쁜 복면 아저씨의 목소리가 스피커를 통해 들렸다.

[집행관, 식사는 잘하셨나? 그럼 오후에 예정된 교화 훈련을 다시 시작해야지. 살인을 저질러도 죄형이 성립되지 않는 촉법소년의 손길로 처단하는 이 아름답고 고결한 의식을 오늘도 잘 부탁한다.]

저 새끼가 또 뭐래.

[자, 오후 집행 시작!]

유리문이 회전했다. 맨날 하는 이 짓, 이제는 열심히 뛰기도 싫어졌다. 뛰는 것뿐만 아니라 모든 게 다 싫다.

"에이 씨!"

하도 뛰어서 닳아 버린 운동화를 신은 두 다리에 힘을 주어 가볍게 점프했다. 그리고 머리 위의 검은 버튼을 눌렀다. 이윽고 회전문이 작게 마찰음을 내며 정지했다.

맞은편 원통형 유리 천장에서 하얀 연기가 바닥까지 뿜어져 나왔다. 맞은편에 갇힌 여성 세 명이 마치 도미노 블록처럼 차례대로 바닥에 쓰러졌다. 살려 달라고 아우성을 칠 여유조차 없었다. 내가 그럴 시간도 주지 않았기 때문이다.

이처럼 어린아이인 내가 아무렇지도 않게 사람을 죽이게 되었다. 내 속에 남아 있던 일말의 죄의식들은 메말라 버린 지 오래다. 갈수록 집행 속도가 더 빨라지고 있다. 이상하게 어느 순간부터 저 검은 버튼을 누르고 나면 이 유리 감옥 속에서 피 냄새가 진동한다. 역겹다. 오래된 하수구 썩은 내보다 더 역한 냄새다. 지금까지 내가 죽인 사람들의 피 냄새들이다. 어디선가 그들의 목소리가 들린다.

"으으으. 으아아악! 사, 살려 줘. 도, 도연아, 제, 제발 사, 살려 달라고…….”

“야, 이도연! 이 나쁜 년! 넌 분명 천벌을 받을 거야. 이 살인자 년아! 너도 나처럼 얼른 뒈져 버려!”

(14세 당일, 아침)

드디어 14세가 되는 날이다. 나는 이곳에서의 첫날을 떠올렸다. 그날, 우리 엄마와 민석이의 목숨이 독가스 연기 속에서 사라졌다. 이곳에서 나가면 엄마가 사 준 이 운동화를 우리 엄마 무덤에 가져다 놓고 싶다. 그리고 엄마 사진 앞에서 용서를 빌 것이다. 물론 민석이 무덤에도 가야겠지. 그렇게라도 그들을 다시 만나고 싶다.

[드디어 기다렸던 날이 되었군, 이도연 집행관.]

아침 9시 정각이 되자 이곳의 책임자라고 소개한 이칠성 과장이라는 사람이 나타났다. 웬일로 그동안 쓰고 있던 복면을 벗은 맨얼굴이다. 스피커에서 나온 목소리로 그 복면 아저씨라는 것을 알 수 있었다. 역시 생긴 것도 기분 나쁘다. 그런데 왠지 어디선가 본 얼굴 같다. 더 기분이 나빠졌다.

[나는 촉법소년 교화 시설 책임자 이칠성 과장이다. 알아보겠지? 그동안은 보안 때문에 이곳 관리자들은 복면을 썼지만 이제

그럴 필요가 없어졌다. 그나저나 이거 안타까워서 어쩌지? 오늘만 손꼽아 기다렸을 텐데 말이야. 좋은 소식을 전해 주지 못할 거 같네.]

"뭐? 지금 그게 무슨 소리야?"

[아, 그 전에 설명을 해 줘야 할 거 같아. 솔직히 말하면, 정부에서는 이 시설이 어떻게 운영되었는지 제대로 몰라. 이곳은 반정부 세력을 제압하는 대테러 부대를 훈련하는 곳이야. 촉법소년법 개정에 따른 교화 시설이라는 건 거짓말이었어. 네가 있는 거기는 붙잡은 적을 고문하는 곳이야. 이곳에는 나와 나에게만 충성하는 내 부하들이 있어. 나는 그들의 도움으로 이곳을 사형장으로 만들기로 했지. 촉법소년이 사형 집행인이 되는 사형장으로.]

나는 저 기분 나쁜 아저씨를 죽일 듯 노려봤다. 하지만 그는 아랑곳하지 않고 얘기를 계속했다.

[애당초 사형수가 아닌 무고한 사람까지 처형한다는 것이 불법이잖아. 여기 온 첫날 네가 누굴 죽였는지 기억나지? 이건 누가 생각해도 알 수 있는 건데, 그 안에서 사육당하듯이 있으니 제대로 판단을 하지 못했겠지. 우리가 그렇게 불법적인 일을 시켜 놓고 때가 되면 내보내 준다는 얘기는 이곳이 아닌 밖에서 들었다면 믿지 않았을 거야. 하지만 인간은 한정된 공간과 폐쇄된

곳에서 누군가의 조종을 받는다면 제대로 판단을 못 해. 그건 이미 실험에서 입증된 거야. 혹시 스탠포드 교도소 실험이라고 들어 봤을까?]

"그럼, 내가 여기서 못 나간다는 거야?"

[그래, 안타깝지만 그게 현실이야. 아무리 제대로 판단을 못한다고 해도 약속된 날짜가 되어도 못 나간다는 현실을 알게 되면 우리도 어쩔 수 없지.]

"이, 이건 말이 다르잖아? 나, 나는 오늘부터 진짜로 열네 살이 되었다고. 당신들이 내 귀가 닳도록 떠들었던 그 촉법소년법이 적용 안 되는, 바로 그 나이 말이야!"

[킥킥킥킥킥킥킥킥. 도연아, 어른들 말을 그렇게 쉽게 믿으면 안 돼. 집에서 그런 거 혹시 안 배웠니?]

"이 나쁜 새끼야! 이 악마 같은 새끼야!"

[그래, 실컷 욕해. 그렇게 해서 풀린다면 해. 어차피 오늘로 네 목숨도 마감을 해야 하니까. 이제 제대로 사형을 받을 수 있는 나이가 되었잖아. 너무 실망하지는 마. 어차피 네 친구를 돌로 쳐 죽인 너한테는 살아야 할 미래는 없었잖아.]

"친구?"

머릿속이 번쩍했다. 매일 아침 우리 학교 정문 앞까지 커다란 외제차로 돼지 년을 태워 주던 그년의 아버지. 저 복면 아저씨가 바로 그 사람이다. 그 돼지 년과 꼭 닮은 얼굴. 교문 앞에 서 있던 그 아저씨를 몇 번인가 본 기억이 있다.

"그년은 내 친구가 아냐! 날 죽일 듯이 괴롭히기만 한 악마 같은 년이었어!"

[이 뻔뻔스러운 년이 감히 내 딸보고 악마라고? 감히 천사 같은 우리 딸을? 이 처 죽여도 시원치 않을 년이!]

"그때 나는 그년이 날 죽이려고 달려드는 걸 막으려 했을 뿐이야. 그건 정당방위였어."

[흥, 어떻게든 살아 보려고 별 개소리를 다 하는군. 우리 딸을 죽인 게 너라는 걸 알았을 때 자기 아빠에 대한 복수가 아닐까 생각했지. 물론 네가 그걸 알 리가 없지만 말이야.]

"뭐? 갑자기 여기서 아빠 얘기가 왜 나와?"

[왜냐고? 네 아버지를 죽인 사람이 바로 나니까. 난 개인적인 감정은 없었어. 네 아버지가 내 비리를 캐려고 했던 게 문제지. 나야말로 어쩔 수 없는 선택이었다고.]

"우, 우리 아빠를 당신이 죽인 거야?"

[내가 살기 위해서는 어쩔 수 없었던 선택이었어. 네가 살기 위해 열심히 달리며 버튼을 눌렀듯이 나도 방아쇠를 당길 수밖

에 없었단 말이야.]

“이, 개새끼가! 너, 너, 내가 나가면 너 반드시 죽여 버린다.”

[그래, 그러고 싶겠지. 하지만 안타깝게도 너는 거기서 못 나와.]

“이 천벌을 받을 새끼야! 죽어! 개새끼야! 죽어 버려!”

[천벌? 천벌은 우리 딸을 죽인 네가 받아야지. 내가 오늘을 얼마나 기다렸는 줄 알아? 너를 잡자마자 바로 죽이고 싶었지만 그건 너에게 너무 쉽고 편한 거잖아. 그래서 살려 두면서 지옥을 맛보게 해 주기로 한 거야. 이 모든 것이 바로 오늘을 위해서 준비된 거란 말이지. 그동안 복면을 쓰고 있었던 것도 네가 날 알아볼 것 같아서였어. 공포를 느끼게 하고 싶었던 것도 있지. 그리고……]

나는 저 아저씨가 신나게 말하는 동안 미친년처럼 욕을 퍼붓고 소리를 질렀다.

“으아아아아아아아아아아악!”

[그리고 어차피 오늘이 마지막 날이니까 진실을 얘기해 줄게. 1년 동안 너의 고통을 지켜보는 건 끝났으니까 이제 얘기해 줘도 되겠지. 우리 딸을 죽인 걸 생각하면 아무것도 모른 상태로 보내고 싶었지만, 네 아빠 건도 있으니 말해 주기로 결심했다. 사실…… 네가 죽인 사람들 전부 살아 있어.]

"뭐?"

소리 지르던 나는 그 말 한마디에 배터리가 끊긴 듯 정지했다.

[내가 아무리 복수에 눈이 먼 사람이긴 하지만 그렇게 많은 사람들을 죽이겠어? 그것도 아무 관계없는 사람들까지. 아, 네가 다른 방에서 본 거 있지? 그건 기본적으로 너에게 한 것과 같지만, 사실은 너를 더 절망하게 만들려고 준비해 둔 거였어. 탈출을 시도한 것도 우리가 놓은 덫이었지.]

"뭐? 그럼 우리 엄마도 민석이도 모두 살아 있다는 거야? 정말이야?"

[그래, 이도연. 내 목표는 오직 너밖에 없었어. 우리 딸의 죽음을 제일 먼저 알게 된 나는 경찰에 신고하지 않고 직접 복수하기로 했지. 너는 촉법소년이었잖아. 사형을 시켜야 하는데 그렇게 안 될 거라는 걸 알고 가만히 있을 수 없었어. 다른 사람들은 그냥 일시적으로 죽은 것처럼 보이게 하는 특수 가스를 사용했지. 위장 전술을 위해 특별하게 우리 시설에서 개발된 가스지. 진짜 독가스를 사용하는 건 오늘이 처음이 될 거야.]

"아~ 엄마가 살아 있다. 민석이도 살아 있다. 정말 다행이다."

내가 사랑하는 사람이 살아 있다는 말에 나는 자리에 털썩 앉으며 미소를 지었다.

그 돼지 년의 아빠라는 아저씨가 그년과 닮은 두껍고 새빨간 입술을 움직였다.

[이도연 집행관, 그동안 수고 많았다. 이제 편히 쉬어라. 거기 가서는 우리 딸하고 친하게 지내고. 잘 가라.]

아저씨의 말이 끝나기가 무섭게, 내가 있는 원통형 유리 천장에서 하얀 연기가 뿜어져 나왔다. 오늘은 나의 생일, 나는 태어난 지 딱 14년 만에 이 세상에서 사라진다. 더는 촉법소년이 아닌 나이에 죽게 된 것이다.

그런데 이상하게 죽음이 두렵지 않다. 그동안 그렇게 무서웠던 죽음이…….

나는 천천히 눈을 감았다.

웃고 있는 엄마와, 나에게 손을 흔드는 민석이가 보였다.

괴물 사냥꾼

또, 무언가에 쫓기는 꿈을 꾸었다.

영문도 모른 채, 나는 어디론가 계속 도망 다녔다. 그러기를 얼마쯤, 간신히 그 무언가를 따돌리고 앞에 보이는 작은 시냇가에 앉아 흘린 땀을 씻어 내기로 했다. 급히 손과 발을 물에 적시고 얼굴도 씻으려고 흐르는 시냇물을 본 순간, 그 위에 비친 모습에 깜짝 놀랐다. 무슨 호러 영화에서 나오는 악마의 머리처럼 양쪽에 커다란 뿔이 난 흑색 가면을 쓴 얼굴을 보았기 때문이다.

갑자기 손과 발에 이변이 생겼다. 왜인지 모르겠지만, 피부 위에 새까만 색이 아래부터 위쪽으로 크게 퍼지고 있었다. 손과 발의 끝에서 시작된 그 검은 무엇이 허벅지와 복부 등을 통과해 내 얼굴까지 올라갔다. 이어서 내 몸에 또 다른 변화가 생겼다. 등 뒤 양 어깨뼈 쪽에 뭔가 툭툭 빠져나오더니 커다란 까마귀 날개처럼 생긴 것이 돋아 나왔다. 나는 고개를 이리저리 돌리며 내 등에 생긴 그 놀라운 것을 입을 벌리며 쳐다보았다. 차마 입이 다물어지지 않았다. 머리 위에 뿔이 난 시커먼 얼굴도 모자라 등을 뚫고 나온 커다란 날개라니. 그 날개 끝에는 날카로운 새의 발톱 같은 것이 튀어나와 있었다.

결국, 그 검은 것은 내 목을 타고 스멀스멀 올라오더니 가면처럼 생긴 내 얼굴까지 완벽하게 침투해 버렸다. 나는 말 그대로 검은 것, 그러니까 사람들이 악마의 모습으로 알고 있는 그것으로 완전히 변해 버렸다.

"이, 이런. 이게 무슨 말도 안 되는……. 대체 나에게 왜 이런 일이 생기는 거지?"

그 검은 것이 내 머리 정수리 위까지 올라와 내 머리통을 가르려 한다. 시냇물에 비친 내 몸뚱이가 눈동자까지 모조리 박쥐처럼 새까매져 버린 순간, 이 상황을 도저히 참을 수 없었던 나는 허공을 향해 피를 토하듯 비명을 질렀다. 그리자 메아리처럼 이곳저곳에서 비명이 들렸다.

"아, 안 돼. 제, 제발 이러지 마! 제발! 나한테서 사라져! 사라지라고!"

소리를 치며 정신을 차렸더니 내가 어두운 숲속에 있었다.

"으으, 으으으."

문득, 어둠 저편에서 신음이 들렸다. 그리고 굶주린 날짐승이 으르렁대는 소리가 들렸다.

"크으으, 크으으으."

공포에 질린 내가 주위를 둘러보고 있는데 갑자기 어둠 속에서 시커먼 괴물이 튀어나와 나에게 달려들었다.

"으악!"

비명을 지르며 꿈에서 깨어나자 이마에 식은땀이 흐르고 있었다. 때마침 책상 위에 있는 알람시계가 부르르 떨면서 오전 7시 30분을 가리켰다. 하늘색 커튼이 쳐진 창에서 옅은 햇빛이 비치고 있었다.

"아, 또 기분 나쁜 악몽을 꿨네."

주위를 둘러보니 침대 옆 바닥이었다. 언제 떨어졌는지 모르겠다. 잠버릇이 사나운 나는 가끔 악몽에 시달린다. 돌연변이 괴물 사냥 전문 용병을 파견하는 다국적 경호 네트워크 그룹인 K 기업에서 일을 시작하고 나서 줄었지만, 그 전까지는 밤새 악몽에 시달리다 점심때가 다 되어서야 깨어나는 날들의 연속이었다.

지근거리는 머리를 손으로 누르며 천천히 자리에서 일어났다. 아직까지는 어느 정도 견딜 수 있지만, 이러다 언젠가는 정신적으로나 체력적으로 버텨 내기가 힘들어질 것 같아서 불안하다. 무엇보다 이러다가 갑자기 꿈속에서처럼 돌연변이 괴물로 변할지도 모른다는 생각이 들 때가 가장 두렵다.

고등학생 때 부모님이 돌아가시고 유일한 재산이었던 전세금마저 악독한 대부업체에 넘어가 버렸다. 졸업과 동시에 원하던 대학에 합격했지만 학자금과 생활비를 마련하기 위해 거의 매일 밤을 새우다시피 다양한 아르바이트를 두세 탕씩 뛰고, 모자란 돈은 친척들에게 사정사정해서 빌린 것으로 채워 간신히 졸업할 수 있었다. 운 좋게도 졸업 후 고액 연봉으로 소문난 K 기업의 요원 선발 모집에 우수한 성적으로 합격하여, 전국에 숨어 있는 돌연변이들을 제거하는 임무를 수행하게 되었다.

같은 또래 직장인들에 비해 높은 연봉에 남부럽지 않게 훌륭한 복지 혜택으로 근로 조건은 나름 만족스럽지만, 그 어떤 사정이 있어도 이 회사를 그만둘 수 없는 5년 의무 근무 계약은 필수

조건이다. 일종의 노예 계약이라고 할 수도 있지만, 어차피 다른 일은 생각도 할 수 없는 나로서는 전혀 불만이 없다. 내가 지금 거주하고 있는 이 원룸도 K 기업에서 요원들에게 제공하는 회사 기숙사 같은 곳이다. 7평 남짓한 작은 공간이지만 푹신한 싱글 침대에서 잘 수 있다는 것을 감사히 여겨야 할 것이다.

처지만 놓고 보자면 만족한 삶으로 보일 수 있지만, 솔직히 이렇게 아무런 희망도 없이 사는 인생은 껍데기에 불과하다. 그런 껍데기 같은 삶 속에서 유일한 목표가 있다면, 앞으로 몇 년이 걸리든 부모님을 잔인하게 죽인 그 돌연변이 괴물 녀석을 내 손으로 반드시 잡는 것이다. 그 괴물을 잡아서 놈의 모가지를 내 손으로 꺾어 버리고 싶은 생각뿐이다. 그것이 이 회사에 들어와서 괴물 사냥꾼으로서 혹독한 훈련을 받고, 인간의 본능인 성적 욕구조차 거세당한 지금의 나를 간신히 지탱시켜 주는 힘이라고 할 수 있다.

돌연변이 사냥 전문 요원이라는 직업은 불과 5년 전까지는 아예 존재하지도 않았다. 내가 아버지처럼 따르는 인솔 책임자인 임 반장은 나에게 이 조직의 배경에 대해 다음과 같이 설명해 주었다.

정부 고위층의 지시와 예산으로 암암리에 진행하던 일급비밀 프로젝트가 있었다. 노숙자나 무연고자 또는 급전이 필요한 신용 불량자들을 대상으로 인간 실험체를 모집했는데, 그것이 바로 '돌연변이 전투 인간 개조 프로젝트'였다.

이 프로젝트를 주도한 연구소 과학자들은 국민들에게 '신인류 프로젝트'라며 미래 개척 사업이라는 명목으로 그럴듯하게 포장하여 각 방송사를 통해 범국민 기자 회견까지 개최했다. 그리고 막대한 보상금 지급과 함께 전국에서 프로젝트에 참가할 우수한 지원자들을 선발하겠다고 공표했다. 하지만 실상은 인체 실험이 잘못되어도 절대 이의를 제기할 수 없는 사람들만 골라, 공약과는 다르게 약간의 지원금을 주고 실험용 쥐처럼 돌연변이 전투 인간을 만들어 내기 위해 사용한 것이었다. 그들은 '디카시'라 불렸으며, 그 호칭에 대한 배경은 다음과 같다.

프로젝트 진행 중에 미처 예상치 못했던 심각한 문제점이 발생했는데, 인간의 DNA에 잠재된 초월적인 힘과 극강의 오감 능력을 끌어내기 위해 실험체들에게 투여한 비인가 화학 물질인 '디옥시카보***톡신' 약물(DNA 유전체 A. T. C. G.의 변형 시 몸속에 생기는 이상 독소를 몸 밖으로 자연스레 분출시켜 주는 부신 피질 계열의 인공 합성 호르몬)에서 예상치 못한 부작용을 발견한 것이다.

연구 초기에 설계하였던 DNA 우량 유전자를 배양하여 투여하는 과정에서 이상 변이가 생겨 통제 불가능한 끔찍한 돌연변이가 탄생하였다. 설상가상으로 약물을 투여하기 전에 진행된 지르** 금속을 이용한 미세 신경 연결술 및 지원자들의 두뇌 속에 심어놓은 미세 플라스틱 나노 폭탄 활성화까지 모두 실패하고 말았다.

결국, 마구 날뛰는 돌연변이들의 통제가 사실상 불가능하게 되었고, 연구실 내부를 초토화시킨 돌연변이들 중 코드명 MU-001(상대에게 원격으로 환영과 환시를 보이게 하며, 상대방에게 자연스레 자살을 감행하도록 유도함)과 MU-002(건장한 성인의 3~4배에 해당하는 엄청난 근력과 운동 능력, 스피드를 가지며, 전투 중 팔다리가 잘려 나가도 몇 분 내에 다시 재생되는 치유 능력을 갖춤) 등이 연구소 방어벽을 뚫고 도심으로 탈출했다.

이 돌연변이들을 생포하거나 사살해서 머리만 가져오는 일을 공식적으로 위탁받아 수행하는 것이 K 기업 소속의 우리 요원들인데, 작전 시 돌연변이들의 코드명이 입에 잘 붙지 않았기 때문에 요원들 사이에서는 부작용을 발생시킨 비인가 약물의 약자를 따서 '디카시'라고 부르게 된 것이다.

그리고 오늘 오후, 디카시들에게는 여왕벌에 해당하는 '하이브리드 디카시'가 출몰했다는 중요한 제보가 들어와서 나는 모

건물 옥상으로 출동하게 되었다. 좀처럼 모습을 드러내지 않는 하이브리드 디카시가, 그것도 혼자 있다는 정보는 어쩌면 디카시 박멸을 현실화시킬 수 있는 좋은 기회일지 모른다.

* * *

"현수야, 오늘 컨디션은 어때? 잠을 못 잔 건지 얼굴이 별로 안 좋네?"

우리 요원들의 인솔 책임자이자 작전 지휘관인 임 반장이 긴장된 표정으로 건물 옥상 문을 열려는 나를 걱정하며 물었다.

"네? 아, 열대야 때문에 밤에 잠을 좀 설치긴 했습니다. 하지만 컨디션은 말짱합니다. 걱정 마시고 오늘 작전 지휘 잘 부탁드립니다."

나의 힘 있는 대답에도 불구하고 임 반장의 표정은 별로 좋지 않아 보였다. 오늘 상대할 놈에 대한 부담 때문일 수도 있지만, 대낮인데도 어둑한 건물 내부의 분위기 탓인지도 모르겠다.

고개를 끄덕인 임 반장은 어깨에 메고 있는 크로스백 주머니에서 작은 리볼버 권총 모양의 '뇌파 교란기'를 꺼내 나에게 주었다.

"좋아! 이 문을 열면 바로 돌입이다. 그 전에 한 번 더 오늘의 작전을 얘기하지. 잘 알겠지만, 심적으로 나약한 인간들에게 주로 들러붙는 저 하이브리드 디카시는 인간에게 심한 착란과 망상을 일으켜서 충동 자살을 유도하는 기이한 능력을 갖추고 있다. 그러니까 이 문을 열고 옥상 밖으로 나가자마자 디카시가 보이면 현수는 이 교란기를 그놈 쪽으로 즉시 쏴야 한다. 그러면 정확히 5분 동안 저놈 머릿속의 뇌파를 마구 교란하여 자리에서 꼼짝 못 하게 잡아 둘 수 있다. 비록 5분밖에 버틸 수 없다는 것이 아쉽긴 하지만, 그사이에 내가 가져온 소형 전기톱으로 저놈의 목을 바로 절단해 버리면 오늘 작전은 완료야. 알겠나?"

"네, 알겠습니다!"

나는 티타늄으로 특수 제작된 보호용 철갑을 몸통과 팔다리에 두른 임 반장을 바라보며 고개를 끄덕였다. 임 반장의 허리춤에 차고 있는 벨트 아래로 늘어진 작은 배낭 같은 게 달려있었다. 좀 전에 설명한 그 소형 전동 전기톱이 날카로운 원형 톱날을 반으로 접은 상태로 그 배낭 안에 들어 있을 것이다. 내가 주파수 교란 발사기를 디카시에게 쏘고 있는 동안 임 반장은 디카시의 목을 한 방에 절단할 수 있는 그 전기톱을 사용할 것이다.

인간들보다 두세 배는 더 두꺼운 피부와 단단한 뼈로 변화한 디카시들의 약점을 찾던 연구소 과학자들은, 전기 화학적 자극으로 DNA 말단부(텔로미어)가 자유자재로 길어지는 현상을 보인 디카시(코드명 MU-002)들이 칼에 베인 팔과 다리가 자동으로 치유되거나 잘린 손가락이 빠른 속도로 다시 자라나는 등의 놀라운 재생 능력을 감시 카메라를 통해 확인할 수 있었다.

고심한 끝에 그들은 목 척추 안의 척수를 통해 뇌로 공급되는 혈액을 단숨에 끊어 내는 방법만이 디카시를 죽일 수 있는 가장 효과적인 방법임을 깨닫게 되었는데, 임 반장은 군용 단검 대신 반으로 얌전히 접혀 있다가 꽃잎처럼 활짝 펴지며 고속으로 회전하는 특수 제작 텅스텐강 무선 전기톱을 선택했다.

기록에 따르면, 임 반장은 경찰 특공대 출신으로 K 기업에 들어오기 전에 아프가니스탄 등 외국에서 오랫동안 용병으로 활동했다. 그래서 적잖은 나이에도 불구하고 젊은 요원들에게 뒤지지 않는 체력과 무술 실력은 물론이고, 유창한 외국어 실력도 겸비하고 있다. 그는 톱클래스의 에이스 요원으로서 나 같은 신참 요원들과 2인조 팀을 이루어 현장에 투입돼 디카시 소탕 작전을 진두지휘하고 있다.

"먼저 내가 이 디카시 놈의 목을 절단할 거야. 그러면 현수가 뒤처리를 어떻게 해야 할까?"

자칫하면 죽을 수도 있는 괴물과의 실전을 앞두고 잔뜩 긴장한 나는, 교육 때 배웠던 디카시 사후 처리 매뉴얼을 복창했다.

"네! 디카시의 머리가 절단되면 바로 특수 제작된 밀폐 용기 안에 넣어야 합니다. 그리고 본부로 즉시 복귀해서 돌연변이 재개조 파견 본부 사무실에 그것을 신속히 전달해야 합니다. 지체하면 놈들의 잘린 머리에서 새로운 몸이 자라 금방 재생이 될 수 있기 때문에 최대한 신속하게 전달해야 합니다."

내가 정확하게 행동 요령을 말하자 임 반장은 고개를 끄덕였다. 비록 내가 아직 초짜 요원이지만, 입사 때 받은 수습 교육 최종 평가에서 동기들을 제치고 당당히 1등을 했다는 것에 대한 자부심은 항상 마음속에 가지고 있다. 그처럼 우수한 교육 성적 덕분에 오늘 같은 디카시 소탕 현장에 남들보다 먼저 투입될 수 있었다.

내가 이렇게 이를 악물며 노력하여 남들보다 더 열심히 하는 데는 특별한 이유가 있다.

고등학생 때, 학교에서 8교시 수업을 마치고 오래된 복도식 아파트인 우리 집 현관문으로 들어서던 어느 날이었다. "학생이 이서진 씨의 아들이야?" 하며 당황한 표정의 경찰 아저씨들이 내게 다가왔다. 어린 고등학생에 불과했던 내가 감당하기 어려운 부모님의 사망 소식을 듣게 된 순간이었다.

그 일이 있기 2주 전, 지루했던 장마가 서서히 마무리되던 7월 어느 날 눈빛이 이상하게 달라진 아버지가 갑자기 집으로 돌아왔다. 머리숱도 없어지고 안쓰러울 정도로 야윈 얼굴에 눈빛은 굶주린 짐승 같았으며 창백한 피부는 살아 있는 사람의 것 같지 않았다.

어머니는 몇 달 만에 돌아온 아버지를 반가워하기는커녕, 원수라도 만난 듯 차가운 표정을 지었다. 어린 내가 보기에도 어머니가 아버지에게 잔뜩 살의를 품고 있다는 것을 알 수 있었다. 그런 어머니 앞에서 얼굴도 제대로 못 들고 방으로 쓸쓸히 들어가던 아버지의 뒷모습이 아직도 눈에 선하다.

회사에서 잘리고 경제적으로 궁지에 몰리게 된 아버지는 우연히 길거리 벽에 붙어 있던 '신인류 프로젝트' 실험체 모집 광고를 보았고, 거기에 적힌 막대한 보상금 때문에 가족들 몰래 지원했다고 어머니에게 털어놓았다. 그리고 나는 방문 밖에서 부모님의 이야기를 훔쳐 들었다.

아버지를 포함하여 막대한 보상금을 바라고 전국에서 온 수십 명의 지원자들은 모두 전신 마취 후 드릴로 전전두엽이 있는 두개골에 작은 구멍을 뚫어 나노 플라스틱 폭탄을 삽입하는 수술을 받았다고 한다. 그러고 나서 알 수 없는 약물을 투여받고 다양한 인체 실험이 진행되었는데, 도중에 미쳐 버리거나 죽는 사람들의 모습은 지옥을 보는 것 같았다고 했다. 그런 경험에 의한 트라우마 때문인지 아버지는 매일 밤 악몽에 시달렸고, 어머니는 그런 아버지를 외면했다. 그러다 무슨 일이 있었는지 아파트 옥상에서 아버지와 어머니가 괴물의 공격을 받고 떨어져 돌아가신 것이다.

그때는 어린 나이긴 했지만, 도저히 이해할 수 없는 부분이 한둘이 아니었다. 정부에서 돌아가신 부모님의 시신을 확인도 시켜 주지 않았으며, 국가 기밀과 관련이 있다며 회수해 가는 바람에 시신도 없이 장례식을 치러야 했다. 나는 '애미 애비 없는 놈이 그렇지.'라는 말을 듣고 싶지 않아서 대학 4년 내내 장학금을 받았으며, 공부는 물론이고 운동 등 모든 면에서 항상 최고가 되려고 지독하게 노력했다. 그리고 졸업 후 K 기업의 요원 모집 공고를 보자마자, 난 아무 망설임 없이 바로 입사 원서를 제출하게 되었다.

탈출한 돌연변이들은 인간에게 환영을 보게 만들어서 자살까지 몰고 가기 때문에 극도로 위험한 존재로서 인류의 적이 되었다.

저명한 학자들의 분석에 따르면, 그들이 인간을 자살까지 몰고 가는 원인은 일종의 시각적 최면을 통해 멀쩡한 주변 사람들을 심하게 괴롭히거나 목숨을 위협하는 존재로 여기게 하는 '키*라 증후군'에 의한 것 같다고 한다. 그 증거로, 얼마 전 평범한 가정집에서 침입한 돌연변이에게 조종당한 그 집의 가장이 아내와 아이들이 악마로 보인다며 부엌칼로 살해한 후 제정신으로 돌아오자 스스로 목숨을 끊는 끔찍한 사건이 있었다.

며칠 전에도 달리는 지하철 안에서 승객으로 변장한 디카시가 기관사의 머리에 환영을 심어서 멈춰야 할 역을 그대로 통과하여 다음 역에 정차하고 있던 다른 열차의 뒤를 들이받는 대형 사고를 일으켜 엄청난 인명 피해가 발생했다.

또, 어느 고등학교에 침투한 디카시에 의해 그 학교에 근무하는 교사가 환영에 쫓기던 중 학생이 있는 교실에 기름을 뿌리고 불을 지르는 참혹한 사건도 발생했다.

그 외에도 곳곳에서 디카시들에 의한 대형 참사들이 연이어져서 그들을 하루빨리 소탕하라는 정부의 압박이 극에 달한 상황이다.

부모님을 살해한 원수들이 이곳저곳에서 만행을 부리고 있다는 애기를 들을 때마다 반드시 내 손으로 그 괴물들을 박멸하고 말겠다는 강한 의지가 불타오른다. 내가 최고의 실력을 갖추게 되는 그날이 오면 디카시들을 전부 소탕하는 것은 물론이고, 이 끔찍한 프로젝트를 진행해 온 관계자들에게도 천벌을 내릴 것이다. 이것이 바로, 내가 지금까지 힘들게 살면서 버텨 왔던 유일한 이유이자 목표이다.

* * *

임 반장이 왼손에 찬 시계를 힐끔 쳐다보고는 디카시의 환영 유도로부터 보호하는 특수 고글을 쓰며 말했다.

"현수야, 그럼 바로 작전 개시한다. 네가 먼저 옥상 문 열고 나가서 전방에 있는 디카시 옆으로 슬쩍 빠지면서 주파수 교란기를 그놈에게 바로 쏴. 그럼 내가 접근전을 벌이다가 전기톱으로 저놈의 목을 날려 버릴 테니까. 자, 여기서 명심할 건 이거다. 우리는 정확히 5분 안에 저놈의 모가지를 반드시 따 와야 한다는 거야. 알았지?"

"네, 알겠습니다."

"자! 그럼, 크게 호흡 한번 하고. 원, 투, 쓰리, 고!"

신호와 동시에 내가 녹슨 문손잡이를 오른쪽으로 돌리자 삐거덕 소리와 함께 옥상 출입문이 크게 열렸다. 눈부신 햇빛 때문에 맞은편에 있는 디카시의 모습을 정확하게 구별하기 어려웠다. 어쩔 수 없이 디카시의 실루엣이 보이는 측면으로 빠르게 이동해서 교란기를 켰다.

"으아아악!"

교란기의 전파가 제대로 먹혔는지, 디카시가 고통스러운 듯 자신의 긴 양팔과 머리를 세차게 흔들며 비명을 질렀다. 교란기가 제대로 작동한 것을 확인한 임 반장은 5분으로 세팅된 손목시계의 타이머 버튼을 누른 후, 빠른 동작으로 벨트 한쪽에서 특수 나이프를 꺼내 디카시 오른쪽 옆구리에 그대로 쑤셔 넣었다.

"캬악!"

칼에 찔린 디카시가 큰 소리로 울부짖었다. 괴물의 옆구리 주변으로 빨간 핏물이 고였다. 모든 것이 계획대로 진행되고 있었다. 최후의 일격으로 숨통을 끊어 버리고 저놈의 목을 자르면 그만이다.

고통스러워하면서도 분노에 찬 디카시가 길게 째진 눈으로 우리를 노려보았다. 곧 입 안에서 날카로운 이빨이 아래위로 길게 솟아나고 팔과 다리가 주욱 늘어나면서 몸이 더 커졌다. 임 반장이 시계를 확인하며 말했다.

"현수야, 이제 남은 시간은 2분이야. 최후의 일격을 가하자!"

그는 자신의 벨트 주머니에서 무선 전기톱을 꺼내 전원을 작동시켰다. 꽃잎이 활짝 피듯 동그랗게 펴진 전기톱이 '위잉~' 소리를 내며 맹렬히 회전하기 시작했다. 임 반장은 그것을 들고 디카시를 향해 돌진했다.

그때, 디카시가 길게 늘어난 팔로 내려치는 전기 톱날을 그대로 받아 냈다. 톱날이 디카시의 왼쪽 팔꿈치를 절단했다. 검붉은 피가 옥상 바닥에 분수처럼 뿌려졌다. 잘린 왼쪽 팔이 기다란 나뭇가지처럼 바닥에 떨어졌다. 임 반장의 얼굴이 심하게 일그러졌다. 디카시의 목을 노렸던 일격에 실패한 임 반장이 두 번째 공격을 위해 전기톱을 다시 높이 쳐들었다.

위잉~

순간, 믿기 힘든 상황이 발생했다. 디카시가 오른팔로 바닥에 떨어진 왼쪽 팔을 재빠르게 집어 들더니 임 반장의 머리를 그대로 후려친 것이다. 갑작스런 디카시의 반격에 머리를 맞은 임 반장은 옥상 벽 쪽으로 나가떨어졌고, 그 충격으로 들고 있던 전기톱을 떨어뜨리고 말았다.

띠띳. 띠띳. 띠띳. 띠띳. 띠띳. 띠띳.

타이머 종료 30초 전을 알리는 알람음이 임 반장의 시계에서 들려왔다. 회사에 입사하고 받은 신입 요원 연수 교육장에서 타이마가 30초 남은 시점에서 경보음이 울리면 회복 단계의 디카시에게 교란기를 다시 작동시킬 필요가 있다고 열강했던 교관의 얼굴이 갑자기 떠올랐다. 하지만 그랬던 교관조차도 얼마 전 투입된 작전에서 디카시들에게 사지가 찢겨 목숨을 잃었다.

아니나 다를까, 디카시의 잘린 왼쪽 팔꿈치 부위에서 빠른 속도로 식물 줄기처럼 생긴 팔이 자라나고 있었다. 임 반장 쪽을 쳐다보니 깨진 고글 속의 눈이 초점을 잃은 상태로 다리를 절뚝거리며 옥상 난간 위로 올라가고 있었다. 디카시에게 정신 침투를 당한 것이다. 회복 속도도 빠른 데다 동시에 정신 조종도 할 수 있다니. 하이브리드 디카시는 훨씬 맞서기 힘든 상대라는 것을 실감했다.

더 흉폭해진 모습의 괴물은 늘어난 오른팔을 옥상 난간 위에 멍하니 서 있는 임 반장을 향해 뻗었다. 임 반장을 밀어서 떨어뜨려 끝장을 내려는 듯했다. 때마침 빌딩 사이로 강한 골바람이 불었고, 갑자기 몰려온 시커먼 구름이 강한 햇빛을 가렸다. 그때, 디카시의 길게 늘어난 팔에 떠밀리며 건물에서 추락하는 임 반장의 마지막을 나는 그저 지켜볼 수밖에 없었다.

"임 반장님!"

망연자실하며 먹구름으로 가득 찬 하늘 아래서 끔찍한 디카시의 얼굴 윤곽을 자세히 확인한 순간, 나는 심장이 멎는 충격을 느꼈다.

"이, 이럴 수가. 이건 말도 안 돼."

갑자기 큰 지진이라도 발생했는지 옥상 바닥이 마구 흔들리는 느낌이었지만, 사실은 커다란 충격으로 인해 주변이 흔들리는 착각에 빠졌었다는 것을 곧 깨달았다.

괴물의 얼굴이, 내가 알고 있는 인간의 얼굴로 서서히 변했다.

"아버지?"

방금 긴 팔로 임 반장을 떨어뜨린 하이브리드 디카시는, 그동안 디카시에게 살해당했다고 믿었던 나의 아버지였다.

"혀, 현수니? 나다. 아빠야. 내 아들 현수야, 이제 어엿한 어른이 되었구나. 정말 보고 싶었다. 늠름하게 자라 주었구나. 고맙다. 그동안 부모 없이 혼자 지내느라 고생 많았지? 정말 미안하다."

아버지의 애처로운 표정을 보니 내 눈가에 눈물이 고였다.

"아버지, 도대체 어떻게 된 거예요? 저는 아버지까지 두 분 다 돌아가신 것으로 알고 혼자서 고아처럼 살았단 말입니다."

"미안하다."

아버지는 내게 그동안의 일들을 얘기해 줬다. 아버지의 설명을 들으니, 왜 그들이 시신을 회수하고 돌려주지 않았는지 이제야 모든 의문이 풀리게 되었다.

실험체로 있다가 집으로 돌아온 아버지는 하이브리드 디카시로 개조되었던 것이고, 갑자기 각성한 아버지를 본 어머니가 놀라서 도망가다 옥상에서 떨어지고 말았다. 그 후 제정신을 차린 아버지는 어머니가 자신 때문에 죽은 것을 자책하여 어머니를 따라 투신했었다고 한다. 그들의 시신은 연구소에서 회수했는데, 재생 능력으로 되살아난 아버지는 괴물이 되어 탈출했다고 한다. 그렇게 몇 년 동안 아버지는 같은 디카시 집단을 이끌면서 하이브리드 디카시만 가지고 있는 변이 바이러스 전염 능력을 통해 디카시의 개체 수를 늘려 왔다는 것이다. 결국, 아버지는 잔인한 인간들에게 증오를 느끼고 인간이 아닌 디카시로 살기로 선택한 것이다.

"현수야, 너도 이 아빠와 같은 엄청난 힘을 한번 느껴 보고 싶지 않니? 돼 보면 알겠지만, 인간의 한계를 뛰어넘는 힘과 에너지는 이 세상이 전부 네 것처럼 느끼게 할 거야. 인간처럼 열등한 존재들에게 이용이나 당한다는 건 정말 말도 안 돼. 그래서 나는 바이러스를 전파시키는 것이 나의 숙명이라고 생각한다. 모두 새롭게 태어나서 이 세상은 우리 종족에 의해 지배되어야 해. 그러니 현수 너도 나와 함께하자. 이 애비처럼 엄청난 힘과 기적 같은 재생력을 손에 넣으면 세상이 완전히 달라 보일 거다."

나는 환희에 찬 표정으로 나에게 말하는 흉측한 괴물의 몸을 가진 아버지를 멍한 표정으로 바라보고 있었다. 임 반장처럼 고글이 망가졌다면 저 괴물이 원하는 대로 움직였을 것이다. 하지만 다행히도 정상적 기능을 하는 고글을 쓴 나는 그의 말에 쉽게 현혹되지 않았다.

사실 좀 전에 임 반장이 괴물에게 맞고 벽 쪽으로 튕겨 나갔을 때, 그가 놓친 전기톱이 내 발밑으로 떨어졌었다. 그때 내가 바로 디카시를 죽일 마음만 있었다면, 임 반장을 조종하는 동안 내가 전기톱을 들고 가서 목을 잘라 버릴 수도 있었다.

어쩌면 임 반장은 디카시에게 조종당하면서도 속으로는 나에게 '어서 저 괴물의 목을 잘라 버려!' 하고 외쳤을지도 모른다. 하지만 나는 그러지 않았다. 왜 그랬냐고 스스로에게 물었지만 대답할 수 없었다.

아버지의 얼굴을 한 괴물은 멍하니 서 있는 나를 향해 천천히 다가왔다. 내 안에서는 맑은 물에 떨어진 한 방울의 까만 잉크처럼 무언가 얽히고설킨 응어리가 천천히 퍼지듯, 정신과 몸에 스며들기 시작했다. 이건 디카시의 정신 조종과 관계없이 속에서 시작된 마비 현상이었다. 코앞까지 다가온 아버지는 커다랗게 입을 벌리더니 촘촘한 송곳들처럼 생긴 이빨로 내 목 천천히 물었다.

마치 흡혈귀에게 피를 빨리듯 몽롱해진 머리 때문에 의식이 날아가는 기분이 들었다. 하지만 가까스로 이를 악물고 정신을 붙든 나는 허리춤에서 군용 나이프를 뽑아 들었다.

목에서 입을 뗀 괴물은 서서히 인간 형태로 변하며 미소를 지었다.

"나의 아들아, 너도 이제 우리 중 하나가 되었다. 그 힘을 마음껏 만끽하길 바란다."

그 말이 떨어짐과 동시에 나는 완전히 인간의 모습으로 변한 아버지의 가슴 심장 부근에 있는 힘껏 나이프를 꽂았다.

"커헉! 현수……."

지금 앞에 있는 것은 내 아버지가 아니다. 내 아버지의 모습을 한 저주받은 괴물이다. 나는 마음속으로 그렇게 부르짖으며 나이프를 쥔 손에 힘을 주고 밑으로 당겼다. 그러자 우두둑 소리를 내며 괴물의 피부와 함께 그 안에 있는 갈비뼈까지 갈라졌다. 나는 갈라진 뼈 사이로 손을 쑤셔 넣어 팔딱거리는 심장을 한 손으로 쥐고 그대로 으깨 버렸다. 그러자 괴물은 아무런 저항도 못해 보고 고개만 부르르 떨더니 나를 보며 천천히 눈을 감았다. 그것이 내가 본 아버지의 진짜 마지막 모습이었다.

* * *

죽은 줄 알았던 아버지를 그렇게 처단하고 나서 나는 알 수 없는 감정에 휩싸였다. 그것은 슬픔인지 기쁨인지 구분할 수 없는 묘한 느낌이었다. 아니, 그것이 인간이 느끼는 감정인지조차 분명하지 않았다. 다만 내 몸이 세포 단위로 변하고 있다는 것은 확실했다. 내가 그에게 물렸을 때 전이된 바이러스에 의해 몇 분 안 되어 디카시로 변해 버린 것이다. 길게 늘어나는 내 팔과 다리들, 그리고 등 쪽에서 돋아나는 커다란 날개. 나는 기시감을 느꼈다. 그건 그동안 수없이 꾸었던 꿈속의 내 모습이었다.

나는 내 모습이 궁금해서 조금 전 임 반장이 떨어뜨린 전기톱을 들어, 동그란 톱날 위에 얼굴을 비춰 보았다. 괴물로 변해 버린 내 얼굴에서 조금 전에 내가 죽인 아버지 얼굴이 겹쳐 보였다. 눈은 조각칼로 그은 듯 양옆으로 찢어졌고, 입 안엔 날카롭고 뾰족한 이빨들이 못처럼 튀어나와 흉측한 몰골이었다.

갑자기 어딘가에서 날아온 까마귀들이 옥상 주변을 맴돌기 시작했다. 기괴한 모습을 한 나는 쓰러져 있는 아버지의 목에 전기톱을 대고 스위치를 켰다. 위잉~ 하는 소리와 함께 살과 뼈가 금방 절단되었다. 그리고 그 잘린 머리를 한 손으로 들었다.

원래대로라면 이 머리를 특수 용기에 담아 회사에 전달해야 한다. 회사 사람들을 생각하니 들어가서 회사 사람들을 모조리 전염시켜 버릴까, 하는 충동을 느꼈다. 디카시를 잡는 요원들이 모두 디카시가 되는 것이다.

조금 전까지 끔찍한 괴물이었는데, 서서히 원래 내 얼굴로 돌아오기 시작했다. 부릅뜬 눈으로 나를 계속 보는 것 같은 아버지의 머리통을 꽉 붙잡았다.

어느덧 붉어진 노을에 물든 하늘을 보며 나는 앞으로 나의 선택에 대한 깊은 고민에 빠졌다. 죽은 아버지가 그런 나를 보고 웃는 것 같았다.

기생록

1.

김팔봉 씨는 어렸을 때부터 사람들 앞에 서면 자신감이 없어집니다. 누가 그러는데, 그게 다 못생긴 외모 때문이라고 합니다. 아마 같은 또래 애들 앞에서 제대로 고개도 못 들고 다니던 어린 시절부터 그랬을 겁니다. 김팔봉 씨는 매일같이 놀리는 애들이 너무나도 미웠습니다.

김팔봉 씨는 만약 자신에게 엄청난 힘이 생긴다면 하고 싶은 일이 있습니다. 마음에 상처를 주는 그 애들의 눈꺼풀을 몽땅 찢어서 눈도 못 감게 하여 죽여 버리고 그들의 가족까지 학살하는 것입니다. 그 정도로 팔봉 씨의 마음은 불안정했습니다. 마치 뾰족한 바늘 앞에서 당장이라도 터질 것같이 위태로운 풍선 같은 영혼의 소유자라고 할까요.

먹이를 찾는 굶주린 승냥이 떼처럼 김팔봉 씨의 주변에서 서성이던 나쁜 애들은 날카로운 이빨을 드러내며 시도 때도 없이 돈을 갈취하는 것은 기본이고, 착한 팔봉 씨의 살점을 물어뜯고 큰 상처를 내면서 힘없는 약자인 그에게 조금이라도 더 큰 고통을 주지 못해 안달이 난 인간들이었습니다. 김팔봉 씨는 모든 것을 버리고 도망치고 싶었던 적이 한두 번이 아니었습니다. 하지만 돌아가신 어머니와의 약속 때문에 꾸역꾸역 학교를 다녀야 했던 그에게는 하루하루가 지옥 같은 삶이었습니다. 그렇습니다. 그 시절 그는 같은 반 애들에게 부정 교합 때문에 심한 비대칭의 흉한 얼굴과, 왜소하다 못해 그저 뼈밖에 없는 약골 체격이라는 이유로 심한 멸시와 모멸을 당했습니다.

너무나 속상한 나머지 울면서 집에 들어온 그는 자살을 심각하게 생각했습니다. 그래서 들어간 적이 없었던 작은 골방에 들어가게 되었습니다. 거기에서 어머니가 생전에 쓰셨던 낡은 화장대 위에서 하얀 먼지가 뽀얗게 앉은 조그만 손거울을 찾았고,

자신의 얼굴을 비쳐 봤습니다.

"어?"

그 손거울 안에 비친 그의 모습은 놀랍게도 '쥐'였습니다. 모든 사람이 다들 끔찍하게 싫어하는 바로 그 쥐 말입니다. 징그러운 쥐. 참으로 혐오스러운 쥐. 사람들이 행여나 잠깐 보기만 해도 소스라치게 놀라고 기겁하는 기괴한 생명체. 거울 속 팔봉 씨는 아무리 참고 지켜보려 해도 도저히 못 봐주게 생긴 쥐였습니다.

"……."

그는 한없이 눈물을 흘리며 자기 모습을 보다가 눈을 감아 버렸습니다.

어렸을 때 팔봉 씨의 장래 희망은 항상 멋진 제복을 입고 다니는 늠름한 경찰 아저씨였습니다. 그때는 아직 살아 계셨던 어머니와 같이 시장을 갈 때마다 집 근처 치안 센터 앞을 꼭 지나치게 되었는데, 제복 허리춤에 권총을 차고 경찰서 정문을 지키고 있는 경찰 아저씨가 너무나 멋있고 용맹스럽게 보였습니다. 얼른 커서 경찰이 되고 싶다는 생각만 하면 밑바닥 수준의 자신감이 저절로 샘솟았습니다. 어린 시절엔 그런 꿈도 꾸었지만, 집안 형편이 넉넉하지 못했던 그는 다른 애들 다 다니던 유치원을 건

너뛰고 여덟 살이 되자마자 바로 집 근처 초등학교에 다니게 되었답니다.

하지만 안타깝게도 제일 꿈 많고 아름다운 시절이었어야 할 그의 초, 중학생 시절에 대해서는 특별히 기억나거나 인상 깊은 것들은 아무것도 없다고 합니다. 학교 졸업 앨범이 없었다면 같이 생활했던 그의 학교 동창들조차 그를 기억하지 못했을 겁니다.

그러다 고등학교 시절부터는 드디어 그에게 별명이 하나 생겼는데, 반 애들이 그가 항상 교실에 있는지 없는지도 몰랐기 때문에 OO고 투명 인간, 잠수함 고문관 김팔봉으로 불렸답니다. 김팔봉 씨는 애들에게 매일같이 빵, 우유 셔틀을 당하는 것은 기본이고, 주머니 속에 가지고 있던 얼마의 돈과 홀로 되신 아버지가 큰맘 먹고 그에게 생일 선물로 사 주신 카시오 태양열 전자시계까지 모조리 빼앗기고 말았습니다.

장마가 시작되어 하늘에 구멍이라도 뚫린 듯 비가 억수같이 내리던 날, 녀석들에게 새 우산도 빼앗기고 눈두덩이와 입술이 퉁퉁 부어 쓸쓸하게 집으로 가면서 김팔봉 씨는 '난 왜 이렇게 몸집이 작고 힘이 하나도 없게 태어났을까? 내가 지금보다 키도 좀 더 크고 힘도 셌다면 그 못된 녀석들을 시원하게 패 줬을 텐데.' 하는 자조 섞인 안타까움과 스스로에 대한 혐오에 빠지게 되었답니다.

'난 도대체 왜 이럴까? 난 왜 이렇게 쓸모없고 바보스러울까?'

그날 팔봉 씨는 쏟아지는 비를 맞으며 고개를 숙인 채 아무도 없는 자신의 집 앞에서 그저 서성거릴 수밖에 없었답니다. 그때부터 팔봉 씨는 자신이 늘 배제되는 이 세상이 무척이나 미워지기 시작했습니다. 자신과 얽혀 있는 그 모든 것들이 다 귀찮아지고 다 싫어지게 되었습니다.

김팔봉 씨는 그러다가 어린 시절의 망상이 떠올랐답니다.

'내 모든 것을 걸어도 좋으니 진짜로 누군가가 나에게 초월적인 힘을 줄 수 있다면 나를 괴롭히고 아프게 한 그 많은 사람에게 다 돌려줄 거야! 그들에게 뼈저리게 앙갚음을 해 줄 거라고. 반드시!'

몇 년 후, 팔봉 씨는 비록 어렸을 적 꿈에 그리던 경찰은 못 되었지만 수도권에 있는 모 대학의 장례지도학과를 우수한 성적으로 졸업하게 되었습니다. 하지만 대학을 졸업하고 나서의 현실은 고통받던 과거보다 나아진 게 없었습니다.

몸이 더 안 좋아지신 아버지를 홀로 보살펴야 하는 상태에다, 병원 등에 입사 지원만 하면 필기시험은 항상 통과하였지만 이상하게 최종 면접만 올라가면 열이면 열 다 떨어졌다고 합니다. 결국 몇 년 동안 제대로 된 취직 기회 한 번 가져 보지 못해서 무척이나 속상했던 그는 어느 순간부턴가 집 안에서 온종일 인터넷 게임에만 몰두하며, 아버지의 앓는 소리를 애써 무시하며 방구석에만 처박혀 있었다고 합니다.

그런 와중에 서로 마음이 통했던 같은 과 여학생 앞에서 '우리 사귀자!'라는 말 한마디 못 하고 결국 일방적으로 절교를 당했다며 안타깝게 말했습니다.

설상가상으로 그가 백수로 한창 허송세월하던 때 빚 때문에 집까지 경매에 넘어갔는데, 이미 자신감이 바닥 난 그는 친척들이 걱정돼서 연락을 해도 도와달라는 말 한마디를 끝내 못 했다고 합니다. 그때의 자신은 정말 병신 같았다고, 도대체 왜 그런 행동을 해 왔는지 정말 모르겠다고, 후회가 뒤섞인 한탄을 저에게 털어놓았던 게 지금도 선명하게 기억납니다.

빚쟁이들의 독촉을 피해 밤에 도망치듯 이사 간 단칸방 집에서는 현관문을 열자마자 징그러운 바퀴벌레들이 더듬이를 씰룩대며 기어 나왔고, 여기저기에 금 간 벽들은 당장이라도 와르르 무너질 것 같았으며, 화장실 변기 위에 여기저기 눌어붙은 누런 색깔의 오물과 찌꺼기는 도저히 참고 앉아서 볼일 볼 생각을 못 하게 만들기에 충분했다고 팔봉 씨는 그날의 일을 애써 웃으며 회상했습니다. 그러면서 병든 아버지의 멱살을 잡고 눈물을 글썽이며, '당신 때문에 더는 이렇게 못 살겠어!'라고 소리쳤다더군요.

아! 아닙니다. 제가 잠깐 착각해서 잘못 말했습니다. 사실 팔봉 씨는 병든 아버지한테 그러지를 않았습니다. 세액, 세액, 거친 숨을 쉬며 누워 있는 아버지 앞에서 그저 하염없이 울기만 했답니다. 제 앞에서 그 이야기를 하다가 그가 갑자기 눈물을 왈칵 쏟기도 했습니다. 듣고 있었던 저도 참 가슴이 먹먹했는데, 본인은 속이 얼마나 아팠을까요.

팔봉 씨가 살아오면서 정말 많이 힘들었던 인생의 순간들, 제가 팔봉 씨를 알게 된 지는 그리 오래되지는 않았지만 저는 다 이해할 수 있습니다. 충분히 공감되고, 그의 진심이 잘 느껴졌습니다.

그해 겨울 초, 좀처럼 줄어들지 않는 빚의 액수에 도저히 안 되겠다고 생각한 팔봉 씨는 근처 고시원으로 들어가기 위해 혼자 짐을 싸서 단칸방에서 나왔습니다. 흉악한 빚쟁이들이 새로 이사 간 집을 어떻게 알아냈는지 계속 찾아와서 행패를 부리는 바람에, 어느 날 밤 몰래 아버지를 친척 집에 모셔다드리고 자신은 얼른 도망쳐 나온 것입니다.

그러면서도 '만약에 아버지가 도로에서 달리는 자동차에라도 치어 죽으면 예전에 돌아가신 어머니가 들어 놓은 아버지 생명 보험금이라도 타 먹을 수 있을 텐데.' 하는 생각이 들었다고 합니다. 지금 생각하면 자식으로서 해서는 안 되는 나쁜 생각들이 머릿속에 맴돌았다고 솔직하게 털어놓더군요.

그게 벌써 25년 전의 일이랍니다. 당시 스물아홉 살. 정말 아무것도 이룬 것 없이 속절없이 그저 나이만 계속 먹어 버린 김팔봉 씨는 5층 건물의 한 평짜리 어느 고시원 방 침대에 누워, 벽에 손바닥만 하게 뚫린 작은 쇠창살 창문만 하염없이 바라보던 비참한 삶을 이어 가고 있었습니다.

* * *

보통 저는 고시원 원룸에서 오후 늦게까지 잠들어 있다가 어둠이 서서히 깔리는 저녁이 되면 건물 옥상에 슬슬 올라섭니다. 건물 아래를 내려다보니 문득 이쑤시개처럼 동네 좌우로 빼곡히 꽂혀 있는 전신주 위에 도통 종잡을 수 없게 생긴 시커먼 새 한 마리가 온통 까만 눈으로 저를 쳐다봅니다. 군데군데 페인트가 벗겨지고 여기저기 실금이 간 진회색 타일 벽 저 건너편으로 용기 있게 확 뛰어넘지도 못하고, 커다란 네온 불빛이 휘황찬란하게 비추는 저세상 아래를 하염없이 바라보며, 그냥 그렇게 저녁 시간을 죽이곤 합니다.

만약 진짜로 저 벽을 박차고 하늘을 오를 수 있다면 제가 저세상 아래로 좀 더 용기 있게 다가갈 수 있을까요? 그러면 지금보다 세상이 좀 더 아름답게 보일 수 있을까요? 그렇게 도전해 보지도 못하고 과연 당당하게 살 수 있을까요?

그날따라 초겨울 날씨에 아무런 생각 없이 무지 반소매 티에 덮개 한쪽이 떨어질락 말락 하는 파란색 슬리퍼만 대충 신고 나와 밤바람이 무척이나 차게 느껴졌습니다. 이미 많이 망가진 제 인생을 정말 어디부터 어떻게 고쳐야 할지 가슴이 답답하고 미쳐 버릴 지경이었습니다. 그래서 저도 모르게 눈을 감았습니다. 갑자기 세상을 등지고 싶어졌습니다. 내 추한 얼굴과 작은 몸도, 건강이 많이 안 좋은 아버지도, 그리고 우리 가족에게 죽을 때까지 따라다닐 큰 빚도, 모두 다 생각하기 싫어졌습니다.

다들 인생의 마지막에 오면 이런 쓸데없는 생각을 하며 자살을 결심하는구나, 싶었습니다. 참으로 한 많은 인생을 살아왔지만 다시 태어난다면 누구보다 남부럽지 않은 삶을 꼭 다시 살고 싶었습니다.

누군가 인제 그만 결심하라고 귓속에서 계속 메아리칩니다.

갑자기 정체 모를 암흑이 저를 순식간에 뒤덮을 것 같아 무서워졌습니다. 그래서 하얀 입김을 크게 내뱉음과 동시에 얼른 눈을 떴습니다.

그때, 검은색 롱코트를 쫙 빼입고 역시 검은색 중절모를 얼굴 한쪽으로 기울어지게 쓰고 한껏 고풍스러운 멋을 낸 어떤 남자가 옥상에 서 있는 저에게 천천히 다가왔습니다. 갑작스러운 그의 등장에 무방비 상태로 있던 전 너무나 놀랐습니다. 그동안 여기 고시원에서 지내면서 처음 보는 낯선 남자였습니다. 한눈에 보기에도 고급스러운 범상치 않은 복장에, 또 그에 잘 어울리는 조각 같은 얼굴, 거기에 상대를 압도하는 우람한 체격과 큰 키, 탄탄해 보이는 몸과 넓은 어깨. 같은 남자가 보기에도 그야말로 신이 만들어 낸 완벽한 남자, 그 자체였습니다. 그가 저에게 다가와 중저음의 목소리로 말을 걸었습니다.

"김익주 씨? 아, 아, 그건 당신 아버님 이름이었나? 아이고, 이거 실례. 김팔봉 씨 맞으시죠? 저는 당신의 어린 시절부터 지금까지 당신의 삶을 쭉 지켜본 사람입니다."

오늘 처음 본 남자가 저를 예전부터 쭉 알고 있었다며 매우 친근하게 대했습니다. 처음에는 고시원에 숨어 있는 저를 찾아내 빚을 받아 내기 위하여 대부업체에서 보낸 사람인 줄 알았습니다. 하지만 그에게서 풍겨 오는 투명한 빛과 같은 아우라는 낯선 남자에게 자신의 은신처를 발각당한 후 당연히 가져야 할 경계심 따위는 사라지게 하는 묘한 힘을 가지고 있었습니다. 혹시 무슨 봉변을 당할지도 모르니 뭔가 방어 같은 것을 해야 한다고 생각했지만, 어느새 바로 코앞까지 다가온 그 남자의 표정을 보고 소용없다는 것을 깨달았습니다.

"당신은 이제는 기억도 잘 나지 않는 저의 과거와 참 많이 닮았어요. 그래서 유독 남들보다 더 도와주고 싶은 마음이 생기기도 했고요. 전 몇십 년 동안을 기다리고 또 기다렸습니다. 이제 저의 그것을 물려줄 때가 되었습니다. 그리고 당신이 저를 찾을 것이라고 굳게 믿었습니다."

"제가 당신을 찾는다고요?"

"네, 저는 당신을 기다리고 있었습니다. 우리 둘은 애초에 서로 통하는 게 참 많은 영혼이죠. 당신은 결코 지각하지 못했겠지만, 우리 둘은 원래부터 서로 연결이 되어 있답니다. 당신이 꾸는 꿈, 당신의 생각, 당신이 평소 느끼는 감정 등을 저도 보고 느낄 수 있어요. 난 당신의 돌아가신 어머니 또한 잘 알고 있답니다. 당신은 오늘 당신의 그 귀한 생을 마감하려 했어요. 그래서 더 늦기 전에 내가 당신을 만나기로 한 것입니다."

저는 그가 하는 얘기를 도통 이해할 수 없었습니다. 제가 찾았고, 저를 만나기로 했다니. 게다가 그와 제가 예전부터 연결이 되어 있었다니. 혹시 갑자기 추워진 날씨에 정신이 이상해진 남자가 내 앞에서 헛소리를 막 지껄이는 것은 아닐까, 하는 생각이 들었습니다. 저는 그 남자를 그날 처음 봤거든요.

“당신의 표정을 보니 제 말을 믿지 못하는 것 같군요. 뭐, 상관없습니다. 전 이미 당신을 쭉 관찰하면서 제 조력자로 결정했으니까요. 그래서 바로 결심을 했어요. 이 세상에서 큰 어려움과 고통을 겪고 있는 당신에게 제가 아무런 조건도 없이, 자신감과 용기를 얻도록 도와드리기로요. 여기, 바로 이 상자 안에 ‘그것’이 있습니다. 자, 어서 받으세요.”

“뭔지 모르겠지만, 그것을 그냥 받으라고요? 아무런 조건도 없이요?”

“네, 아무런 조건도 대가도 필요가 없습니다. 왜냐면 이제부터 ‘그것’을 통해 저와 당신이 함께 움직일 것이니까요. 당신은 그저 이 상자를 받고 제시된 주의 사항만 잘 지키면 됩니다. 그렇게만 한다면 당신의 마음은 그 어느 때보다 한결 편해지고, 생활도 훨씬 좋아지게 될 겁니다. 어떻습니까? 좋지 않으신가요?”

“무슨 말씀이신지 잘 모르겠습니다만, 그 안에 무엇이 들었는지도 모른 채 받을 수는 없습니다."

"아, 내용이 궁금하시군요. 그럼 보여 드리죠."

남자는 들고 있던 하얀 상자의 뚜껑을 열었습니다. 그 안에는 투명한 포도송이가 있었습니다. 그것은 참으로 기이한 느낌이었습니다. 그것을 보고 당황스러웠던 저는 왠지 그 남자의 말대로 하는 것이 저의 숙명처럼 느껴졌습니다. 제 앞에 홀연히 나타난 그 남자는 먼저 가신 어머니가 저를 위해 보내신 천사일지도 모른다는 생각마저 들었습니다.

"김팔봉 씨, 자신감과 용기가 필요할 때마다 이 포도 상자에서 포도알을 한 개만 꺼내 씹으세요. 그리고 제가 당신을 찾은 것처럼 당신을 도와줄 상대를 찾게 된다면 무엇을 원하는지 꼭 물어보세요. 그래야 저도 원하는 것을 얻고, 당신도 좀 더 적극적으로 도와드릴 수 있거든요. 단, 여기서 주의해야 할 게 하나 있습니다. 포도알은 하루에 한 개만 드셔야 합니다. 두 개 이상은 절대로 안 됩니다. 기억하세요. 당신과 나는 이미 한 몸입니다. 이 포도알은 당신과 나의 의식이 영적으로 완전히 합체할 수 있는 '커넥터' 역할을 합니다. 그러니 당신이 주의 사항을 따르지 않는다면 당신에게 당신이 씹어서 삼킨 그 포도알의 양만큼 제 의식이 점점 흡수당하다가 결국 제 영혼을 송두리째 잃게 됩니다. 지금 제 머리를 제외한 육신은 원래 제 것이 아닙니다. 솔직히 이제는 제가 뒤집어쓰고 있는 이 육신이 원래 누구 것이었는지 잘 기억이 안 납니다. 만약 당신이 포도알을 하루에 여러 알을 먹게 되면 시소의 균형이 깨지면서 제가 당신 속으로 완전히 사라져 버릴 것입니다. 아셨죠? 제발 그것만은 꼭 지켜 주셨으면 합니다. 만약 제가 영혼을 잃게 된다면 당신을 지켜 드릴 수 없게 됩니다. 그렇게 되면 당신은 육신이 금방 썩어 문드러지게 되고, 괴물이 되어 다른 사람들의 뼈와 피부를 탐하며 영원히 어둠 속에 숨어 살아야 합니다. 김팔봉 씨, 잘 아셨죠?"

저는 여전히 이 생면부지의 남자가 겁을 잔뜩 주는 이상한 얘기를 믿지 못했습니다. 하지만 어차피 뒤틀어진 인생을 내던지려고 했던 처지였던 터라 일단 시키는 대로 해 보기로 했습니다. 저에게는 이제 인생의 선택지가 더 이상 없는 거나 마찬가지였습니다. 잃을 게 아무것도 없으니까요. 남자의 말대로 어둠 속에 갇히게 되더라도 저는 이미 어둠 속에 있어서 상관없었습니다.

"예, 알겠습니다."

저는 미간까지 찌푸리며 진중한 표정으로 고개를 크게 끄덕였습니다.

"예, 뭐가 어떻게 되더라도 제 처지가 지금보다 좀 더 나아졌으면 좋겠습니다. 그렇게만 된다면 설사 당신과 내가 한 몸이 되어도 상관없습니다."

제 대답을 들은 그가 기분 나쁘게 히죽히죽 웃더니 그윽한 눈길로 저를 보며 말했습니다.

"생각보다 당신은 머리가 그렇게 나쁜 편은 아니었군요. 다행입니다. 가끔은 말귀를 전혀 못 알아먹는 인간들이 있거든요. 아, 그리고 당신이 나를 위해 해 주어야 할 일이 있습니다. 포도를 먹고 당신의 욕망을 성취하면서 만났던 사람들에 대한 세세한 상황, 이를테면 오고 간 대화의 내용이나 그들의 태도, 각종 행위를 저에게 그때그때 간략히 알려 주셨으면 합니다. 그래야 저도 당신을 오랫동안 도와줄 수가 있습니다. 김팔봉 씨, 아시겠죠?"

저는 비록 이 남자를 그날 처음 만났지만, 가족도 아닌 저의 이름을 이렇게 다정하게 불러 주는 그 남자의 말을 믿어 보기로 했습니다. 그래서 저는 그에게 고개를 숙이고 또 숙였습니다. 여전히 왜 그가 저를 그렇게 도와주려고 하는지, 왜 그렇게 저에게 중요한 당부를 하는지 이해하지는 못했지만, 아무도 관심 주지 않는 저를 도와주겠다는 말만으로도 저는 충분했습니다.

얼떨결에 그에게서 포도 상자를 건네받은 저는 허리 굽혀 어색하게 꾸벅 인사했습니다. 그러자 그 검은 코트의 남자는 편안한 미소를 지었으며, 고개를 들었더니 어느새 흔적도 없이 사라져 버렸습니다. 남자가 있던 자리를 한동안 멍하니 바라보던 저는 문득 궁금해져서 남자가 주고 간 상자 뚜껑을 열어 투명한 포도송이를 손으로 만져 보았습니다. 포도알들이 아이들이 가지고 노는 투명 슬라임 장난감같이 물컹물컹하고 부드러운 것이, 마치 어머니 품처럼 따뜻한 촉감이었습니다.

저는 내친김에 상자 안에서 포도송이 한 개를 조심스레 떼어서 그것을 가만히 쳐다보았습니다. 신기하게도 포도알 내부가 꼭 제 눈이 반사되어 비치는 것 같았습니다. 이 포도 껍질이 무슨 유리도 아닐 텐데 말이죠.

"어?"

그러다 문득 뭔가 이상한 것을 보게 되었습니다. 그 작은 포도알 속에서 어떤 작은 사람이 나를 보고 있는 것이 아니겠습니까.

"이 안에 사람이 들어 있어!"

저는 그렇게 혼잣말을 하고 다시 그 포도알을 자세히 들여다보았습니다. 그 안에는 개미처럼 작은 사람이…….

등골이 오싹해진 저는 즉시 고시원 안으로 뛰어 들어가서 책상 밑에 있는 작은 냉장고 칸에 이 상자를 냅다 집어넣었습니다.

* * *

며칠 후, 밑져야 본전이라는 생각으로 신입 직원 모집 원서를 넣었던 서울 모 대학 병원 장례식장에서 면접을 보러 오라는 담당자의 전화가 왔습니다. 하지만 그동안 면접만 보면 떨어졌던 저로서는 담당자의 전화를 받고도 그다지 기쁘지 않았습니다. 불편한 정장 걸쳐 입고 가 봐야 어차피 또 떨어질 게 뻔했거든요. 그래도 면접 당일 아침이 되어 고시원 현관문을 열고 나가려니까 떨리더군요. 그래서 저는 며칠 전에 그 남자가 준 상자에서 포도알 한 개를 꺼내 천천히 씹어 먹었습니다. '오늘 면접은 어떻게 보지.' 하며 눈을 지그시 감고 입 안에서 잘근잘근 씹히는 투명한 포도알을 얇은 껍질 하나 남김없이 삼켰습니다.

"뭐야? 달콤한 포도 맛을 잔뜩 기대했는데, 그냥 밍밍하잖아?"

그러고 나서 한 10초쯤 지났을까. 무엇인가 제 몸속에서 활동하기 시작했습니다. 처음에는 이상하게 기분이 붕 뜨는 느낌이 들었습니다. 그러고 나서 그동안 단 한 번도 느껴 보지 못했던 고양감이, 몇백 년 만에 터져 나오는 화산처럼 온몸으로 마구 솟아났습니다. 마치 시합을 목전에 두고 스테로이드를 맞은 운동선수들처럼 활력과 자신감, 그리고 알 수 없는 강한 쾌감이 전신을 뱀처럼 마구 휘감기 시작했습니다. 우주에서 빛을 발하는 태양처럼, 끝이 어디까지인지도 모를 레이저 광선의 기다란 파형들이 내 몸 여기저기 뚫린 모든 구멍에서 사정없이 뿜어져 나오는 것 같았습니다. 상상을 초월하는 엄청난 폭발력을 느낀 저는 겨우 정신을 추스르고 나서 벌게진 얼굴로 고시원 건물을 나왔습니다.

길을 걸으면서도 계속해서 묘한 기분이 들었습니다. 다른 건 모르겠지만 한 가지 분명한 건 그 포도알을 먹고 난 후의 저는 그 전까지의 내가 아니라는 것이었습니다.

그리고 저는 병원을 찾아가 입사 면접을 보았습니다. 놀랍게도 대학 졸업 후 몇 년째 취직도 못 하고 사람 취급도 못 받으며 고시원에만 처박혀 있던 제가 그날따라 뛰어난 말솜씨로 면접관의 질문에 대답했으며 다른 지원자들보다도 훨씬 돋보이는 친화력을 어필하여 좋은 인상을 남기게 되었습니다.

아침에 병원 총무부 채용 담당자에게 최종 합격 연락을 받았던 그날, 전 정말 날아갈 것같이 기뻤습니다. 이 모든 게 꿈이라면 평생 깨지 않아도 좋을 만큼, 쥐보다 못한 놈이라고 스스로 자학하던 제가 태어나서 처음으로 큰 자부심을 느끼게 되었습니다. 정체 모를 남자에게 받은 그 포도알이 저를 시궁창의 쥐에서 정말 사람다운 사람으로 변화시켜 주었던 것입니다. 그래서 저는 혹시 그 포도알에 무슨 마약 같은 성분이 있는 건 아닐까도 생각해 봤지만 아무래도 상관없었습니다.

며칠 후, 병원에 방문하여 부원장님에게 정식 입사 발령장을 전달받은 저는 정말 순수한 마음으로 병원 입사 지원과 관련해 많은 정보와 도움을 주셨던 총무부 담당자님에게 감사 인사를 드리기 위해 그의 사무실을 찾아뵙게 되었습니다. 그리고 바로 그때, 저도 모르게 속에서 이런 말들이 갑자기 튀어나왔습니다. 제 의지와는 전혀 상관없이, 멋대로 뱉어 내는 그런 생각지도 못한 말이었습니다. 그것도 제가 여태까지 한 번도 들어 보지 못했던 기이한 목소리를 간드러지게 뽑아내면서요.

"담당자님, 제가 정말 고마워서 그러는데, 혹시 뭐 필요하신 것 없으세요? 당신의 그 탐나는 육신을 가져가기 전에 제가 무언가를 보답하고 싶어서요."

제 앞에 있던 담당자는 이제 막 신입 직원이 된 제가 병원 근무와 관련된 건의 사항이라도 말하려는 줄 알았나 봅니다. 펜을 쥐고 로고가 앞에 크게 그려진 병원 수첩에다 메모하려다가 제 말을 듣더니 '이게 갑자기 무슨 소린가?' 하는 표정으로 저를 요리조리 쳐다봤습니다. 아마 그때 그 놀란 얼굴이 제가 병원에 정식 출근한 후 볼 수 있었던 담당자의 마지막 모습이었을 겁니다. 다음 날, 그 담당자는 직장에는 물론이고 자기 가족에게까지 아무런 말도 남기지 않고 갑자기 사라졌거든요.

그렇습니다. 담당자님이 갑자기 그렇게 사라지고 나서 저는 비로소 깨닫게 되었습니다. 그 투명한 포도알을 먹으면 정말로 고시원 옥상에 나타났던 그 남자와 저의 정신과 육체가 마치 일란성 쌍둥이처럼 똑같이 돼 버린다는 것을 말입니다.

그렇다면 그날 병원에서 최종 면접을 봤을 때 저와 그 남자가 동시에 존재했다는 이야기가 됩니다. 합격 통보를 받고 부원장에게 정식 입사 발령장을 전달받을 때도 그랬을 겁니다. 어쩌면 그날 사령을 받기 위해 연단에 올라간 사람은 제가 아니라 그 남자였을 수도 있습니다. 또, 저에게 많은 도움을 주셨던 총무부 채용 담당자님을 사전 연락 없이 찾아갔던 것도 우물쭈물하고 소극적이었던 제가 아니라 상대의 건강한 육신, 특히 젊은 사람의 탄탄한 뼈와 탱탱한 피부를 탐하는 바로 그 남자였을 수도 있습니다. 그 남자가 그분을 정말로 먹어 버린 것입니다.

그 이후 제 주변에 이상한 일이 계속 발생했습니다. 짐작하시는 대로 제가 계속해서 투명한 포도알을 한 알씩 먹은 것이 원인이었습니다. 이제 큰 대학 병원에 취직도 되었겠다, 한껏 우쭐대는 마음으로 별생각 없이 몇 년 전 차인 여자 친구에게 '잘 지내냐?'는 문자를 한번 보냈습니다. 그런데 보낸 지 정말 5분도 채 안 되어 웬일로 '이번 주 내로 한번 만나자.'는 문자가 도착했습니다. 허허허, 이게 또 무슨 일일까요. 아무튼, 그 친구와 오랜만에 만날 생각을 했더니 마음이 콩닥콩닥했습니다. 저를 차 버린 여자 친구의 마음을 다시 돌리고 싶었나 봅니다. 저는 무척 긴장되기도 했지만, 과연 이 포도알 한 알로 여자 친구와 다시 시작하는 것이 가능할지 자신이 없었습니다. 돌아선 여자의 마음은 되돌리기 어렵다는 얘기도 어디서 들었던 것 같아서 심각하게 이런 생각을 하게 되었습니다.

'한 알 가지고는 부족할지도 몰라. 몇 알 더 먹는 건 어떨까? 그러면 그 남자 말대로 무슨 일이 생기는 걸까?'

겁이 나면서도 제 마음속 더 깊은 곳에서는 강한 호기심이 스멀스멀 피어오르기 시작했습니다. 그러면서 그 남자가 그날 옥상에서 저에게 재차 강조하던 말들이 떠올랐습니다.

'……지금 제 머리를 제외한 육신은 원래 제 것이 아닙니다. 솔직히 이제는 제가 뒤집어쓰고 있는 이 육신이 원래 누구 것이었는지 잘 기억이 안 납니다. 만약 당신이 포도알을 하루에 여러 알을 먹게 되면 균형이 깨지면서 제가 당신 속으로 완전히 사라져 버릴 것입니다. 아셨죠? 제발 그것만은 꼭 지켜 주셨으면 합니다. 만약 제 영혼을 잃게 된다면 당신을 지켜 드릴 수 없게 됩니다. 그렇게 되면 당신은 육신이 금방 썩어 문드러지게 되고, 괴물이 되어 다른 사람들의 뼈와 피부를 탐하며 영원히 어둠 속에 숨어 살아야 합니다.'

그 남자는 분명 그렇게 말했습니다. 하지만 혹시 그건 저를 겁주려고 지어낸 얘기는 아닐까? 의심이 되었습니다. 포도알을 더 먹으면 제가 더 강해져서 그가 저를 지배하지 못할 것 같으니까 말이죠. 아무튼 취직이라는 일생일대의 큰 목표를 단숨에 이루어 버린 저는 그때의 엄청난 쾌감을 여자 친구를 만났을 때 더 강하게 느끼고 싶었습니다. 그랬더니 점점 의심이 확신으로 바뀌게 되었습니다.

"틀림없어. 그 남자는 내가 자신보다 더 강해지는 것이 두려워서 포도알은 한 개씩만 먹어야 한다고 한 거야."

그런 생각이 들자 저는 손으로 한 번에 여러 알을 뜯어서 쥐같이 생긴 제 작은 입 안에다 몽땅 처넣었습니다. 그리고 우적우적 깨물며 씹어 삼켜 버렸습니다. 그런데 목구멍으로 포도알을 다 삼키고 났더니 문득 후회가 밀려왔습니다.

"내가 도대체 왜 그랬지? 왜 그 남자를 믿지 못했지? 번듯한 직장에 취직까지 했어도 시궁창 쥐와 같은 제 본성은 절대로 바뀌지 않는 건가?"

어찌 되었거나 상황은 이미 엎질러진 물이었습니다. 몇 알인지도 모르고 굶주린 짐승처럼 한입에 먹어 버렸습니다. 그러자 면접 때처럼 조금 전까지의 제가 아닌 것 같았습니다. 아니, 처음 면접 때와는 정말 비교도 할 수 없을 정도의 기분과 감정, 엄청나게 고양된 자신감이 내면 깊숙한 곳에서 솟아 올라왔습니다.

여자 친구에게 고백도 제대로 못 해서 욕까지 먹었던 제가 다시 만난 그날에는 수려한 말솜씨와 우월한 자신감으로 적극적인 애정 공세를 펼쳤습니다. 그 결과, 그녀와 정식으로 사귀게 되었습니다. 그리고 느꼈던 강한 쾌감은 태어나서 처음 느끼는 황홀경을 보여 줬습니다. 어두운 시궁창 속에서 좁쌀 같은 검은 눈을 반짝이며 하루하루 숨어 지내는 쥐처럼 평생을 그렇게 지낼 것 같던 제 인생이 완전히 바뀌어서 당장이라도 새가 되어 날아갈 것만 같은 기분이었습니다. 그렇게 저 김팔봉은 다시 태어났습니다.

그러고 나서 한참 후, 사태는 일변했습니다. 설마 했던 일들이 진짜로 벌어진 것입니다. 첫 번째로, 다시 사귀게 된 여자 친구가 갑자기 사라졌습니다. 여자 친구는 부모님과 같이 살고 있었는데, 저와 만나고 저녁 늦은 시간에 집에 직접 바래다주고 그녀가 집에 들어가는 것까지 지켜봤습니다. 그런데 그녀가 감쪽같이 사라져 버린 것입니다.

실종이 장기화되자 저는 그녀의 부모님에게 양해를 구하고 여자 친구의 방에 들어가 보았습니다. 그때 뭔가 좋지 않은 느낌이 들었고, 그녀의 침대 위에 앉아서 그 느낌의 정체를 곰곰이 생각했습니다. 그러다가 문득 뭔가에 홀린 듯 그녀의 침대 밑으로 고개를 숙여 보고 싶은 충동이 엄습했습니다만, 결국 두려움에 발목이 잡혀 그대로 집에 돌아왔습니다. 그 남자가 젊고 건강한 사람의 육체를 탐해 왔다는 것이 떠오르자 왠지 그 침대 밑에는 여자 친구의 몸뚱이 없는 머리가 있을 것 같은 불길한 느낌이 들었기 때문입니다.

아, 아니겠죠? 그럴 리가 없겠죠? 저는 정말 아니기를 빌었습니다. 그리고 두 번째로, 첫 번째 사건보다 더 충격적인 일이 벌어졌습니다. 바로 그다음 날, 꿈속에서 이 투명한 포도알 안에 제가 그만 갇혀 있었습니다. 아무리 꿈속이지만 너무나 생생해서 어쩌면 꿈이 아닐 수도 있다는 생각도 했습니다. 포도알에 갇혀 버린 제 앞에 검은 코트의 남자가 나타났고, 도대체 이게 어떻게 된 거냐고 막 따졌는데, 그건 제가 약속을 지키지 않았기 때문이라고 했습니다. 그러더니 원래 근엄한 표정이었던 그 남자의 얼굴이 잔뜩 쪼그라들면서 금방이라도 바닥에 쓰러질 듯 초라해진 모습으로 내 앞에 다가와 울면서 계속해서 제 이름을 불렀습니다.

"김팔봉 씨! 약속은 꼭 지키라고 신신당부했잖아요. 그런데 왜! 왜!"

저는 어리둥절해서 그를 바라보며 물었습니다.

"그럼 이제 어떻게 되는 건가요?"

"이제 끝입니다. 나도 당신도 영원한 저주의 감옥에 갇히게 될 겁니다."

"네? 영원한 저주요?"

그 남자는 원망이 가득 찬 강한 눈으로 저를 노려보더니 어느 순간 그의 머리통이 쑥 뽑혔고, 그것이 제 목구멍 속으로 빨려 들어가 버렸습니다. 그렇게 남자는 몸만 덩그러니 남게 되었는데, 갑자기 입고 있던 검은 코트가 훌라당 벗겨지면서 젊은 여성의 봉긋한 가슴과 굴곡 있는 몸매, 새까만 털로 덮인 음부, 그리고 탄력 있는 보드라운 피부의 나체가 드러났습니다. 저는 그 몸뚱이의 주인이 누구인지를 알 것 같았습니다. 그녀의 등 오른쪽에 있는 콩알만 한 작은 갈색 점. 여자 친구가 실종되기 전날, 우리는 근처 모텔 객실 안에서 서로의 육체를 열심히 탐하며 격렬하게 몸을 섞었습니다. 그때 저는 그 점을 봤습니다.

"이건 아냐! 이, 이건…… 정말 이렇게 되면 안 돼! 으아아악!"

저는 미쳐 버릴 것 같았습니다. 투명한 포도알 속에 갇힌 채 몸부림을 쳤습니다. 그러다 문득 눈앞에 사람들이 보였습니다. 포도알을 씹으려는 탐욕스러운 그들의 모습들을 보니 저 역시 그들과 같다는 생각이 들었습니다. 항상 자신감 없고 우울한 얼굴을 하고 다니는 패배자들. 언제나 패배의 원인을 자신이 아닌 다른 것으로 돌리는 비열한 인간들. 자신감은 눈곱만큼도 찾아볼 수 없는 구제 불능의 인간쓰레기들. 혐오스럽고 끔찍해서 도저히 못 봐 주게 생긴 더러운 시궁창의 쥐새끼들.

그들 중 누군가가 제가 안에 갇혀 있는 포도알을 앞니와 어금니로 씹기 시작했습니다. 저는 깨물린 살이 너무 아파서 눈물이 찔끔 나왔습니다. 저는 밖을 향해 "사람 살려!" 하며 있는 힘껏 소리 질렀습니다.

결국, 저는 그 사람의 입 안에서 위아래로 움직이는 누런 치아들에 의해 눌리고, 으깨지고, 찢겨서 온몸이 부서졌습니다. 그런 고통에 비명을 지르다 눈을 떠 보니 한꺼번에 여러 알의 포도를 먹었던 그날의 자신으로 돌아가 있었습니다. 저는 씹던 것을 멈추고 입 안에서 만신창이가 된 포도알을 꺼내 안을 들여다봤습니다. 그런데 이게 무슨 일입니까. 그 포도알 속에 병든 아버지가 갇혀서 마구 비명을 지르며 고통스러워하고 있는 것이 아닙니까. 그리고 그 뒤에 들려오는 아버지의 말은 더욱 충격적인 것이었습니다.

"제발 좀 저를 살려 주세요. 안 그래도 제가 병이 있어 온몸이 아픈데 이렇게 고통을 주시니 견딜 수가 없습니다. 저를 살려만 주시면 제 하나밖에 없는 자식 놈을 드리겠습니다. 이름이 김팔봉이라고 합니다. 그놈 몸이 늙은 저보다는 훨씬 쓸 만하실 겁니다."

저는 그 남자가 나에게 복수하려고 이런 것을 보여 주는 것이라고 생각했습니다. 꿈에서 깨어나려고 눈을 꼭 감고 고개를 마구 저었습니다. 그리고 눈을 떴습니다. 그런데…….

껍질 안에 있던 아버지가 제 쪽으로 손을 내밀며 여전히 자식인 저를 대신 바칠 테니 살려 달라고 애원하고 있었습니다. 어렸을 때 엄마에게 영문도 모르고 매를 맞을 때마다 저를 보호해 주셨던 아버지가, 저를 팔면서 목숨을 구걸하고 있었습니다. 분노한 저는 아버지가 갇혀 있는 포도알을 사정없이 잘근잘근 씹어 먹었습니다.

그렇게 그 끔찍한 꿈에서 겨우 깨어난 저는 비참함과 절망감을 느꼈습니다. 저를 도와주려다가 배신을 당한 그 남자가 꿈속에서 보여 준 것은 제가 아닌 그 남자의 기억일지도 모릅니다. 그 남자를 처음 본 그날, 그 남자가 저를 처음에 '김익주 씨'라고 아버지 이름을 불렀던 것이 생각났습니다. 그렇다면 그는 저보다 아버지를 먼저 알았던 것인지도 모릅니다. 그리고 꿈속의 그 장면이 실제로 있었던 일이 아니었을까요?

그 남자가 사라진 이후, 그가 말했던 것처럼 저의 내부에서 매일매일 정체성에 대한 극심한 혼돈과 자아의 분열이 일어납니다. 그렇게 자아가 부서져 가는 저의 의식은 더 새롭고 튼튼한 몸을 찾기 위해 점점 더 왜곡되어 가고 있습니다. 강한 갈증과 굶주림을 느낍니다. 그냥 여기저기 마구 빼앗아 버리고 싶어집니다. 숨어 있던 폭력성과 충동, 격정, 분노가 저를 계속 몰아붙입니다. 제가 아버지의 육신을 찢어 죽였을 때처럼, 정신적으로 한계에 다다른 저는 그렇게 조금씩 미쳐 가고 있습니다.

그 뒤로 저는 이곳저곳을 떠돌면서 금방 흐느적흐느적하며 썩어서 문드러지는 부실한 몸을 새롭게 채우기 위해 다른 사람의 건강한 육신을 탐하며 살게 되었습니다.

솔직히 누가 보아도 좋은 육신을 보유하고 있는 당신의 몸을 가지고 싶습니다. 당신의 건강하고 튼튼한 육신을 내 것으로 만들고 싶습니다. 오래전에 시궁창 쥐였던 저 김팔봉과는 전혀 다른 모습으로, 완전히 새로운 모습의 영원불멸한 존재로 살게 될 것입니다. 그래서 저는 당신 앞에서 이렇게 추한 괴물의 모습으로 입을 크게 벌릴 겁니다. 좀 많이 아프겠지만, 이제 당신의 머리를 단숨에 잘라서 당신의 전임자들이 모여 있는 간이침대 밑으로 뱉어 버릴 겁니다. 그리고 남은 몸은 제가 가질 겁니다.

그래도 그 밑에서 혼자가 아니니 그리 심심하지는 않을 겁니다.

이제 준비되셨나요, 김진철 씨?

먼저 작게 기도를 하겠습니다. 당신의 희생이 헛되지 않도록…….

그럼, 이제 그만 천장 불을 끄겠습니다.

2.

어느 심야 라디오 방송의 '정신 건강 상담 초대석'

[……이어서 오늘 초대 손님이신 OO병원 정신건강의학과 전문의 이석주 과장님의 말씀이 있겠습니다. 안녕하세요, 이석주 과장님. 오늘은 어떤 이야기를 해 주실 건가요?]

[네, 오늘은 '잠'에 대해서 말씀드려 보겠습니다. 인간의 생체 리듬 중 가장 중요한 것이 24시간 주기 리듬인데요, 이 주기 리

듬은 우리 눈으로 들어오는 햇볕에 의해 조절이 되기 때문에 낮에 충분히 햇볕을 쬐는 것, 밤에는 깜깜한 상태에서 자는 것이 매우 중요합니다. 우리의 기분이나 컨디션과 굉장히 밀접한 관련이 있는 게 바로 이 '수면'입니다. 그래서 주, 야간 근무를 불규칙하게 하는 직업이거나, 시차가 다른 곳을 자주 출장 가는 분들이 불면증도 쉽게 생기고 기분이 우울할 수도 있습니다. 평소에 수면을 충분히 취하지 못하는 활동을 하시는 분들은 사회적인 스트레스 혹은 우울증, 불안증, 건망증 및 망상, 환청 등의 질환을 겪으실 수 있습니다. 그래서…….]

* * *

피곤하겠지만, 그래도 일 시작하기 전에 내 얘기 한번 들어 보게. 자네도 충분히 공감하겠지만, 사람이 사는 이야기를 하면서 빠질 수 없는 게 있는데 그게 바로 돈이라는 것일세. 누구보다 한창 열심히 일할 나이에 간부급 사원으로 잘 다니던 대기업 K에서 나는 실적 저하를 이유로 어느 날 졸지에 명예퇴직을 당하고 말았지. 그건 20년 넘게 주말도 없이 회사를 위해 온몸을 바쳐 열심히 일해 왔던 내 인생이 송두리째 부정당하는 것이었어. 마치 오랫동안 전쟁에 참전했다가 갑자기 퇴역하게 된 군인처럼, 이루 말할 수 없는 상실감에 휩싸였지. 그로부터 한 6개월 동안 집에서 빈둥거리며 그동안 저축해 둔 돈이나 야금야금 쓰다 보니 결국 잔고가 바닥을 드러내게 되더군.

다들 일하는 평일 시간에 놀아 줄 친구도 없어서 집에서만 빈둥빈둥하는 나를 한심하게 쳐다보는 처자식들의 눈치가 점점 압박해 오기 시작했어. 나 또한 무기력한 삶이 지겨워지고, 그래서인지 답답한 가슴이 꽉 조여 오면서 통증을 호소할 정도였다네. 지금에 와서 생각해 보면 아마 그때부터 내 정신과 육신이 조금씩 썩어 들어가면서 서서히 미쳐 가게 된 것 같아.

아무튼, 아무래도 집에서 계속 빈둥거리면 가족들 보기도 그래서 새로운 일자리를 구하기 위해 집 밖으로 무작정 뛰쳐나왔지.

오십 평생 살아오면서 적어도 인맥 관리 하나만큼은 잘해 왔다고 자부하던 터라 몇몇 친구들에게 전화해서 현재 처한 상황을 간략히 설명하고 일자리 소개를 부탁했어. 그런데 그렇게 소개받은 곳들은 대부분이 내가 원하던 사무 관리직하고는 정말 거리가 먼 일들밖에 없더라고. 밤낮없이 온종일 가동되는 제조 공장의 야간 경비 일처럼 날밤을 꼬박 새우거나, 도급제로 일당을 받는 공사장 일처럼 고되게 몸을 혹사해야 하는 일들밖에 할 수 없다는 걸 깨닫게 되었지.

[영도야, 우리가 회사에서 같이 동고동락한 게 몇 년인데…… 누구보다 네 사정 잘 알지. 그래, 내 무슨 말인지는 잘 알겠는데…… 요새 경기가 어떤지는 너도 잘 알잖아. 사실 지금 있는 내 자리도 위로 치고 올라오는 똑똑한 후배 놈들 때문에 위태위태해. 어쨌든 도움이 못 돼서 미안해. 아이고, 회의 때문에 인제 그만 끊을게. 다음에 밥 한번 꼭 먹자.]

다른 회사로 먼저 이직한 회사 동기에게 일자리 소개 부탁했다가 경비원밖에 할 수 있는 일이 없다는 얘기를 들었어. 내가 아무리 갈 데가 없다고 해도 남들 다 곤히 잠든 꼭두새벽에 눈 비비며 일하는 경비원 자리는 도저히 아니다 싶어 잠깐 택배 배달 일에 도전해 본 적도 있었어. 그런데 아무래도 나이가 있다 보니 일이 너무 힘에 부치더라고. 설상가상으로 무거운 박스 여러 개를 어느 산동네 입구까지 옮기다 허리를 다치고 말았지. 그래서 그 일은 별로 하지도 못하고 접을 수밖에 없었어.

그래도 포기하지 않고 일자리를 찾아다니던 어느 날, 축 처진 몰골로 터벅터벅 집으로 들어와 거실 벽에 붙어 있는 큰 거울을 찬찬히 들여다봤어. 거울 속 내 얼굴이, 예전에 비해 생기도 없고 굉장히 우울해 보이더군. 회사에 다닐 때도 피곤의 연속이었고, 각종 업무 스트레스로 정수리 쪽 머리털이 휼러덩 비워져 버리긴 했지만, 적어도 이쪽 분야에서는 내가 최고라는 자부심을 느끼며 살아왔는데 말이야.

그렇게 비참해진 처지를 깨달은 나는, 인터넷 구직 사이트 등을 통해 특별한 자격이나 기술이 없어도 이력서를 내 볼 수 있는 각 업체의 경비원 모집 공고들만을 추려 열심히 면접을 보러 다니기 시작했어. 맨 처음, 그러니까 한번 경험 삼아 가 보자는 생각으로 찾아간 모 아파트의 경비원 면접이 있었는데, 면접 장소에 도착을 해 보니 야간 타임에 근무할 경비원 한 명을 뽑는데 내 나이 또래는 물론이고 나보다 훨씬 어려 보이는 사람들까지 30명 넘게 대기를 하고 있었어.

경비원 면접이라 양복도 안 입고 대충 편안한 등산복 차림으로 면접 장소에 나갔던 나는 대기 장소에서 자신의 순번을 기다리며 그 자리에 있던 사람들의 우울한 모습을 지켜보게 되었지. 아무런 생각 없이 그런 옷을 입고 면접에 참가한 내 자신이 어찌나 민망하고 한심하던지. 면접이고 뭐고 바로 포기해 버리고 그냥 집에 도망치다시피 와 버렸지.

나는 그때 이후로 정신을 더 바짝 차렸어. 이젠 정말 찬밥 더운밥 가릴 처지가 아니라는 생각이 들었지. 그러고 나서 열심히 경비원 면접을 보러 다녔는데, 지성이면 감천이라고 가까스로 공릉동 끝자락에 있는 모 국책 연구소 건물의 2교대 경비직으로 정식 취업을 하게 되었어. 전화로 합격 소식을 전해 들으니 어찌나 감격스럽고 눈물이 나던지, 영문도 모르는 가족들 앞에서 그동안 참았던 눈물이며 콧물, 각종 울분 등을 모조리 다 쏟아 낸 것 같았어.

자네도 알겠지만, 경비원 일일 2교대 근무는 조금씩 차이는 있겠지만 보통 2인 1조로 주간 9시부터 다음 날 9시까지 근무를 서고 나서 교대한 다음 조가 똑같이 다음 날 9시까지 근무를 서는 것이 일반적인데, 교대 근무제 중에서는 아마 제일 힘든 조건의 근무라고 할 수 있지. 하긴, 그나마 그런 조건이니까 경비원 이력이 전혀 없던 내가 뽑힌 게 아니었을까 싶어. 이 경비원의 주된 업무라는 게, 꼭 국가 경비업법에 명시된 일들만 골라 하는, 그런 상식적인 직업이 애초에 아니었던 거지.

예를 들면 건물 내 쓰레기 분리수거장 환경 정리, 연구소 주차장 차량 관리, 건물 정문 입구 주변 청소, 원내 잔디밭이나 운동장 흙모래 속에 교묘하게 숨겨진 반려견 똥 치우기(대체 이런 건 어떻게 해서 생기게 된 건지?), 연구소로 발송되는 각종 택배나 우편물 수령 전달, 거기에다 주변 화단의 조경 업무까지. 소소하지만 정말 누군가가 이 일을 위해 희생하지 않으면 안 되는 그런 부가적인 일까지 우리 경비원들이 몽땅 도맡아서 해야 했지.

물론 그런 잡일들을 더 한다고 우리들에게 추가 수당을 주는 것도 아니지만, 내 전임자 때부터 나보다 더 꼰대 같은 총무팀장에게 괜히 밉보일세라, 불합리하다고 느끼면서도 다들 그렇게 해 왔다고 하더라고. 그러니 후임으로 들어온 나도 그렇게 하지 않을 수 없는 분위기였던 거지.

처음 한 달 동안은 정말 이를 악물고 여기 경비업무에 적응하기 위해 노력했어. 아침 9시에 교대하고 집에 들어가면 마누라 얼굴을 보기는커녕 제대로 씻지도 못하고 침대에 그냥 쓰러지기 일쑤였지. 경비실 안쪽에 간이 칸막이를 쳐서 만든 반 평짜리 공간에 설치된 간이침대에서 쪽잠을 잘 수 있게 되어 있긴 하지만, 매일 새벽마다 건물 정문을 계속 들락날락하는 쓰레기 및 음식물 수거 트럭이나, 오토바이로 훌쩍훌쩍 통과하는 신문, 우유 배달, 각종 새벽 배송 배달원 감독 때문에 야간 휴게 시간에만 간신히 잠을 청할 수 있었어. 이 정도면 제법 나쁜 환경이라고 봐야겠지.

더군다나 여기 연구소가 밤에는 사람들의 왕래가 거의 없는 약간 외진 곳에 있다 보니 한밤중에 뻘건 눈을 한 이상한 사람들이 정문 주위를 어슬렁거리기도 해서 거의 매일 밤 긴장 속에 보내다 보니 이 일을 시작한 지 석 달 만에 내 몸은 완전히 박살 나고야 말았어.

오십 평생을 살아온 내가 이번에 잠에 대해 심각하게 깨달은 것이 하나 있다면 아무리 못 자도 하루에 여섯 시간 이상은 자야만 다음 날 생활을 제대로 할 수 있다는 거야. 만약 전날 건물 순찰을 하느라 내가 네 시간밖에 못 자고 그다음 날이 돼 버렸다면 다음 날에는 반드시 두 시간 이상은 잠 보충을 해 주어야 어느 정도 원만한 생활이 가능해진다는 얘기야.

게다가 야간 경비를 서는 중간에 잠시라도 쪽잠을 자 두지 않으면 어느 순간부터 귀에서 이상한 환청들이 들려오곤 했어. 더군다나 나는 신경이 매우 예민한 편이라서 집이 아닌 곳에서는 제대로 못 자는 터라 더 죽을 맛이었어. 오죽하면 매일같이 몇 시간을 잤는지 수첩에 기록을 해 놓고 거기서 모자란 시간만큼만 집에 와서 보충할 수 있도록 엑셀 계획표까지 작성해 뒀겠어. 아무튼, 그러면서 어쩌다 듣게 된 사라진 내 전임 경비원들의 신상에 대해서도 자연스레 궁금해지기 시작했지. 그런데 총무팀 내 직원들은 내가 전임자 얘기만 하면 귀찮다는 듯 일부러 대답을 피하더군.

반면에 지금 나랑 같은 조를 이루고 있는 김팔봉이란 친구는 여기 연구소에서 벌써 10년 넘게 경비 일을 하는데, 어떤 일을 시켜도 군소리 없이 묵묵히 맡은 일을 깔끔하게 잘 처리하는 베테랑이더라고. 비번일 때는 등산이다 테니스다 뭐다 하면서 자기 권리에 꽤 엄격한 친구야. 일단 겉모습만 비교를 해 봐도 도저히 나하고 같은 연배로 보이지가 않더라니까. 여러 전임 경비들이 아무 말 없이 사라졌지만, 이 팔봉이란 친구만은 이 건물에서 어렵고도 고된 일을 묵묵히 해 온 거지.

여기 연구소 행정 직원들은 신참인 내가 팔봉이 같은 베테랑하고 한 조를 이루어 근무하게 된 것은 행운이라고 이구동성으로 말했어. 나 또한 베테랑이랑 같은 조가 되어 안심이 되기도 했는데, 솔직히 사라진 내 전임자들에게 대체 무슨 일이 있었는지에 대한 궁금증은 사라지지 않았어. 주변 사람들이 그 이야기만 하면 피하니까 더 궁금해지더라고. 그 전임자들이 사라진 덕분에 빈자리가 생겨 내가 뽑혀 들어오긴 했지만 말이야.

따르릉. 따르릉. 따르릉.

그, 그래. 그날이었지. 내 인생이 송두리째 바뀌어 버린, 운명의 '따르릉' 소리가 울린 바로 그날. 경비실 책상 선반 위에 놓여 있던 네모난 탁상시계가 알람 시간이 되자 따르릉 소리를 내며 마구 울리기 시작했어.

'어? 벌써 시간이 이렇게 되었나? 야간 휴게 시간이네. 오늘따라 춥고 몸도 안 좋은데 얼른 쪽잠이나 좀 자 두어야겠다.'

나는 그렇게 생각하며 얼른 경비실 유리창 안에서 창밖으로 보이게끔 '휴식 중'이라는 플라스틱 푯말을 세워 놓고는, 나는 소형 라디오를 손에 들고 팔봉 씨는 세면도구를 챙겨 들고 간이침대가 있는 바로 옆 휴게실로 둘이 어슬렁어슬렁 걸어 들어갔어.

그리고 누가 먼저랄 것도 없이 입고 있던 경비원 유니폼을 훌훌 벗어 던지고 편안한 운동복으로 갈아입었어. 마지막으로 팔봉 씨가 천장 등 스위치를 끄고 양쪽에 각각 마련된 간이침대에 대충 누운 다음 얇은 이불로 온몸을 감싸기 위해 발밑에서 어깨까지 끌어 올렸지. 아직은 새벽녘에 제법 한기가 올라오기 때문에 비록 쪽잠을 잘 때도 이렇게 이불을 단단히 덮어 두지 않으면 자칫 지독한 감기에 걸릴 수가 있거든.

아무튼, 그때 나는 휴게실에 들어오면서 켜져 있던 FM 라디오의 전원을 껐고, 경비실을 나오기 전 비상시를 대비해 경비실 전화기에서 내 핸드폰 번호로 착신 전환을 해 놓았는데, 혹시 어디에서 경비실로 전화 온 게 없는지 내 전화기를 한 번 더 확인한 다음 머리맡에 전화기를 내려놓고 하품을 크게 하며 눈을 감았지.

그렇게 잠을 청하고 시간이 약간 지났는데…….

쓱- 쓱- 쓱- 쓱-

아직 깊이 잠들지 않아서 꿈은 분명히 아닌데…… 무언가가 이불 속에서 이리저리 쓸리는 소리가 들리기 시작했어. 피곤해서 잠깐 헛소리를 들었겠지, 하며 일단 무시하고 계속 잠을 청했지. 휴식 시간은 우리 경비원들에게 잠깐이나마 쪽잠을 잘 수 있는 정말 귀한 시간이거든. 쓸데없는 소리 때문에 자는 시간을 1초라도 허비하고 싶지 않았어. 자신의 몸을 지킬 사람은 오직 자신밖에 없잖아. 쉴 수 있을 때 쪽잠이라도 자 두어야 컨디션 유지하며 계속 일할 수도 있고 말이야.

쓱- 쓱- 쓱- 쓱- 쓱- 쓱- 쓱- 쓱-

다시 그 소리가 귀를 자극했어. 이 소리는 절대 꿈이 아니었고, 소리가 들려오는 곳이 어딘지도 바로 감이 왔지. 바로…… 내가 지금 덮고 있는 이 이불 속!

순간, 머리털이 쭈뼛 곤두섰지.

너무 무서워서 옆 침대를 향해 물었어.

"이봐, 파, 팔봉이! 지금 자고 있나?"

"……."

그때, 무언가 이불 속에서 조금씩, 조금씩, 내 얼굴을 향하여 쭉쭉 올라오고 있었어. 도저히 안 되겠다 싶어서 머리맡에 두었던 휴대폰을 들고 화면을 눌렀어. 순간, 액정 화면이 눈부신 푸른빛을 내뿜었고, 나는 덮고 있는 이불을 한 손으로 살짝 들어 그 안으로 푸른빛이 나는 전화기를 급하게 쑤욱 밀어 넣었는데, 그때 무언가가 내 시야에 잡혔어. 이불 속의 시커먼 음영이…… 점점 내 눈이 어둠에 적응돼 가면서 무엇인가가…… 내 얼굴 쪽으로 다가오는 것이…… 그 움직이는 것들이 천천히 올라오기 시작했어. 점점 시야가 분명해지면서 미세하지만 확실한 움직임을 보였고, 꿈틀거리며 내 얼굴을 향해 다가오는 것이 생생히 느껴졌지. 마치 커다란 문어 다리 같기도 한, 이 꿈틀꿈틀한 것들이 이불 속에서 쓱- 쓱- 미끄러지면서 나에게 다가오더니…… 드디어, 그 정체를 드러냈어.

'어? 아, 아니야. 아니야. 내가 잠결에 지금 헛것을 보는 거지? 그렇지?'

문어 다리처럼 촉촉하고 끈적끈적한 이것들은, 마치 엿 가락처럼 쭉 늘어나며 휘어진 내 두 다리와 발가락들이었어. 정말 기가 막혔지. 난 더 이상 아무런 소리도 낼 수 없었어. 귓속에선 어떤 중년 남자가 쉰 목소리로 속삭이는 이상한 환청까지 들리더라고. 난 너무 놀라서 머릿속의 모든 사고가 완전히 정지되었지. 정신이 없던 나머지 나는 들고 있던 전화기를 침대에 놓고 양손으로 이불을 확 들춰냈어.

"……."

그 안에는 외국 SF 영화에서나 나오는 이상한 모습의 고무 인간처럼 내 두 다리가 내 얼굴 쪽으로 엿가락처럼 쭉쭉 늘어나 있었고, 그 끝에 있는 내 발가락에 사람의 눈알처럼 생긴 게 열 개씩이나 대롱대롱 매달려 있었지. 그 열 개의 눈들이 나를 동시에 쳐다보더니 마치 커다란 뱀이 사냥감을 발견하고 그 몸을 천천히 구속하듯 늘어난 다리가 내 목 주변을 둥글게 여러 번 감싸기 시작했어. 귓속에서는 계속해서 중년 남자의 말소리가 환청처럼 들리고 말이야.

"놀라지 말게. 제발 침착하시게. 괜찮아. 괜찮아. 아주 오래전부터 나는 여기 간이침대 밑에 살고 있었다네. 자네가 생각하는 것보다 훨씬 오래전부터 여기 있었어. 자네가 우렁찬 울음소리와 함께 이 세상에 태어나기 한참 전부터 말이지. 그러니 절대 놀라지 말게. 난 보기보다 아주 얌전하고, 다정하고, 또 의외로 착한 마음을 가졌다네."

“뭐, 뭐요. 당신은 대체 누구죠? 어떻게 내 귓속에서 당신의 목소리가 들리는 거죠?”

“음…… 그런 건 지금 상황에서 별로 중요하지 않은 것 같아. 사실은 자네가 제법 좋아할 만한 제안을 하나 하려고 이렇게 찾아왔지. 혹시 나와 거래 하나 안 하겠나? 갑자기 오밤중에 무슨 거래냐고? 자~ 한번 들어 보게. 자네의 몸속에 들어 있는 그 튼튼한 뼈와 탄력 있는 피부를 내가 가진 포근한 잠과 서로 바꿔 보지 않을 텐가? 자네는 지금 개운한 꿀잠이 무척이나 필요하고, 난 당신의 뼈와 피부가 필요하거든. 어떤가? 정말 달콤하고 개운하게, 제대로 잠을 청해 보고 싶지 않은가? 다른 건 전혀 바라지 않아. 오직 자네가 가지고 있는, 자네가 부모님에게 잘 물려받은 그 뼈와 피부만을 원할 뿐이라네.”

“뭐? 뭐라고? 내 뼈와 피부를 원한다고? 지금도 내 육신을 넘겨 달라는 거야?”

“하하. 혹시 나와 거래하다 잘못이라도 될까 봐 그러나? 걱정 말게. 자네는 걱정 안 해도 되네. 이건 하나도 안 아프네. 자네 전임자도 다 이렇게 거래했어. 그 사람들의 뼈도 피부도 내가 잘 어루만져 주었어. 그것들을 정성껏 잘 거두어 주었지. 자네 전임자들 만나고 싶지 않나? 조금 있다가 다 만나게 해 주지. 아, 본의 아니게 내 말이 좀 길어졌지? 미안하네. 그럼 이제 내 제안을 완전히 수락한 것으로 이해해도 되겠지?"

"이게 무슨 소리야? 그런 말도 안 되는 미친……. 아니야. 아니야. 지금 이건 현실이 아니라 전부 환상일 거야. 그동안 내가 잠을 제대로 못 자서 헛것을 보고 듣는 건지도 몰라."

계속해서 들려오던 일방적인 내용의 그 환청 소리가 끝나기 무섭게 고무줄처럼 쭉 늘어나 있던 내 다리가 내 목 주변을 꽁꽁 묶더니 갑자기 사정없이 조르기 시작했어.

"허억!"

숨이 턱 막히고 두 눈이 빨갛게 충혈되면서 눈알이 밖으로 튕겨 나갈 것 같았어. 정말 죽는 줄 알았어. 눈물, 콧물, 침 등이 이불 위로 사정없이 흘러내렸지.

"진짜 괜찮아. 하나도 안 아파. 전임자들의 육체도 다 이렇게 감싸 줬어. 조금만 기다리게. 내가 당신과 그 사람들을 만나게 해 줄게. 내 말대로 당신의 뼈와 피부는 내가 싹 다 가져갈 거야. 그러면 당신은 오랜만에, 정말 오랜만에 기분 좋고 편안하게 푸욱 잠이 들 거야. 자~ 지금부터는 모든 걸 나에게 맡겨. 당신은 그저 눈 감고 편안하게 있기만 하면 돼. 알았지?"

늘어난 다리의 엄청난 힘으로 조르고 있던 목이 갑자기 툭, 소리와 함께 두 동강이 나면서 그만 내 머리통이 침대 밖으로 튕겨 나갔어. 이 휴게실은 연구소 경비원들이 임시로 쉴 곳을 만들기 위해 사무실 안쪽에 간이 벽을 치고 작은 간이침대를 가져다 놓은 곳이라 잘린 내 머리가 벽면에 맞고 다시 데굴데굴 굴러가서 내가 누워 있는 침대 밑으로 들어가 버렸지. 세상에…… 침대 밑에는 수십 개의 머리가 백골이 된 채 수북하게 쌓여 있는 게 아닌가. 고약한 악취가 나는 전임자들의 아주 뽀얗고 단단한 해골들이 내가 매일 잠을 청하던 바로 그 침대 밑에 다 모여 있던 거지.

"그럼 이제 자네의 그 단단한 뼈를, 피부를, 내가 모두 가져가겠네. 방금 전에 자네와 내가 거래한 대로 말이야."

그때, 놀랍게도 간이침대 밑에서 잘려 나간 내 머리통이 입술을 삐쭉거리며 허공에다 막 소리를 질러 댔지.

"이, 이것 봐! 지금 그게 무슨 말도 안 되는 소리야!"

"지금 와서 무슨 소리야. 자네는 내 제안에 좋아서 눈을 껌벅거리며 어쩔 줄 몰라 했잖아. 내 말대로 편안하게 잠이 들 수 있겠다는 환희와 기쁨에 들떠서 좋아했잖아. 앞으로는 영원히 달콤한 잠 속에서 살 수 있다는 생각을 해 보게. 어때? 이제 마음이 좀 편해졌는가? 그럼 편안한 잠을 즐겨 보게."

간이침대 밑에서 눈알을 이리저리 굴리던 내 머리가 마지못해

스르르 눈을 감았지. 내 몸에서 뼈들은 마치 튜브의 바람이 빠지듯이 한순간에 빠져나가고, 침대 위에 가죽만 덩그러니 남은 내 몸에 붙은 두 팔과 두 다리가 해파리처럼 흐느적흐느적 미끄러지며 침대 밑에 있는 내 머리통 쪽으로 떨어졌지. 침대 위에 내동댕이쳐져 있던 내 핸드폰의 푸른 불빛마저 꺼지자 다시 휴게실은 짙은 어둠이 깔려 버렸지. 주변이 어두워지자 나는 체념에 빠졌어.

'어쩌면 이것은 죽음이 아닐지 몰라. 그래, 나는 그저 내 육신을 반납하고 새 안식처를 얻은 것뿐이야.'

그렇게 생각하고 있었는데, 이상하게 누군가 아까부터 나를 계속 쳐다보는 느낌이 들었어. 그래서 맞은편 침대 쪽으로 고개를 천천히 돌려 봤지. 그곳에는 어느새 입고 있던 옷을 모조리 벗어 던진, 공중에 머리통만 떠 있는 팔봉 씨가 환하게 웃으며 나를 지그시 보고 있더군.

그리고 내 뼈들이 저절로 움직이며 팔봉 씨의 머리통 밑에서부터 아래로 '인체 전신 뼈 모형'처럼 차례대로 조립되기 시작했어. 그리고 마지막 발가락뼈까지 완성되자 이번에는 팔봉 씨가 침대 밑에 있던 피부를 손으로 잡아 끄집어내더니 목에서부터 발끝까지 잠수복 슈트를 입듯이 뒤집어썼어.

그것을 본 나는 뒤늦게 깨닫게 되었어. 팔봉 씨는 그동안 다른 사람들의 튼튼한 육신을 빼앗아 자기 것으로 만들면서 이곳에서 오랫동안 근무해 왔다는 것을 말이야. 야간 경비 일을 하면서 부족한 수면으로 나빠진 건강 때문에 몸뚱이가 쓸모없어지면 그때마다 이렇게 다른 경비원들의 몸을 취하면서 건강한 몸을 유지해 왔던 것이지.

그렇게 수년 동안을 다른 사람들의 육체에 기생하면서 살아왔던 거야, 저 팔봉 씨가…….

* * *

침대 위에 있던 소형 라디오가 갑자기 바닥으로 툭 떨어지며 꺼졌던 전원이 다시 켜지고, 걸쭉한 남성의 목소리가 나왔다.

[……인간의 생체 리듬 중 가장 중요한 것이 24시간 주기 리듬인데요, 이 주기 리듬은 우리 눈으로 들어오는 햇볕에 의해 조절이 되기 때문에 낮에 충분히 햇볕을 쬐는 것, 밤에는 깜깜한 상태에서 자는 것이 매우 중요합니다. 우리의 기분이나 컨디션과 굉장히 밀접한 관련이 있는…….]

그때 휴게실 문밖에서 인기척이 들리며 누군가 문을 똑똑 두

드렸다.

"영도 씨? 나여, 다음 순번 진철이. 혹시 지금 이 안에 있는가? 오늘은 교대하러 좀 일찍 출근했구먼."

아무런 대답이 없자 진철이 말했다.

"거참 이상하네? 아무도 없는 방에 라디오만 계속 켜져 있는 건가?"

진철은 휴게실 방문을 열고 들어와 어둠 속에서 손을 더듬어 천장 등 스위치를 켰다. 그리고 간이침대 근처로 천천히 다가왔다. 한쪽 침대에는 팔봉이 누워 있었다.

"팔봉이? 아니 그렇게 불렀는데 왜 대답도 안 하고 있나. 그리고 영도는 어디 갔어?"

진철이 누워서 꼼짝도 안 하는 팔봉에게 말하고 있는데, 간이침대 밑에 처박혀 있던 내 머리통이 데굴데굴 굴러 침대 밖으로 나왔다.

"으억!"

나를 본 진철이 커다래진 눈으로 화들짝 놀라며 소리쳤다. 그리고 나를 알아본 그가 약간의 침착함을 되찾더니 그저 멍하니 내 머리를 쳐다보았다.

"이, 이건 영도의 머리 아녀?"

"맞네."

"히힉. 영도 자네, 머리만 살아 있는 건가?"

"그렇네. 나는 이제 머리만 남았네."

"이게 대체 어떻게 된 일인가. 자네 몸뚱이는 어디로 간 건가?"

"얼마 전에 이 건물 신입 경비원으로 입사한 동갑내기 진철이, 내 얘기 한번 들어 보겠는가?"

진철은 여전히 멍한 얼굴로 나를 쳐다봤다.

"피곤하겠지만, 그래도 일 시작하기 전에 내 얘기 한번 들어 보게. 자네도 충분히 공감하겠지만, 사람이 사는 이야기를 하면서 빠질 수 없는 게 있는데 그게 바로 돈이라는 것일세. 누구보다 한창 열심히 일할 나이에 간부급 사원으로 잘 다니던 대기업 K에서 나는……."

그렇게, 진철에게 들려주는 나의 얘기가 끝나자 팔봉 씨가 스르르 침대에서 일어나더니 벽에 붙은 스위치를 꺼 버렸다.

"갑자기 뭐야?"

진철이 그렇게 말하는데, 팔봉은 크게 입을 벌리더니 날카로운 이빨을 내보였다. 그러더니 진철이의 뒤로 다가가 그의 머리를 한입에 넣더니 씹어서 잘린 머리를 간이침대 밑으로 뱉었다. 팔봉 씨는 남은 진철이의 몸을 방금처럼 자신의 몸과 바꿔치기

했다.

어두운 방이었지만 내 눈에는 적외선 카메라로 보는 것처럼 모든 것이 뚜렷하게 보였다. 머리만 남아 있는 나는 그저 가만히 지켜볼 수밖에 없었다.

그러고 난 이후에도 여러 명의 신입 경비원들이 팔봉 씨한테 몸을 빼앗겼다. 그리고 나는 그 과정들을 계속 지켜봤다. 내 머리가 백골이 되기 전까지…….

* * *

여기까지가 내가 얘기해 줄 수 있는 '기생록'이다. 팔봉 씨에게 몸을 빼앗기게 되면 그의 기억을 공유하게 된다. 팔봉이의 기억은 참으로 기이한 것이다. 게다가 그의 기억은 한 사람만의 것이 아니다. 수많은 사람들의 기억과 자아들이 얽혀 있다. 시작은 알 수 없지만, 그렇게 누군가는 다른 누군가에게 기생하며 살게 되었다. 그 안에서 나란 존재는 마치 물감이 섞이듯이 녹아 들어가서 모든 것을 공유하게 된다. 기억과 감정을 포함한 모든 것을!

하지만 그렇게 되기까지의 과정은 고통이 따른다. 뼈가 부러지고 피부가 찢기는 고통을 느껴야 한다. 그리고 그것이 천국인지 지옥인지는 아무도 말해 줄 수 없다.

지금 이 글을 읽고 있는 당신, 당신도 앞으로 잠이 들 때 자기 몸 잘 지키시고 부디 무사하길 바란다. 제발 나처럼 자다가 입을 크게 벌리고 있는 팔봉 씨를 만나지 않게 되길…….

기생록

초판 1쇄 인쇄 2024년 1월 24일
초판 1쇄 발행 2024년 1월 24일

지은이 프리키
기획 및 편집 주자덕
윤문 및 교정 김미숙
발행인 주자덕
인쇄 미래피엔피
펴낸 곳 아프로스미디어
출판등록 제 2016-000073호
주소 서울특별시 성동구 금호로 173, 101동 904호
전화 02-6352-5133
팩스 02-6455-5891
홈페이지 www.aphrosmedia.com
전자우편 spitz70@aphrosmedia.com
ISBN 979-11-89770-45-7 (03810)